GRETA R. KUHN

Saarland-Connection

GRETA R. KUHN

Saarland-Connection

Kriminalroman

GMEINER

Personen und Handlung sind frei erfunden.
Ähnlichkeiten mit lebenden oder toten Personen
sind rein zufällig und nicht beabsichtigt.

MIX
Papier aus verantwortungsvollen Quellen
FSC® C083411

Besuchen Sie uns im Internet:
www.gmeiner-verlag.de

Im Ehnried 5, 88605 Meßkirch
Telefon 07575/2095-0
info@gmeiner-verlag.de

1. Auflage 2021

Lektorat: Teresa Storkenmaier
Herstellung: Julia Franze
Umschlaggestaltung: U.O.R.G. Lutz Eberle, Stuttgart
unter Verwendung eines Fotos von: © Eberhard / stock.adobe.com
Druck: CPI books GmbH, Leck
Printed in Germany
ISBN 978-3-8392-0072-8

Für meine Mutter,
meine schärfste Kritikerin und größte Unterstützerin

RICHTFEST

Lektion 5 – Man richte, wo kein Richter ist.

Jeder ist für das verantwortlich, was er tut, und muss dafür Rechenschaft ablegen. Gerechtigkeit, Treue und Loyalität der Gemeinschaft gegenüber sind unser oberstes Ziel. Das Hab und Gut eines jeden ist zu schützen, harte Arbeit muss belohnt werden. Wer stiehlt oder sich mit unlauteren Mitteln bereichert, muss bestraft werden, denn er schadet damit anderen. Richten darf der, der den Schaden trägt, oder der, den er damit beauftragt. Das höchste Gericht steht am Ende jeder Sünde. Niemand wird dort verschont bleiben.

Aus dem Buch der Genese, Freikirche der Gerechten

OUVERTÜRE

1.

Nur noch den Kopf ein bisschen nach rechts. Und die Arme vor dem Oberkörper abknicken. Die Füße würde er noch einmal mit Kabelbindern fixieren müssen, damit sie nicht rausrutschten. Vorsichtig schritt er um sein Werk herum. Er war noch nicht ganz zufrieden. Er ging ein wenig auf Distanz und betrachtete das Ergebnis seiner Arbeit. Akribisch war er vorgegangen, hatte darauf geachtet, dass er nichts von der bereits vorhandenen Skulptur zerstörte. Alles sollte genauso bleiben, er wollte nur noch das Tüpfelchen auf dem i setzen.

Er legte den Kopf schief und stützte sein Kinn dabei zwischen Daumen und Zeigefinger. Irgendetwas fehlte. Er kniff die Augen zusammen. Die Lösung schien zum Greifen nah, doch er kam nicht darauf. Langsam wurde er nervös, er würde sich bald auf den Weg machen müssen. Mit seinem Blick tastete er jedes noch so kleine Detail ab. In seiner Halsschlagader pochte sein Puls. Was war es bloß, was ihn noch störte?

Kurz bevor er aufgeben wollte, traf ihn die Erkenntnis unvermittelt. Erleichtert atmete er auf. Die Augenlider. Sie mussten offen sein. Die Betrachter sollten sich morgen direkt angesprochen fühlen. Eingefangen werden vom starren Blick seines Kunstwerks. Ein kleiner Handgriff noch. Fertig.

Er grinste zufrieden. So war es perfekt.

2.

Die Vorbereitungen für die heutige Veranstaltung liefen bereits seit Stunden auf Hochtouren. Gerrit Jahnke arbeitete seit einigen Jahren als Veranstaltungsmanager am Weltkulturerbe Völklinger Hütte. Es war nicht die erste Vernissage, die auf dem Gelände stattfand, und als Vollprofi wusste er, worauf es bei der Inszenierung ankam. Wobei es dieses Mal ein wirklich spezielles Event werden würde. Der Künstler, der heute Abend seine Ausstellung eröffnen würde, war trotz seines jungen Alters bereits international anerkannt und hatte seine Reputation mit einer Reihe von spektakulären Skandalen hochgepuscht. Er hatte den Ruf eines exzentrischen Diktators, der seine Launen ohne Vorwarnung an jedem ausließ, der ihm in die Quere kam – ob Handwerker oder großer Mäzen. In den Vorbereitungen hatte Jahnke einige Kostproben davon erleben dürfen, auch wenn der Künstler neben seinem eigenen Kurator kaum jemanden in die Ausstellungsräume gelassen hatte, während er da war. Die gesamte Kunstszene des Saarlandes und der angrenzenden Region erwartete die Vernissage mit Spannung.

Der Veranstaltungsmanager war sich sicher, dass die meisten sich einen skandalösen Auftritt des Exzentrikers wünschten, bei dem sie live dabei wären. Exklusivität hätten sie dann aber nicht, denn neben der Präsentation für das namhafte Publikum vor Ort konnten Zuschauer auf der ganzen Welt das Event an den Computerbildschirmen verfolgen – live gestreamt. Ein Albtraum für die Techniker. Aber es war ein besonderer Wunsch des Künstlers gewesen und Bedingung für die Enthüllung seines letzten großen Kunstwerks, welches noch niemand außer ihm selbst gesehen hatte. Das sollte der große Coup werden, seit Tagen schrieben sich die Journalisten mit Spekulationen darüber die Finger wund.

Die Liveübertragung schien dem Künstler besonders wichtig zu sein, denn wenn es darum ging, hatte er sich handzahm und freundlich gegeben – die Technik sollte ihm bloß keinen Strich durch die Rechnung machen.

Jahnke stand gerade vor dem vier mal vier Meter großen Werk, welches mit einem riesigen, dicken Moltontuch verdeckt war. Er testete die Reichweite des WLANs und funkte dem diensthabenden Techniker durch, dass er noch einmal einen Repeater mitbringen sollte, der das Signal für die Kameras verstärken würde. Sicher war sicher.

Der Cateringservice stellte im Foyer der Gebläsehalle bereits die Stehtische auf und überzog diese mit silbrig glänzenden Stoffhussen. Sie bildeten einen eleganten Kontrast zu den imposanten Gebläsemaschinen in der Halle, Kolosse aus Eisen und Stahl, die damals den Wind für die Hochöfen erzeugt hatten. Zahllose Kisten mit Getränken und Gläsern wurden mit lärmenden Gitterwägen hereingefahren und auf der Theke und in den Kühlschränken platziert. Jahnke war froh, dass der Künstler erst kurz vor Veranstaltungsbeginn zu ihnen stoßen würde, er hatte wohl noch bis spät in die Nacht gearbeitet und den Wachdienst auf Trab gehalten. Was für ein Soziopath. Überhaupt. Paulo Pausini. Er hatte selten einen so bescheuerten Künstlernamen gehört. Klang eher nach einem Clown als nach einem ernst zu nehmenden Künstler dieser Kategorie. Aber nach dem, was Juliane, die für das Programm zuständig war, gesagt hatte, war das genau sein Konzept. Er trat auf wie Willy Wonka in der Schokoladenfabrik. Mit irrem Blick ließ er ungerührt die abstrusesten Ansichten fallen und seine Fans feierten ihn dafür. Jahnke schüttelte es bei dem Gedanken daran. Das war nicht seine Welt. Er fühlte sich hinter den Kulissen wohl. Nicht weit entfernt fiel eine Glaskiste klirrend zu Boden. Wenn Pausini mitbekommen würde, was in seinen heiligen Hallen gerade für ein Lärm gemacht wurde, dann gute Nacht!

Der Veranstaltungsmanager zuckte mit den Schultern und setzte seinen Kontrollgang fort. Schließlich würden in fünf Stunden die ersten Gäste über den roten Teppich laufen, und hier standen noch kreuz und quer Gerüstteile, Leitern und Farbeimer herum.

3.

Veronika blätterte gelangweilt in der Mittwochsausgabe der Saarbrücker Zeitung. Vor ihr dampfte ein großer Milchkaffee, den Francesco ihr zubereitet hatte, bevor er zur Arbeit gegangen war. Sie selbst hatte noch etwas Zeit, bis sie ins Präsidium musste. Es war ihr erster Tag nach der Zwangspause, die sie nach ihrer Armverletzung und den Strapazen des letzten Falls hatte einlegen müssen. Der Streifschuss am Oberarm war gut verheilt, sie hatte nur wenige Tage im Krankenhaus bleiben müssen. Bei den seelischen Narben hatte es etwas länger gedauert. Bis sie sich wieder einigermaßen sicher fühlte, waren Wochen vergangen. Es war ihr anfangs schwergefallen zu akzeptieren, dass sie es überstanden hatte. Ihr Freund Francesco, der ja selbst in Mitleidenschaft gezogen worden war, hatte alles versucht, um sie wieder aufzubauen. Noch nie hatte sich jemand so um sie bemüht. Das rechnete sie ihm hoch an.

Doch jetzt hatte er sich in den Kopf gesetzt, mit ihr zusammenzuziehen. Damit hatte er ihre inneren Alarmglocken ausgelöst. Sie hatte noch nie mit jemandem zusammengewohnt, seit sie von zu Hause ausgezogen war. Außerdem liebte Veronika ihre Zweieinhalb-Zimmer-Altbauwohnung am Daarler Markt in St. Arnual, einem Stadtteil von Saarbrücken. Die Wohnung war gut geschnitten, gemütlich, mit niedrigen Decken und offenen dunklen Holzbalken, und versprühte noch den Charme des alten Bauernhauses, aus dem die Vermieter mehrere Wohnungen gemacht hatten. Doch für zwei Personen war sie einfach zu klein.

Lustlos überflog sie den Immobilienteil in der Zeitung. Francesco schwebte eine Erdgeschosswohnung mit Gartenanteil in einem der gehobeneren Viertel am Rotenbühl oder am Triller vor oder eine Wohnung mit großer Dachterrasse. Oder gleich ein Häuschen in der französischen Grenzregion, da stand momentan vieles günstig zum Verkauf. Dort würde er mit seinem neuen Job, den er vor wenigen Wochen bei dem Getriebebauer ZF angetreten hatte, auch noch ordentlich Steuern sparen können. Veronika war von der Vorstellung wenig begeistert. Sie sah sich nicht in einem akkurat gepflegten Garten unter dem Sonnenschirm sitzen, vor einer mit kleinen kirschförmigen Gewichten beschwerten Plastiktischdecke, während sie ihrem Mann beim Rasenmähen zuschaute.

Sie blätterte weiter und blieb an einem Artikel über einen

Performancekünstler hängen, dessen Ausstellung am Abend in der Völklinger Hütte vor geladenen Gästen eröffnet werden sollte. Auch sie würde vor Ort sein müssen, Anweisung von ganz oben. Als Teil des Frauenförderprogramms des Innenministeriums hatte man sie für solche Anlässe fest eingeplant. Sie würde unzählige Hände schütteln, Namen, die sie sich nicht merken würde, hören und sich schließlich zu Hause aus den unbequemen Absatzschuhen und der engen Hose schälen, die sie zu solchen Anlässen trug – auch wenn sie sich damit verkleidet fühlte. Obwohl Kunst für sie meistens nur buntes Gekleckse war, welches sie nicht auseinanderhalten konnte, hatte sie den Namen Paulo Pausini schon einmal irgendwo gehört oder gelesen. In welchem Zusammenhang? Sie kramte in ihrem Gedächtnis. Da war irgendein Störgefühl, das sie mit dieser Person verband. Aber welches? Auf dem Foto sah er zumindest ziemlich durchgeknallt aus. Vielleicht würde es ja wirklich ein spannender Abend werden.

Sie trank ihren Milchkaffee aus, der mittlerweile nur noch lauwarm war, und blickte auf die Uhr. Verdammt, Viertel vor neun. Wo war die Zeit geblieben? Sie warf sich am Waschbecken etwas Wasser ins Gesicht, schlüpfte in ihre Klamotten und schwang sich aufs Fahrrad. Wenn es darauf ankam, konnte sie schnell sein. Um halb zehn hatte sie einen Termin bei ihrem Chef Lothar Klein, der sie nach ihrer Zwangspause über den letzten Fall informieren wollte, bei dem sie selbst ins Visier der Täterin geraten war. Auch wenn sie bereits von den Kollegen ein paar Hinweise unter der Hand bekommen hatte, war sie schon sehr gespannt auf den Abschlussbericht – und hoffte, damit selbst mit den Erlebnissen abschließen zu können.

Sie trat fest in die Pedale ihres Rennrads, denn sie wollte noch beim Konditor in der Mainzer Straße vorbeifahren und

Croissants für die gesamte Mannschaft kaufen. Es war ja quasi ihr zweiter Einstand.

4.

Er würde es niemals zugeben, aber er war nervös. Nur noch wenige Stunden bis zur Eröffnung seiner Ausstellung. Achim, sein Manager, hatte Gott und die Welt eingeladen. Journalisten und Kritiker aus ganz Europa würden heute ins kleine Saarland reisen, nur um seine Ausstellung anzuschauen. Aber auch jeder, der im Saarland Rang und Namen hatte, stand auf der Gästeliste. Insgesamt 550 Personen, plus diejenigen, die live zugeschaltet waren. Ob es eine Vernissage in dieser Größenordnung überhaupt schon einmal gegeben hatte? Er, Paulo Pausini, setzte Maßstäbe. Das hatte ihm Achim immer versprochen. Seit drei Jahren war er bereits sein Manager und tat alles, um ihn groß rauszubringen. Beschweren konnte er sich in jedem Fall nicht. Alles, was Achim ihm vorgeschlagen hatte, hatte voll eingeschlagen. Auch wenn es ihn Überwindung kostete, sich so zu inszenieren: Jeder noch so kleine Skandal hatte seine Bekanntheit gesteigert, die Preise seiner Bilder waren in schwindelnde Höhen geschossen.

Dennoch plagten ihn, wie vor jedem größeren Event, massive Selbstzweifel. Der Spagat zwischen seinem inszenierten Ego und seiner wahren Persönlichkeit war riesig. Das merkte er besonders in solchen Situationen. Was, wenn es ein Reinfall wurde? Wenn er bei seiner Rede keinen Ton rausbekam oder sich ständig verhaspelte? Wenn die Journalisten nur gehässige Fragen stellten, die seinen Ruf in kürzester Zeit demontierten? Es gab einige in der Szene, die ihm das mehr als wünschen würden. Je größer sein Erfolg wurde, desto schärfer wurden seine Kritiker.

Entsprechend gelaunt hatte er heute Morgen Achim seine Hotelzimmertür geöffnet. Dieser hatte ihn im La Maison Hotel in Saarlouis eingebucht und fläzte jetzt auf dem grünen Samtsofa, das inmitten seiner Suite stand, während er hektisch auf seinem Handy herumwischte.

Paulo betrachtete ihn mit Abscheu. Wenn man ihn nicht kannte, wirkte Achim auf den ersten Blick abstoßend. Er schwitzte immer, vor allem auf seiner Glatze, und schnaufte laut, egal zu welcher Tages- und Nachtzeit. Das lag nicht zuletzt an seinem hohen Übergewicht und dem ungesunden Lebensstil. Da er recht klein war, sah er aus wie eine Kugel auf zwei kurzen Beinen, die permanent entweder rauchte oder Schokoriegel in sich hineinschob. Doch wenn man Achim näher kennenlernte, dann entpuppte er sich als der loyalste und engagierteste Partner, den man sich wünschen konnte. Er war unglaublich gut vernetzt, vor allem im Saarland, aus dem er ursprünglich stammte, und ein absoluter PR-Profi. Er war kreativ und mutig und kannte die Branche wie seine Westentasche. Paulo vertraute ihm als Einzigem und hatte deshalb auch nachgegeben, als Achim unbedingt hier die große Vernissage veranstalten wollte.

»Ich lege mich noch einmal für eine halbe Stunde in den Whirlpool und will dann etwas essen, sonst wird es zu spät, und mit vollem Magen gehe ich dort auf keinen Fall hin«, informierte Paulo seinen Manager. Dieser nickte nur und nestelte einen weiteren Schokoriegel aus seiner Tasche. Als er Paulos entgeisterten Blick auffing, beeilte er sich zu antworten. Eine Eskalation so kurz vor der Vernissage konnten sie jetzt nicht gebrauchen.

»Ist gut, ich organisiere dir etwas.«

Paulo nickte nur, warf seine schulterlangen Haare zurück, band seinen Bademantel fester um die Taille und trat auf seine Terrasse.

Achim Denkert atmete auf. Das war knapp gewesen. Er beeilte sich, die Essensbestellung für seinen Schützling durchzugeben, und widmete sich dann wieder seinen Mails.

5.

Im Büro hatten sich die Kollegen für Veronikas Rückkehr richtig Mühe gegeben. Ein kleines Willkommensbanner und drei leuchtend bunte Luftballons hingen an ihrem Schreibtisch. Auf dem Flur gab es bereits ein großes Hallo. Ob diese Herzlichkeit nur an ihr oder doch an den zwei großen Tüten mit der verräterischen Aufschrift lag, in denen sie die leckersten Croissants und Blätterteigteilchen der Stadt transportierte? Doch die vielen Fragen nach ihrer Gesundheit, nach Francesco und ihrem gemeinsamen Urlaub sowie die ersten spitzen Randbemerkungen zu ihrer längeren Abwesenheit zeigten ihr, dass hier alles beim Alten und sie weiterhin Teil des Teams war. Alle, die im Rahmen des letzten großen Einsatzes verletzt worden waren, waren wieder an Bord. Zum Glück hatte es, bis auf eine Ausnahme, nur leichtere Schussverletzungen und Schürfwunden gegeben. Jetzt ging es darum, auch die psychische Gesundheit der Mitarbeiter wiederherzustellen. Veronika hatte sich aus dem Krankenstand vehement dafür eingesetzt, dass ausnahmslos alle an dem Einsatz Beteiligten eine vollumfängliche psychologische Betreuung bekamen.

Damals hatte sie ein Kollege, der als Maulwurf agiert hatte, in einen Hinterhalt gelockt und es war zum Schusswechsel mit der Täterin gekommen. Veronika war bewusst, wie viel Glück sie gehabt hatten. Den Maulwurf hatte eine Kugel tödlich getroffen, aber nach dem, was sie im Nachhinein über ihn und sein Leben herausgefunden hatten, dachte Veronika insgeheim, dass es für ihn vielleicht die beste Exit-Strategie gewesen war. Er wäre für seine Vergehen sicherlich ins Gefängnis gewandert, und sie wusste, dass Polizisten dort keinen leichten Stand hatten.

Nachdem sie unzählige Hände geschüttelt und Kurzberichte abgegeben hatte, ließ sie sich auf den Ledersessel hinter ihrem Schreibtisch gleiten. Sie atmete tief durch. Diesen Platz hatte sie sehr vermisst. Der Stuhl hatte eine besondere Bedeutung für sie, denn er hatte schon ihrem Vater gehört. Ein Metalldrehstuhl mit abgewetzten dunkelbraunen Lederpolstern und speckigen Armlehnen, der sie bisher überall auf ihrer beruflichen Laufbahn begleitet hatte – auch wenn sie für ihn bereits viel Spott geerntet hatte. Schon als kleines Mädchen hatte sie den Stuhl geliebt, war stundenlang auf ihm herumgeturnt oder hatte auf dem Schoß ihres Vaters gesessen und ihn angefleht, sich noch einmal mit ihr um die eigene Achse zu drehen. Der Geruch war für sie ein Stück Heimat. Gab ihr Kraft und Inspiration.

Die Tür ging auf und Sven Becker steckte den Kopf rein: »Bist du bereit für deinen großen Auftritt heute Abend? Ich habe gehört, ihr seid da in illustrer Runde unterwegs. Was wirst du denn anziehen?«

Veronika verdrehte die Augen. Er wusste genau, dass sie solche Veranstaltungen nicht ausstehen konnte. Abgesehen davon war bekannt, wie unwohl sie sich in festlicher Garderobe fühlte, die so gar nicht zu ihrer Standardausstattung gehörte.

»Und wie. Hab heute früh noch was drüber gelesen, wird bestimmt suuuper!«, frotzelte sie. »Ich bin mir noch nicht sicher, vielleicht kannst du mich da beraten, als einziger Mann in eurem Haushalt und mit deiner Affinität zu Mode«, fügte sie hinzu. Ihre Stimme triefte vor Ironie, beide lachten.

»Was steht denn zur Auswahl?«

»Hmm, ich schwanke zwischen meinem Kommunionkleid, das müsste ich allerdings noch etwas abändern, ist Größe 134. Und dann habe ich da noch so ein pinkes Stretchkleid, das ich mir mit 17 mal für eine unglaublich angesagte Party gekauft und mich damit furchtbar blamiert habe, weil ich mir den hinteren Teil in die Strumpfhose gesteckt hatte.«

»Ich würde an Ihrer Stelle zum Kommunionkleid tendieren, Sie wollen sich doch nicht noch einmal blamieren?«

Das war nicht Beckers Stimme, die ihr antwortete, sondern die von ihrem Chef Lothar Klein, der im Türrahmen stand.

Für dessen Ohren war dieses Gespräch nicht bestimmt gewesen, zumal sie ihn heute Abend zu der Vernissage begleiten würde. Sie lächelte verlegen.

»Keine Sorge, ich mache nur Spaß. Ich habe selbstverständlich etwas Ordentliches zum Anziehen, machen Sie sich keine Sorgen, Herr Klein.«

Die beiden Männer lachten und sie stieg mit ein. Es würde schon nicht so schlimm werden. Jetzt musste sie sich erst einmal einen Überblick verschaffen, um schnellstmöglich die Leitung der Abteilung wieder zu übernehmen.

6.

Zufrieden blickte er sich um. In den vergangenen Stunden hatte sein Team noch einmal alles gegeben, um die Location auf Hochglanz zu bringen, spröder Industriecharme inklusive. Die Techniker hatten alles mehrfach durchgeprobt, alle Mikrofone getestet und sogar die Lichtshow, die dieser Pausini für heute Abend konzipiert hatte, einmal durchlaufen lassen. Achim Denkert, der Manager des Künstlers, hatte die finale Abnahme gemacht. Paulo Pausini sei dazu so kurz vor der Eröffnung nicht in der Lage, hatte er ihm erklärt und schien das für völlig normal zu halten. Er konnte da nur den Kopf schütteln, diese Kunstszene war einfach eine Welt für sich.

Plötzlich verstummten die leisen Gespräche der Mitarbeiter im Raum sowie jegliche Hintergrundgeräusche. Jahnke schaute auf und beobachtete, wie Paulo Pausini den Raum betrat. Seine Haare hatte er zu einem Dutt hochgebunden, wie ein Samuraikrieger. Dazu passte der rot-graue Seidenkimono, den er wehend über einem schwarzen Outfit trug, das ihn ebenfalls an alte japanische Filme erinnerte. Fehlte nur noch, dass er so steife Holzpantoletten trug, und man hätte ihn glatt als Geisha verkaufen können. Gut, ohne Schminke.

Würde also ein japanischer Abend werden, na herrlich, dachte sich Gerrit Jahnke sarkastisch. Denn weder das Catering, die Tischdeko noch sonstige Details waren darauf abgestimmt. Aber das war ihm jetzt egal, er hoffte nur, dass es Pausini nicht auffallen würde. Tat es nicht. Der Künstler war wie ausgewechselt. Trotz seines eindrucksvollen Auftritts schien er nervös zu sein. Nach einem kurzen Rundgang mit seinem Manager verschwand er direkt in den Backstagebereich. Nach dem, was Jessica ihm ein paar Minuten später zuflüsterte, lag er dort wohl auf der Couch und hatte die Hände über dem Oberkörper gefaltet. »Wie tot«, sagte sie. »Fast unheimlich.«

In 15 Minuten würden sie die Türen öffnen, die ersten Gäste scharrten davor schon mit den Hufen. Er rief alle Mitarbeiter noch einmal zu einer großen Runde zusammen. Ein letzter Motivationsschub, bevor sie in einen langen Abend starteten.

»Meine Herrschaften, gleich geht es los. Wir haben bis hierher einen super Job gemacht. Schaut euch um, es sieht top aus. Draußen warten 500 Gäste, die wir heute nach allen Regeln der Kunst verwöhnen werden. Es soll ihnen an nichts fehlen. Die Völklinger Hütte ist ein hervorragender Gastgeber, lasst es uns denen da draußen zeigen. Uns allen viel Glück!«

7.

Das Kribbeln in ihm war kaum auszuhalten. Er musste sich große Mühe geben, um nicht laut zu schreien oder wie ein Derwisch herumzutanzen. Er war früh da gewesen, hatte länger noch im Auto gesessen und versucht, sich mit einem Winzerpodcast abzulenken. Dann hatte er sich zu den bereits Wartenden gesellt, von denen er niemanden kannte. Als er die Ausstellung betreten hatte, war er einer der ersten 20 Gäste gewesen. So blieb ihm genug Zeit, herumzuschlendern, den einen oder anderen Bekannten zu begrüßen, etwas Small Talk zu machen und sich dann wie zufällig einen Platz mit der perfekten Aussicht zu sichern. Er liebte es, wenn Pläne aufgingen. Und gerade sah alles danach aus.

8.

Veronika nestelte gerade zum gefühlt einhundertsten Mal an ihrer Bluse herum. Als sie sie in einem Laden am Sankt Johanner Markt gekauft hatte, war die Verkäuferin wegen der kessen Schlaufe am Hals fast ausgeflippt, das wäre der letzte Schrei. Nach Schreien war Veronika auch gerade zumute, denn die einst so voluminöse Schleife hing wie ein schlaffer Strick um ihren Hals. Das dezente Blumenmuster machte das Ganze nicht besser, ihre Bluse sah mehr nach einem Unfall als nach einem gelungenen Outfit aus. Und die beige Chinohose mit trendigem Paperbag-Bund, die sie im Geschäft noch richtig gut gefunden hatte, ließ ihre Hüften jetzt doppelt so breit erscheinen. Auf jeden Fall kam es ihr so vor, gefangen in einer ausgestellten Clownshose. Veronika wäre am liebsten im Boden versunken oder mit einer fadenscheinigen Entschuldigung nach Hause verschwunden, aber der Blick von Lothar Klein ließ keinen Rückzug zu. Als sie am Treffpunkt angekommen war, hatte er sie von oben bis unten gemustert und ein Gesicht gemacht, als hätte er sich auf die Lippe und gleichzeitig in eine Zitrone gebissen. Oder hatte sie sich das nur eingebildet? Seitdem fühlte sie sich unwohl und fragte sich, ob sie in diesem Outfit überhaupt bei so einer exklusiven Veranstaltung reingelassen werden würde.

Vor ihrem inneren Auge wurde sie bereits vom Security-Mann abgewiesen wie von einem Türsteher vor der Disco.

»Sorry, aber so kommst du nicht rein. Heute nur gut angezogene Gäste.« Vorsorglich bekam sie schon einmal hektische Flecken am Hals, obwohl sie sich immer noch im Auto auf dem Weg nach Völklingen befanden. Lothar Klein, der auf dem Beifahrersitz saß, drehte sich zu ihr.

»Frau Hart, der neue Staatsanwalt wird heute Abend auch da sein. Kennen Sie den schon? Soll ein junger, aufstrebender Jurist sein. Aus München, wenn ich mich richtig erinnere. Kirschmann oder Kirschmeier.«

Auch das noch. Ja, sie hatte von Sebastian Kirschmeier in der Zeitung gelesen. Auf dem Foto hatte er ausgesehen wie ein typischer Jurastudent. Babyface, Lockenkopf und Poloshirt, dazu ein wissendes Grinsen, das ihm ins Gesicht getackert schien. Diese Typen hatte sie eigentlich gefressen. Sie unterstellte ihnen einfach, dass sie vom richtigen Leben keine Ahnung hatten – sondern nur ihre Paragrafen und das Leben auf dem Golfplatz kannten. Sie hatte gehofft, dem Staatsanwalt während der Arbeit zu begegnen, auf einem Parkett, auf dem sie sich auskannte und dessen Regeln sie beherrschte. Ein Abend wie dieser entsprach nicht ihrer Wohlfühlzone und in diesem Aufzug schon gar nicht. Wie war das noch mal? Der erste Eindruck zählte?

Reiß dich zusammen, dachte sie sich. Du gehst schließlich nicht zu einer Modenschau. Du bist die jüngste Hauptkommissarin des Saarlandes, deshalb hast du diese Einladung bekommen. Rücken gerade, Brust raus, Kopf hoch. Mach dich nicht jetzt schon fertig.

»Alles okay, Frau Hart? Sie sind doch nicht etwa nervös, oder? Keine Sorge, heute Abend sind Sie nur Gast, es dreht sich nicht um Sie. Seien Sie ganz entspannt. Es wird Ihnen schon nichts passieren, außer ein paar langweiligen Gesprächen und vielleicht ein, zwei Gläschen Wein zu viel, wenn wir nicht aufpassen.« Er lachte und stieß sie ganz leicht mit dem Ellenbogen an. Ihre innere Anspannung ließ etwas nach. Er hatte recht. Was sollte schon passieren?

Es war beeindruckend. Als Veronika den langen roten Teppich betrat, der sich entlang des Hüttengebäudes schlängelte, fielen ihr als Erstes die imposant beleuchteten Stahlmonumente auf, die fast bedrohlich in den Himmel zeigten. Sie konnte die Augen nicht von den Konstruktionen lassen, die das Besucherzentrum überragten, während sie in einer kleineren Menschentraube über den roten Stoff schritt, durch den die Pflastersteine ihre Abdrücke hinterließen. Sie fühlte sich wie ein kleines Mädchen, das mit seinen Eltern zu einer Theateraufführung mitgeschleift wurde, als sie so hinter ihrem Chef herlief, der offensichtlich jeden der hier Anwesenden zu kennen schien und bereits in ein eindringliches Gespräch mit einem älteren Herrn vertieft war.

Na toll, dachte Veronika. Das wird sicher ein sehr lustiger Abend. Sie seufzte, als Lothar Klein sie zu sich rief.

»Frau Hart, darf ich Ihnen unseren ehemaligen Staatssekretär, heute im wohlverdienten Ruhestand, Herbert Klaasen, vorstellen? Er war lange im Innenministerium unter anderem für die Polizeibelange zuständig, mit ihm hatten wir stets einen zuverlässigen und verständnisvollen Ansprechpartner an unserer Seite. Die Zeiten sind ja leider schon lange vorbei, gell Herbert?«

Er tätschelte dabei die Schulter seines Gesprächspartners, der aus der Nähe noch älter aussah, als Veronika erst vermutet hatte.

»Das ist also die neue Hauptkommissarin, die ihr aus dem Programm geholt habt?«, erwiderte dieser, ohne auf die Spitze in Richtung der aktuellen Situation im Land einzugehen. »Haben Sie sich denn schon gut eingelebt, Frau Hart?«

Veronika nickte und musste an ihre letzten beiden Fälle denken, die sie fast das Leben gekostet hätten.

»Doch, ich kann nicht klagen. Das Saarland hat ja wirklich einiges zu bieten und im Präsidium hat man mich sehr herzlich aufgenommen. Ich habe den Schritt aus Frankfurt hierher bis jetzt noch nicht bereut«, versicherte sie mit heiterem Ton. An Klaasens Gesichtsausdruck erkannte sie, dass er ihr nicht glaubte. Sie begann sich unwohl zu fühlen, doch ihr Chef schien davon nichts mitzubekommen.

»Na, das sind doch die besten Voraussetzungen. Frau Hart ist ja auch schon über ein Jahr bei uns. Ach, wer ist denn da? Das glaub ich ja nicht, lassen sie dich denn überall rein?« Klein hatte seine Aufmerksamkeit bereits auf einen anderen Gast gerichtet, der wenige Meter vor ihnen in der Schlange stand, und ließ Veronika mit Klaasen stehen. Sie schaute betreten zu Boden, Small Talk gehörte in solchen Situationen nicht zu ihren Stärken. Doch Klaasen legte mit einem väterlichen Lächeln die Hand auf ihren Unterarm und flüsterte ihr zu:

»Machen Sie sich nicht so viele Gedanken, Frau Hauptkommissarin. Sie sind an dieser Stelle schon genau richtig. Ich habe Ihren Werdegang aus der Ferne verfolgt, Ihre ersten großen Fälle waren harte Brocken. Aber Sie haben sich durchgekämpft und stehen heute hier. Darauf können Sie verdammt stolz sein. Lassen Sie sich also nicht von den alten Haudegen und ihren Seilschaften unterkriegen. Versprechen Sie mir das?«

Ein warmer Schauer durchlief Veronika, so etwas hatte sie nicht erwartet. Und ein bisschen kam es ihr vor, als würde sie die Stimme ihres Vaters hören, der ihr solche Ratschläge sicherlich auch mit auf den Weg gegeben hätte. Sie unterdrückte ein Zittern in ihrer Stimme, schaute ihm direkt in die Augen und nickte. »Ich werde mir Mühe geben, versprochen.« Sie grinste verlegen.

»Das wollte ich hören, ich würde sagen, darauf trinken wir später einen. Wenn dieser ganze Affenzirkus hier vorbei ist. Sie können sich gar nicht vorstellen, wie ich das hasse …«

Dann entdeckte auch er jemanden in der Menge und verabschiedete sich.

Veronika nickte ihm zu. Zum Glück kam nun Bewegung in die Schlange, die sich langsam über die breite Metalltreppe in Richtung Haupteingang schob. Sie hatte nicht erwartet, dass so viele Gäste eingeladen waren. Sie schätzte die Menge auf rund 500 Personen. Wenn Lothar Klein auch nur die Hälfte kannte und mit jedem heute Abend ein Schwätzchen halten musste, dann wäre sie übermorgen noch nicht zu Hause. Vielleicht würde sie ja mit einem Taxi auch etwas früher den Abflug machen können. Sie wägte gerade mögliche Ausreden ab, als ihr jemand auf die Schulter klopfte. Ein blonder Lockenkopf stand vor ihr und betrachtete sie interessiert. Das Gesicht kam ihr bekannt vor, irgendwo hatte sie es schon einmal gesehen. Sie runzelte die Stirn und wollte gerade fragen, was das sollte, als ihr Gegenüber sie unterbrach.

»Sind Sie nicht Veronika Hart, die jüngste Hauptkommissarin des Saarlandes? Ich kenne Sie bisher nur von Fotos. Als ich Sie eben von Weitem gesehen habe, hab ich mir gedacht, ich nutze mal die Gelegenheit, dass wir uns persönlich kennenlernen. Wo wir doch bald so eng zusammenarbeiten sollen. Aber vielleicht wissen Sie das noch gar nicht. Die Entscheidung des Ministeriums ist ja ganz frisch. Und wenn ich es mir recht überlege, habe ich es auch nur aus inoffiziellen Quellen erfahren. Ach was soll's, irgendwann wäre es sowieso kommuniziert worden. Dann erfahren Sie es eben von mir. Auf jeden Fall freue ich mich sehr, Sie hier zu treffen.«

Der Redeschwall traf Veronika unvorbereitet und sie brauchte einen kurzen Moment, um den Inhalt für sich zu sortieren und zu verarbeiten.

Ihr Gesprächspartner ließ sich von ihrer Sprachlosigkeit nicht irritieren und plauderte munter weiter, bis bei Veronika der Groschen fiel. Das war Sebastian Kirschmeier, der neue Staatsanwalt. Trotzdem verstand sie nicht, was er mit enger Zusammenarbeit und Entscheidung des Ministeriums meinte. Er berichtete ihr derweil von seinem letzten Urlaub in der Toskana, in dem sein Oldtimer den Geist aufgegeben hatte, weswegen er jetzt mit dem Smart seiner Freundin da sei.

»Herr Kirschmeier?«, versuchte sie seinen Erzählstrom zu unterbrechen.

»Ach herrje, jetzt hab ich mich gar nicht vorgestellt. Das passiert mir sonst nie, ich dachte, Sie wissen vielleicht schon, wer ich bin. Ich war ja auch ziemlich oft in den Medien in letzter Zeit.«

Na, Probleme mit dem Selbstbewusstsein hat der schon mal nicht, dachte sich Veronika. Solche Typen konnte sie nicht ausstehen. Aber sie ermahnte sich selbst, professionell zu bleiben. Es war nur dieser eine Abend, das würde sie schon überstehen.

Er hatte wieder den Faden seiner Erzählung aufgenommen und Veronika versuchte mit gequältem Lächeln, an den richtigen Stellen interessiert zu nicken. Leider begann sie in solch unangenehmen Situationen oft leicht zu schwitzen. Sie hoffte nur, dass Kirschmeier das nicht bemerken würde, und schaute sich verstohlen nach ihrem Chef um. Glücklicherweise entdeckte sie ihn in ihrer Nähe, und als sich ihre Blicke trafen, winkte er sie eifrig zu sich.

»Oh, es tut mir leid, dass ich Sie unterbrechen muss, Herr Kirschmeier, das ist ja wirklich alles sehr spannend. Aber mein Chef hat mich gerade zu sich gerufen, scheint wichtig zu sein. Man sieht sich bestimmt später noch.« Mit einem knappen Lächeln drehte sie sich um und verschwand in der Menge, die sich jetzt durch die geöffneten Eingangstüren schob. Dort hatten die zwei jungen Frauen, die den Einlass mit endlos langen Listen regeln sollten, die Waffen gestreckt und blickten dem Besucherstrom nur noch hilflos hinterher.

Lothar Klein steckte inmitten einer konspirativen Herrenrunde mittleren Alters. Es ging um das neue Fußballstadion des Saarbrücker Fußballvereins 1. FC Saarbrücken, so viel hatte sie mitbekommen, und nun wollten sie ihre Meinung dazu hören. Sie blieb vage und winkte ab, so wie sie das bei Francesco und seinen Freunden zu diesem Thema auch immer tat.

Ihr Blick scannte die sich füllende Veranstaltungshalle und blieb an einem blondgelockten Hinterkopf hängen, dessen Besitzer mit wild gestikulierenden Armen eine Menschentraube unterhielt.

Das war dieser Staatsanwalt von eben, Kirschmeier. Er schien eine flammende Rede zu halten, sein Publikum klebte förmlich an seinen Lippen. Was für ein Wichtigtuer, dachte Veronika und ertappte sich dabei, ihn doch länger als nötig zu beobachten. Er war groß und von hinten sah er aus wie ein Dirigent in einem besonders virtuosen Stück, sein Kopf und seine Locken flogen nur so umher, während er offensichtlich etwas Lustiges zum Besten gab, denn um ihn herum brachen alle in tosendes Gelächter aus. Auch er lachte und sah sich dabei um. Sein Blick traf auf Veronikas, die ihren schnell abwendete. Als sie wieder hinschaute, sah sie nur noch, wie er sich lächelnd wegdrehte. »So ein Mist, auch das noch«, murmelte sie in ihr Weinglas und leerte es in einem großen Zug.

9.

Die ist aber ganz schön durch den Wind, war Sebastian Kirschmeiers erster Impuls, als er über die Begegnung mit Veronika Hart nachdachte. Er wusste ja, wie er auf Frauen wirkte, aber dass es so schnell ging, wunderte selbst ihn. War auf jeden Fall mal ein Abend nach seinem Geschmack. Die richtigen Leute hatte er schon getroffen, für ihn galt es, seine Fühler auszustrecken und sein Netzwerk zu erweitern. Als neuer Staatsanwalt musste er sich erst einmal einen Namen machen. Eben in der Runde hatte das schon ganz gut funktioniert. Lief bei ihm.

Er zuckte zusammen, als die Lichter mit einem Schlag gedimmt wurden und die gleiche Melodie ertönte, mit der Henry Maske seinerzeit zu seinen Boxkämpfen eingelaufen war. Wie hieß das Lied gleich noch mal? Vangelis war die Band, aber das Lied? Ziemlich pathetisch, der Junge, dachte er sich noch, als der Künstler mit 45 Minuten Verspätung in einem Lichtkegel auf der Bühne auftauchte, seine langen Haare lässig nach hinten warf und die Arme in Schulterhöhe ausbreitete wie ein Prediger.

Kirschmeier beobachtete die umstehenden Gäste, der Auftritt schien seine Wirkung nicht zu verfehlen. Mit einer Mischung aus Neugier und Skepsis wurde der Exzentriker taxiert. Paulo Pausini hielt die Augen bis zur letzten Note geschlossen und wandte sich dann der aufgesetzt lächelnden Moderatorin zu, die sich schon seit einer Weile neben ihm aufgebaut hatte.

Wie hieß noch mal dieser Scheißsong?

Es folgte ein typisches Interview mit jemandem, der besonders wenig Lust hatte zu antworten. Während sich die Moderatorin mit elaborierten Fragen abmühte, aus Pausini ein paar bedeutungsvolle Antworten herauszukitzeln, blieb dieser einsilbig. Offensichtlich war er etwas verstimmt oder eben zu wichtig, um hier sein verbales Pulver zu verschießen. Was glaubte der eigentlich, wer er war? Kirschmeier nahm sich vor, heute Abend noch einmal genau zu recherchieren, wen er hier vor sich hatte. Er hasste ein solch überhebliches Verhalten, egal von wem. Es war einfach respektlos, jedem Einzelnen der Gäste gegenüber, die sich hier die Beine in den Bauch standen.

Endlich näherte sich das Programm dem angekündigten Höhepunkt des Abends, der Enthüllung des neuen Werks. Während auf der großen Bühne eine Leinwand entrollt wurde, wanderten die Moderatorin und der Künstler in einen Nebenraum, damit sie nichts verdeckten und alle dem Spektakel folgen konnten – ebenso wie die Tausenden, die man live an den Bildschirmen überall auf der Welt erwartete.

Der perfekte Moment für ein weiteres Bier, dachte Kirschmeier und hielt eine der Servicekräfte an, die mit einem vollen Tablett an ihm vorbeihuschte.

»Herr Pausini, möchten Sie noch etwas zu Ihrem Werk sagen, bevor Sie es enthüllen?«, hörte er die Moderatorin über die Lautsprecher.

»Nein, da gibt es nichts mehr zu sagen. Mein Statement ist das Werk selbst. Der Betrachter soll die Botschaft für sich herauslesen, es gibt nicht nur eine Wahrheit. Sondern jeder wird seine eigene Wahrheit kennenlernen. Sich selbst kennenlernen. Die Konsequenz seines Denkens, seines Handelns, all das befindet sich in meinem Werk. Es ist omnipotent und allwissend.«

Sebastian Kirschmeier verdrehte die Augen. »Aber sonst hast du noch alle Latten am Zaun, oder?«, murmelte er vor sich hin und nahm einen großen Schluck von seinem Bier.

Das schwarze Tuch fiel herab und ein Raunen schwappte durch die Halle. Alle blickten gebannt auf die Leinwand, versuchten, mit den Augen das Chaos zu entwirren. Dann ein spitzer Schrei, und auch Sebastian prustete plötzlich sein Bier vor sich auf den Boden. Es folgten weitere Schreie und die Menschenmenge wurde schlagartig unruhig.

Hier stimmte etwas nicht.

Inmitten der Kunstinstallation, zwischen alten Motorblöcken, dünnen Schläuchen und Autofedern, hing ein menschlicher Körper. Nackt. Eng verwoben mit den Fahrzeugteilen, in einer merkwürdig gekrümmten Pose.

Als Sebastians Blick auf das Gesicht von Paulo Pausini fiel, meinte er zu erkennen, dass dies kein geplanter Coup sein konnte. Oder war er einfach ein guter Schauspieler? Auf jeden Fall würde er sich das anschauen müssen. Gut, dass die Kriminalpolizei vor Ort war.

10.

Es war vollbracht. Sein Werk, zumindest sein Beitrag zu diesem sonst spröde wirkenden Kunstwerk, wurde dem Publikum vorgestellt. Der Liveticker zeigte 13.738 Zuschauer auf der ganzen

Welt an, dazu kamen die hier Anwesenden. Aufgerundet waren das 15.000 Menschen, die sein Erstlingswerk begutachten konnten. Kein schlechter Start in seine Kunstkarriere.

Pausinis Reaktion hatte Bände gesprochen. Kalkweiß und den Mund sperrangelweit offen. Nach dieser ganzen überheblichen Show im Vorfeld, seiner Arroganz. Das würde ihm mal einen schönen Dämpfer geben und sicher einige Gespräche mit der Polizei.

Jetzt mussten sie seine Botschaft nur noch entschlüsseln. Zur Not würde er ihnen weitere Hinweise geben. Aber die Welt musste erfahren, was er zu sagen hatte.

11.

Ein spitzer Schrei ließ sie aus dem Programm hochfahren, in dem sie sich in der Hoffnung vergraben hatte, dass der Abend schneller vorbeigehen würde. Ihr Blick fiel auf das Kunstwerk, welches fast die gesamte Leinwand ausfüllte. Dass so etwas schon als Kunst galt? Die Aufregung um sie herum wuchs, da bemerkte sie den mutmaßlichen Auslöser. In der Installation kniete ein nackter Mann, die toten Augen weit aufgerissen nach oben gerichtet, mit einer klaffenden Wunde auf dem Rippenbogen. Zunächst konnte sie nicht erkennen, ob es sich um eine lebensechte Puppe oder einen Menschen handelte, doch Pausinis Gesichtsausdruck, den die Kamera jetzt einfing, sprach für sich.

Ihr Blick traf auf den von Lothar Klein, der gerade die gleichen Schlüsse gezogen hatte. Handlungsbedarf. Sofort.

Adrenalin schoss augenblicklich durch ihre Adern und löschte jede noch verbleibende Wirkung des Alkohols. Sie war voll da. Klein nickte ihr zu.

»Hart, Sie übernehmen hier an der Stelle. Wir müssen verhindern, dass alle wegrennen. Ich mache eine Durchsage und lasse den kleinen Raum sperren. Kümmern Sie sich darum, dass die Namen und Adressen aller erfasst werden, die hier waren. Ich fordere derweil die Kollegen an.«

Veronika mischte sich unter diejenigen, die bereits versuchten, die Gasgebläsehallen zu verlassen, und beeilte sich, vor ihnen den Eingang zu erreichen. Dort standen die zwei jungen Frauen, die gelangweilt auf ihre Handys starrten und von dem Trubel noch nichts mitbekommen hatten. Sie erklärte ihnen in knappen Worten, was sie von ihnen brauchte: jeden einzelnen Namen mit Kontaktdaten der Personen, die heute gekommen waren.

»Haben Sie Funkverbindung zu Ihren Kollegen?«

Beide nickten stumm.

»Gut, dann fragen Sie bitte nach Verstärkung. Sie werden mehrere Anlaufstellen benötigen, die Security kann sicher innen für Ordnung sorgen, damit hier alles in Ruhe vonstattengeht. Sollten zwei Personen aus einem Haushalt da sein, dann reicht uns ein Name. Versuchen Sie einfach, den Vorgang so effizient wie möglich zu halten. Ach ja, können Sie mir noch Ihren Chef herrufen? Wie heißt er?«

»Sicher, kein Problem«, stammelte eine der beiden, die nun

hektisch versuchten, sich auf den kommenden Ansturm vorzubereiten. »Er heißt Gerrit, Gerrit Jahnke.«

»Super, ich unterstütze Sie hier, bis Ihre Verstärkung kommt. Dann legen wir mal los.«

In den kommenden Minuten war Veronika Security-Frau, Psychologin, Dompteurin und Kindergärtnerin in einem. Sie war erleichtert, als einer der Männer, der sich als Gerrit Jahnke vorstellte, weitere Kollegen mitbrachte und sie die Diskussionen mit den aufgebrachten Gästen dem Team der Völklinger Hütte überlassen konnte.

Klein hatte es in der Zwischenzeit geschafft, den Nebenraum zu evakuieren, lediglich Paulo Pausini, sein Manager und Sebastian Kirschmeier hatten sich vor der Kunstinstallation versammelt, als Veronika und Jahnke dazustießen.

Pausini lehnte gehockt gegen die Wand, das Gesicht in seinen Händen vergraben. Sein Manager stand neben ihm und tätschelte ihm den Kopf, als wäre der Künstler ein alternder Schäferhund, der seine Dienste getan hatte. Klein und Kirschmeier tauschten sich murmelnd aus und öffneten ihren kleinen Kreis für die beiden Neuankömmlinge.

»Verstärkung habe ich angefordert, ebenso die Spurensicherung. Die sollten jeden Moment da sein. Wie läuft es am Ausgang?«

»Herr Jahnke hier ist der verantwortliche Eventmanager, er hat seinen Mitarbeitern Anweisung gegeben, jeden einzelnen Gast zu registrieren«, informierte Veronika ihren Chef.

»Das stimmt, allerdings habe ich gerade die Info über Funk bekommen, dass es schon erste Kandidaten gibt, die über Personalausgänge nach draußen gelangt sind. Bei dem Chaos hier ist das nicht auszuschließen. Die Leute wollen einfach nicht länger in der Schlange stehen, es gibt bereits handfeste Diskussionen im Ausgangsbereich.«

»Okay, darum müssen wir uns später kümmern. Am wichtigsten ist zu klären, mit wem wir es hier zu tun haben.«

Veronika deutete auf das Opfer. Hautfarbe, Totenflecken und der starre Blick machten eine Überprüfung der Vitalfunktionen überflüssig. Dieser Mensch war schon länger tot. Je weniger sie am vermeintlichen Tatort berührten, desto besser war es für die Spurensicherung später.

Das Opfer war männlich und übergewichtig, die angegrauten Haare fielen ihm strähnig ins Gesicht. Er kniete in einer betenden Pose, die Hände und Füße hatte jemand mit Kabelbindern zusammengebunden, seine Augen waren starr auf die ineinander gefalteten Finger gerichtet.

»Da hat sich aber einer mit dem Anrichten wirklich Mühe gegeben«, durchbrach Kirschmeier die Stille. Veronika zuckte bei dem Wort zusammen, es gehörte aus ihrer Sicht nicht zum respektvollen Umgang mit Toten. Anrichten, er war doch kein Spanferkel. Sie stöhnte leise und suchte den Blick ihres Chefs, der immer noch mit gerunzelter Stirn vor dem Kunstwerk stand.

Doch der Staatsanwalt ließ sich nicht beirren.

»Irgendwie kommt mir der Kollege bekannt vor. Auch wenn der Tod bereits seine Spuren hinterlassen hat. Herr Klein, sagt Ihnen das Gesicht nichts? Ich könnte wetten, dass ich den schon auf diversen Empfängen gesehen habe. Aber ein Name?«

Veronika platzte der Kragen. »Herr Staatsanwalt, es wäre gut, wenn wir hier nicht von Kollegen und Anrichten sprechen könnten. Wir befinden uns an einem Leichenfundort, da erwarte ich einen etwas respektvolleren Ton, bitte.«

Kirschmeier schaute sie verdutzt an und wollte gerade etwas entgegnen, als Lothar Klein die beiden unterbrach.

»Das ist Hartmann, Benno Hartmann. Er ist Bauunternehmer, und wenn mich nicht alles täuscht, wohnt er auf dem Bübinger Berg. Er ist bei den Rotariern, wahrscheinlich haben Sie ihn dort gesehen, Herr Kirschmeier.«

Ihr Opfer hatte einen Namen.

»Und Kirschmeier, Frau Hart hat recht. Überdenken Sie bitte Ihre Wortwahl.«

12.

Was machte dieser Mann in seiner Installation? Als der Polizist, der sich ihm als Lothar Klein vorgestellt hatte, den Namen des Toten nannte, war er zusammengefahren. Er wusste, wer er war, aber er konnte sich nicht erklären, was er hier verloren hatte. Sie würden ihn verdächtigen, das getan zu haben. Er durfte jetzt nichts Falsches sagen.

»Ich kenne ihn nicht. Was soll das alles?«, presste er mit zusammengeschnürter Kehle hervor. Tränen traten ihm in die Augen.

Die kleine Gruppe vor ihm verstummte und sah ihn an. Er fühlte sich elend und hätte sich am liebsten in einer Mauerritze verkrochen. Wie sagte Achim immer? Wer hoch flog, konnte auch tief fallen. Und es war ein verdammt harter Aufprall gewesen. Zitternd und voller Adrenalin und Endorphine hatte er vor wenigen Minuten, kurz vor der Enthüllung, die Reißleine in der Hand gehalten. Monatelange harte Arbeit an diesem Werk lag hinter ihm.

Diese Installation sollte ihn auf die nächste Ebene in der Kunstszene katapultieren. Eine Hommage an Joseph Beuys, als Einheit von Formen, Materialien und praktischem sowie theoretischem Handeln, gemischt mit Einflüssen des japanischen Installationskünstlers Jun'ichi Kakizaki, von dem er die natürlichen Materialien übernommen hatte. Er hatte es geschafft, Metallartefakte der letzten Jahrzehnte, welche die Industrialisierung und Mechanisierung des menschlichen Lebens symbolisierten, mit echten Schlingpflanzen zu einem komplexen, sich selbst aufrechterhaltenden Kunstwerk zu kombinieren. Hierbei wurden die Gebrauchsgegenstände von Lianen und Efeu so eingefasst, dass diese die Überhand zu gewinnen schienen. Sein Ziel, den täglichen Kampf zwischen Natur und Zivilisation zu zeigen, hatte er damit aus seiner Sicht voll erreicht. Unter dem Titel »Strike back – Die Natur schlägt zurück« wollte er ein Zeichen gegen die Naturzerstörung und die menschliche Hybris gegenüber der Umwelt setzen. In der Mitte hatte er einen Freiraum gelassen, ein Fenster in die Dunkelheit als symbolischer Ausblick in die Zukunft. Und in diesem Fenster kniete jetzt dieser Fremde. Nackt, mit gefalteten Händen und starrem Blick. Als würde er um Vergebung bitten.

Im ersten Moment hatte ihn ein Schauer der Erregung durchlaufen. Diese Ergänzung hätte er sich in seinen kühnsten Träumen nicht ausdenken können, aber sie war perfekt. Er hatte sich dabei ertappt, das Gesamtbild in sich aufzusaugen, durchzuatmen. Bis ihm bewusst wurde, dass dies alles zerstörte. Dass es nicht er gewesen war, der diesen Menschen dort platziert hatte. Dass es nicht rechtens war. Dass es sich um ein Verbrechen handelte. Ein Verbrechen, das seine Arbeit zunichtemachte. Sein Kunstwerk zu einem Tatort. Seine Aussage zu einem müden Appell neben dem Tod. Mit dem ersten Aufschrei aus der Besuchermenge hatte er Achim angeschaut, der kalkweiß neben ihm stand. Er war einige Schritte rückwärts gewankt bis zur kühlen Wand, an der er ruckelnd herunterrutschen konnte.

Dort saß er immer noch, als er sich mit den Polizisten unterhielt.

»Herr Pausini, wir möchten Sie bitten, erst einmal in der Nähe zu bleiben. Es wäre gut, wenn wir morgen früh auf dem Präsidium Ihre Aussage aufnehmen könnten. Wäre 9.00 Uhr für Sie in Ordnung?«

Die Kommissarin schaute mit fragendem Blick in Achims Richtung, als er sich nicht rührte. Der nickte kurz und murmelte: »Kein Problem, ich werde mich darum kümmern. Komm, Paulo, lass uns zurück ins Hotel fahren. Es wäre sicher gut, wenn wir hier weg wären, bevor die Presse davon Wind bekommt.«

Nur widerwillig konnte er seinen Blick von seinem Werk lösen.

Die Natur schlug zurück.

13.

Allein dafür, die Gesichter aus nächster Nähe zu sehen, als sie seine Botschaft entdeckten, hatte sich der ganze Aufwand gelohnt. Er selbst hatte die Spannung kaum ausgehalten, dann noch diese dramatische Musik als Einleitung der Enthüllung. Pausini und sein Manager-Schatten waren mit der Moderatorin erst von der Bühne und dann durch die Menge gelaufen, die sich vor ihnen geteilt hatte wie das Meer vor Moses. Irgendwie bekam er diese religiösen Bilder nicht aus seinem Kopf. Aber es passte auch einfach zu gut.

Hätte er den Arm ausgestreckt, hätte er Pausini berühren können, als er an ihm vorbeischritt, den Kopf erhoben, den Blick verklärt nach vorn gerichtet. Was für ein Theater. Als der Vorhang dann fiel und Pausini entdeckte, dass sein Werk verändert, ja verbessert worden war, war seine Fassade, mit etwas Zeitversatz zwar, aber in Sekundenschnelle gebröckelt. Sein Körper war in sich zusammengefallen und sein Blick ungläubig, wie ein kleines Kind vor dem reich geschmückten Weihnachtsbaum, auf seinem Beitrag haften geblieben. Regungslos. Unter Schock.

Und auch im Publikum war nach und nach der Groschen gefallen. Spitze Schreie, Panik, rauschendes Gemurmel waren wie Musik in seinen Ohren gewesen. Ein Crescendo der Erkenntnis, Gläser fielen zu Boden, man schob sich in Richtung Ausgang, angsterfüllte Blicke auf allen Seiten. Nur er blieb ruhig und beobachtete.

Als er vor wenigen Wochen die Einladung zu der Vernissage in den Händen gehalten hatte, wusste er, dass es der richtige Zeitpunkt sein würde. Es war ein Zeichen Gottes. So lange schon beschäftigte ihn sein Plan, hatte er Hunderte von Varianten verworfen, neue Ideen entwickelt, aber nie gewusst, wie und wann er es anfangen sollte. Dann kam der Moment. Die Einladung ging an seinen Chef, aber es war ein Leichtes für ihn gewesen, sich auf die Gästeliste schreiben zu lassen. Er wusste, dass sein Chef solche Veranstaltungen nicht besonders schätzte, und außerdem würde er zu diesem Termin auf Dienstreise sein. Er hatte sie ihm selbst organisiert.

Dass die Polizei so schnell vor Ort sein würde, hätte er sich denken können. Es stand ja wirklich jeder, der in diesem verdammten Bundesland auch nur das kleinste Pöstchen innehatte, auf dieser Gästeliste. Er musste lächeln. Die Hauptkommissarin Veronika Hart hatte er bisher nur aus Pressemitteilungen gekannt. Auch sie war ganz nah an ihm vorbeigestürmt. Wie sehr er doch diese Inkognitoposition genossen hatte und wie gerne er dem Trubel noch weiter zugesehen hätte. Doch da sich die Halle schnell leerte, musste auch er schauen, dass er Land gewann. Schweren Herzens hatte er sich von seinem Posten entfernt, nicht ohne unauffällig ein letztes Bild mit seinem Handy zu schießen. Dann war er in der Menge untergetaucht und über einen der Personaleingänge zu seinem Auto gelangt. Sich noch einmal in die Schlange zu stellen, um seine Daten abzugeben, hätte er nicht ausgehalten. Zu sehr pochte das Adrenalin in seinem Körper. Er musste sich stark zurückhalten, um nicht laut loszulachen.

Sein erster Coup war geglückt. Nun konnte er mit der Planung für Nummer zwei beginnen.

14.

Veronikas Team kam 25 Minuten später am Tatort an und sie war froh, dass ihre Kollegen sie von den schrägen Mutmaßungen und Small-Talk-Versuchen des Staatsanwalts erlösten. Dafür überhörte sie auch gerne Max Langners schnalzende Bemerkung zu ihrem Outfit. Sie schickte ihn gleich in Richtung Ausgang, wo er sich einen Überblick über die Lage dort verschaffen sollte.

Auch Sven Becker kannte das Opfer. Sie wunderte sich immer wieder, wie viele Kontakte ihr Kollege im Saarland hatte. Durch seinen Handballsport und seine langjährige Erfahrung bei der Kripo in Saarbrücken gab es anscheinend niemanden mehr im ganzen Bundesland, dem er nicht schon einmal begegnet war. Hinzu kam sein unverwüstliches Namensgedächtnis. Er war eine wandelnde Saar-Wikipedia und auch deshalb in ihrem Team unverzichtbar. Die Differenzen, die sie während ihres letzten Falls gehabt hatten, hatten sie zum Glück aus dem Weg geräumt. Nach ihrer Zeit im Krankenhaus hatten sie sich bei einem privaten Treffen ausgesprochen und sie rechnete es Becker hoch an, dass er ihr offen Rede und Antwort gestanden und sich für sein Handeln ehrlich bei ihr entschuldigt hatte. Sie ahnte, dass ihm das nicht leichtgefallen war, weshalb sie es noch mehr zu schätzen wusste. Auch wenn es ihr immer noch schwerfiel, ihn zu duzen.

»Es hat irgendwie was Religiöses, wie er so da kniet«, konstatierte Sven in die schweigende Runde. Das Team der Spurensicherung hatte seine Arbeit aufgenommen und damit begonnen, den Fundort der Leiche akribisch zu fotografieren. Das monotone Klicken des Fotoapparats begleitete Veronikas Überlegungen.

»Auf den ersten Blick haben Sie, ähm, hast du sicher recht. Eine betende Position und selbst die Augen scheinen fixiert worden zu sein, damit sie offen bleiben. Auch die Wunde an der Seite erinnert an die Verletzung von Jesus am Kreuz. Mal abwarten, was unser Gerichtsmediziner Thiel zu dem Ganzen zu sagen hat. Da hier absolut kein Blut zu sehen ist, müssen wir versuchen, den Tatort ausfindig zu machen. Lasst euch Verstärkung von der Hundestaffel schicken. Die sollen schauen, ob irgendwo auf dem Gelände was zu finden ist. Herr Jahnke, wie groß ist das hier denn ungefähr?«

Gerrit Jahnke setzte ein schiefes Lächeln auf.

»Also, wenn wir über das Gelände des Weltkulturerbes reden, dann sind das knapp 7,5 Hektar Grundfläche. Insgesamt umfasst das Hüttenareal aber 260 Hektar, mit unzähligen kleinen und größeren Bauten.«

»Na prima«, seufzte Veronika. »Dann packen wir es an. Sven, übernimmst du die Koordination hier vor Ort? Ich würde mich auf den Weg zu den Angehörigen machen. Herr Klein, da Sie das Opfer persönlich kannten, wollen Sie vielleicht mitkommen? Ach so, und Herr Jahnke. Wäre prima, wenn Sie morgen zu uns aufs Präsidium kommen könnten. Wir bräuchten noch Ihre Aussage. 10.00 Uhr?«

Sebastian Kirschmeier hielt sie auf, als sie sich gerade wegdrehen wollte.

»Frau Hart, hier ist meine Karte. Ich habe Ihnen auch meine private Handynummer draufgeschrieben. Was immer Sie von mir brauchen, melden Sie sich einfach. Finden Sie den Täter.«

Irritiert griff Veronika nach der Visitenkarte, die der Staatsanwalt noch eine Sekunde länger festhielt als nötig, und dankte ihm mit einem kurzen Nicken. Sie musste sich erst einmal einen Überblick verschaffen. Den Fundort der Leiche hatte sie sich eingeprägt, die Fotos der Spurensicherung würden jedes noch so kleine Detail festhalten. Jetzt galt es, das Opfer kennenzulernen. Wer war dieser Benno Hartmann? Hatte er Feinde gehabt? Und mit wem hatte er sich zuletzt getroffen? Wenn sie dann noch den Tatort fanden, hoffte sie, den Fall schnell lösen zu können. Noch so einen frei herumlaufenden Psychopathen konnte sie aktuell nicht gebrauchen, davon hatte sie in diesem Jahr schon genug erlebt. Sie hoffte immer noch auf einen ruhigen und beschaulichen Jahresausklang.

CRESCENDO

15.

Das Überbringen von Todesnachrichten gehörte nicht unbedingt zu ihren Stärken. Sie war froh, dass Lothar Klein sie noch zu den Angehörigen von Benno Hartmann begleitet und die Gesprächsführung gleich übernommen hatte. Er kannte Frau Hartmann, die, wie sich herausstellte, dessen dritte Ehefrau war, persönlich und kümmerte sich rührend um sie, während Veronika wie Falschgeld in dem tanzsaalgroßen Wohnzimmer herumstand und dem Muster der Marmorfliesen mit den Augen folgte. Sie war gerade dabei, sich noch einmal die Details zum Leichenfundort ins Gedächtnis zu rufen, als sie eine unvermittelte Berührung zusammenzucken ließ. Eine kleine Hand hatte sich in ihre geschoben und zwei große ozeanblaue Kulleraugen in einem von blonden Locken umrahmten Gesicht schauten sie neugierig an.

»Und wer bist du?«, fragte die helle Kinderstimme flüsternd.

»Oh, ich«, räusperte sich Veronika, um sich schnell wieder zu fangen. »Ich bin Polizistin. Mein Name ist Veronika und wie heißt du?«

»Ich heiße Pauline, aber alle nennen mich Polly. Hat mein Papa etwas Schlimmes gemacht?«

»Wie kommst du denn darauf? Nein, das hat er nicht.«

»Na ja, er hat sich doch immer so viel geärgert«, erwiderte Polly schulterzuckend.

Veronika war in die Knie gegangen, um auf Augenhöhe mit dem kleinen Mädchen zu sein. Jetzt überlegte sie fieberhaft, was sie ihr stattdessen als Grund ihres Besuchs nennen konnte. In dem Moment erblickte die Mutter ihre Tochter und rief sie zu sich. Erleichtert warf Veronika ihrem Chef einen Blick zu. Der redete leise auf die beiden ein, während seine Hand leicht auf Frau Hartmanns Unterarm verweilte. Polly schien nicht zu verstehen, was die beiden Erwachsenen ihr sagten, und schaute immer wieder ungläubig zwischen ihnen hin und her, bis sie ihre Hände vors Gesicht schlug und laut zu schluchzen begann.

Klein trat zu Veronika und flüsterte ihr zu:

»Sie können ruhig schon fahren, ich kümmere mich hier um den Rest und lasse mich später von einem Kollegen abholen. Ich denke, das wird hier noch eine Weile dauern. Ich werde Frau Hartmann für morgen ins Präsidium bitten. Heute Abend macht es keinen Sinn, eine Aussage aufzunehmen. Können Sie noch jemanden vom Kriseninterventionsteam herbestellen? Ich denke, Leonie wird Unterstützung brauchen nach dieser Nachricht. Die beiden haben erst vor sechs Monaten geheiratet, die arme Frau. Sie ist erst 32 und schon Witwe. Wie soll sie das bloß schaffen?«

Veronika irritierte der letzte Satz, eine seltsame Mischung aus Empathie und Alte-Männer-Gehabe. Doch sie ließ sich nichts anmerken, verabschiedete sich leise und verschwand lautlos aus dem Haus. Froh, diesen Tag endlich abschließen zu können.

16.

Sven Becker war schon früh im Präsidium und trug die ersten Ergebnisse des letzten Abends und der Nacht zusammen. Da er in Völklingen wohnte, war es von der Hütte bis zu ihm nach Hause nicht mehr weit gewesen, auch wenn sich der Abstecher für die paar Stunden nicht wirklich gelohnt hatte.

Die Spurensicherung hatte noch bis in die frühen Morgenstunden die Örtlichkeiten akribisch nach Abdrücken und ungewöhnlichen Hinterlassenschaften durchkämmt. In einer Location, in der sich gerade über 500 Menschen plus mehrere Dutzend Mitarbeiter aufgehalten hatten, eine wahre Sisyphosarbeit, an deren Ende Hunderte kleiner Plastiktütchen mit Indizien und Spuren befüllt waren. Es würde Tage, wenn nicht Wochen dauern, um diese alle auszuwerten.

Fest stand, dass der Fundort der Leiche nicht mit dem Tatort übereinstimmte, das hatte nun auch die Forensik offiziell bestätigt. Das Opfer war vorher ausgeblutet worden, denn man hatte so gut wie keine Blutspuren an der Fundstelle gefunden. Auch die Spürhunde waren am Abend nicht mehr fündig geworden. Auf dem Gelände hatten sie nicht angeschlagen, wohl aber vor einem Lastenaufzug, der in der Nähe der Nebenhalle mündete und von der Rückseite des Gebäudes angefahren werden konnte.

Becker hatte gerade per Mail die Bilder der Überwachungskameras auf dem gesamten Gelände der Völklinger Hütte angefragt, als Veronika den Meetingraum betrat, gefolgt von den Kollegen Max Langner, Sylvia Meyer und Philipp Weissmann. Über ihren Kollegen Schneider, der bei ihrem letzten größeren Einsatz tödlich verwundet worden war, verlor niemand mehr ein Wort. Im Nachgang hatten sie beweisen können, dass er im Dienst des Sokolov-Clans gestanden und für diesen innerhalb der eigenen Reihen spioniert hatte. Spielschulden und Drogenprobleme hatten ihn immer tiefer in den Sumpf gezogen. Becker warf sich bis heute vor, dies nicht früher bemerkt zu haben – schließlich hatte er Schneider seit Jahren gekannt.

Er war froh, dass nun alle wieder beisammen waren, und berichtete von seinen Erkenntnissen, die Veronika ihrerseits auf dem Whiteboard festhielt, welches auf der Längsseite des Besprechungsraums prangte. Langner erzählte von Unstimmigkeiten bei den Listen und dass einige der Besucher über Umwege nach draußen gelangt waren. Ob sie damit der Registrierung oder den langen Warteschlangen hatten entgehen wollen, blieb offen, der Stimmung nach zu urteilen, tippte Langner aber auf die zweite Option.

»Ich gehe davon aus, dass viele gar nicht realisiert haben, was da gerade vorgefallen ist. Jeder wollte so schnell wie möglich raus. Dass es nicht noch zu Handgreiflichkeiten gekommen ist, ist echt ein Wunder.«

Becker seufzte gedehnt, er wusste, was das bedeutete. Sie würden jeden Einzelnen, der nicht auf einer der beiden Listen stand, anrufen, besuchen oder herzitieren müssen. Und was war mit den Leuten, die schon am Eingang nicht erfasst worden waren? Niemals würden sie eine hundertprozentige Sicherheit haben, wer alles wirklich vor Ort gewesen war.

Aber spielte das überhaupt eine Rolle? Das Opfer war ja schon eine Weile tot gewesen, bevor es so effektvoll enthüllt worden war.

»Brauchen wir denn wirklich alle Namen? Wenn wir jeden Einzelnen ausfindig machen wollen, dann werden wir ja nie fertig. Alleine die im System zu überprüfen … Und was sollen wir sie fragen? Entschuldigung, haben Sie vielleicht einen Baulöwen umgebracht? Oder gesehen, wer es getan hat?« Er stemmte die Hände in die Hüften.

»Du hast recht, Sven. Vor Ort wird sich keiner die Hände schmutzig gemacht haben, aber wir können nicht ausschließen, dass der Täter nicht noch einmal zurückgekehrt ist, um sich die Wirkung seiner Tat live anzuschauen. Bei der Inszenierung und der religiösen Symbolik spricht das für jemanden, der Aufmerksamkeit will, der vielleicht auch eine Botschaft hat. Dies aber nachzuweisen, wird fast unmöglich sein. Ich denke, wir müssen uns dem Fall über das Opfer nähern. Was wissen wir über Benno Hartmann?«, fragte Veronika in die Runde.

Becker überlegte kurz und stimmte seiner Chefin dann zu. Sie mussten das Pferd von hinten aufsatteln, das Opfer war ihr konkretester Anhaltspunkt. Sie würden herausfinden müssen, wem Hartmann so dermaßen auf die Füße getreten war.

17.

Die Nacht hatte er nur dank der starken Beruhigungsmittel, die Achim immer in seinem kleinen Kosmetiktäschchen bei sich trug, einigermaßen gut verbracht. Auch wenn er sich noch etwas benommen und watteartig im Kopf fühlte und seine Zunge und seine Gedanken schwerfällig waren, kam es ihm erst vor, als wäre gestern nichts geschehen. Doch ein Blick in die Tageszeitung auf dem Frühstückstisch des Hotels holte alle Erinnerungen wieder hoch. Die Polizei hatte noch kein offizielles Statement herausgegeben, aber einige der Menschen vor Ort hatten offensichtlich ein verstärktes Redebedürfnis verspürt und dies gleich an die Presse verteilt. Über die Ausstellung an sich oder gar sein neues Werk wurde kein Wort verloren.

Achim klopfte ihm aufmunternd auf die Schultern, als könnte er seine Gedanken lesen.

»Du wirst sehen, wenn etwas Gras über die Sache gewachsen ist, werden sie deine Werke feiern. Und vielleicht können wir die Tragödie irgendwie für uns nutzen. Ich habe mir die ganze Nacht über eine passende Strategie den Kopf zerbrochen. Lass mich mal machen. Iss du erst einmal etwas, du siehst ziemlich blass aus. Wir müssen gleich zum Polizeipräsidium nach Saarbrücken und unsere Aussage machen. Da solltest du fit sein.«

Paulo nickte stumm und zerknüllte die Zeitungsseite in seiner Hand. Seine Gedanken kreisten immer wieder um diesen Mann, dessen Präsenz so gut in sein Werk gepasst hatte. Wie pervers diese Situation doch war.

»Weißt du, was ich mich frage?«, platzte er plötzlich unvermittelt heraus, sodass seinem Manager fast die mit Butter beschmierte Brötchenhälfte aus der Hand gefallen wäre.

»Ich frage mich, woher jemand wusste, wie und wo man in meiner Installation eine Leiche platzieren konnte. Wir haben doch wirklich versucht, alles geheim zu halten.«

Achim biss in sein Brötchen und nickte kauend. »Hm, da hast du recht. Das ist komisch. Das sollten wir gleich der

Polizei mit auf den Weg geben. Die haben da sicher ihre eigenen Theorien.«

Auf dem Weg ins Präsidium hingen beide ihren Gedanken nach. Sie wurden von Veronika Hart und ihrem Kollegen Becker empfangen und in einen der Besprechungsräume geführt. Nachdem man ihnen mit einem entschuldigenden Lächeln zwei dünne Kaffees hingestellt hatte, ging die Befragung los.

Paulo sollte genau rekonstruieren, wann er sich wo wie lange aufgehalten und mit wem er gesprochen hatte. Er war nur noch genervt, denn mit so etwas wie Daten oder Uhrzeiten hielt er sich nicht gerne auf. Sein Körper bestimmte seinen Rhythmus und seine Kreativität, nicht die Uhr.

Zum Glück war Achim nicht nur sein Manager, sondern auch sein minutiöses Gedächtnis, und er übernahm das Frage-und-Antwort-Spiel mit den Polizisten für ihn. Diese notierten alles fleißig. Wie eintönig ihm das Ganze erschien.

Dann kam Achim auf seine Überlegung vom Frühstück zu sprechen. Beide Kommissare wurden hellhörig.

»Wer kannte denn Ihr Kunstwerk vor der Enthüllung? Gab es im Vorfeld schon Begehungen? Bilder im Internet? Haben Sie Ihre Ideen mit anderen geteilt?«, fragte ihn Kommissar Becker.

Was dachten die eigentlich, wie das Kunstgeschäft funktionierte? Dass alles von der Stange kam und man munter mit jedem darüber quatschen konnte?

»Selbstverständlich nicht. Ich habe mit niemandem darüber gesprochen. Achim kannte die Grundidee schon von Beginn an, aber die Umsetzung hat er auch erst vor ein paar Tagen zum ersten Mal gesehen, als er ins Saarland nachgekommen ist.«

»Und wie lange haben Sie daran gearbeitet? Vor Ort, meine ich«, fragte ihn die Kommissarin.

»Ich habe knapp zwei Wochen am Aufbau gesessen, der Raum war abgeschirmt vom Rest der Ausstellungsfläche, wo die anderen Exponate aufgebaut wurden. Die Monate davor habe ich die Bestandteile zusammengetragen, die Pflanzen gezüchtet und am Computer zahllose Skizzen gemacht, bevor ich mit der Konstruktion begonnen habe. Aber nichts davon sollte ins Internet gelangt sein, das wäre ja eine Katastrophe gewesen.«

»Verstehe, ist Ihnen sonst in der Zeit etwas Ungewöhnliches aufgefallen? Wer außer Ihnen hatte denn Zugang?«

»Ich weiß es nicht, wenn ich arbeite, können Sie neben mir jemanden umbringen, ich ...« Paulo merkte, dass dies kein passendes Beispiel gewesen war. »Ich meine, ich bekomme nichts um mich herum mit, wenn ich im Aktionsmodus bin. Die Techniker waren da, um die Ausleuchtung und die Kameras anzubringen, aber dazu kann Ihnen vielleicht dieser Obertechniker, wie hieß er noch, dieser Jahnke mehr sagen. Ansonsten habe ich wirklich keine Ahnung, wer da noch bei den Vorbereitungen dabei war. Es gab immer wieder Besucher, aber wer ...?«

»Okay, ich danke Ihnen. Wenn Ihnen noch etwas einfällt, dann melden Sie sich bitte. Und es wäre klasse, wenn Sie ein paar Tage in der Nähe bleiben könnten, falls wir noch Fragen haben.«

18.

Herrlich, sogar die überregionale Presse hatte den Leichenfund aufgenommen. Vor ihm lagen aufgeklappt die FAZ, die Süddeutsche sowie die Saarbrücker Zeitung und er las mit Spannung, was die Journalisten an ersten Ideen zusammengetragen hatten. Neben den Fakten war das zunächst einmal nicht viel. Ein Foto war nicht abgedruckt worden, nur wilde Beschreibungen von Augenzeugen. Er war schon sehr gespannt auf die Aussagen der Polizei. Es würde sicher bald eine Pressekonferenz geben. Er wollte zu gerne wissen, ob sie den Köder schon geschluckt und seine Nachricht verstanden hatten.

Dann hätte er den Stein ins Rollen gebracht und die anderen würden das Ganze nur noch beschleunigen. Langsam lehnte er sich in seinem Bürostuhl zurück. Heute war ein guter Tag, das spürte er.

Er hatte seine Bestimmung gefunden. Seine Aufgabe würde es sein aufzuräumen. Er war bereit.

19.

»Okay, Leute. Was haben wir?«

Veronika kam gerade von dem Gespräch mit der Ehefrau des Opfers, Leonie Hartmann, zurück. Die junge Frau stand immer noch unter Schock. Sie hatte kaum Angaben zu den Geschäftsbeziehungen ihres Mannes machen können noch zu irgendwelchen Personen, mit denen er im Clinch lag.

»Mein Mann hat mich aus dem Geschäft herausgehalten, ich kenne mich da auch wirklich nicht gut aus. Ich bin eigentlich Dermatologin, arbeite aber seit Pollys Geburt nicht mehr. Die Baubranche ist für mich ein Buch mit sieben Siegeln. Alleine diese komplizierten Ausschreibungen und Antragsverfahren«, hatte sie erzählt. Sie hatte Veronika dann doch noch ein paar Namen genannt von Personen, die ihr sicherlich mehr darüber berichten könnten. Darunter war die erste Frau von Herrn Hartmann, die immer noch in seiner Firma angestellt war und die Finanzen des Unternehmens verwaltete.

Veronika schrieb die Namen auf das Whiteboard und teilte sie mit einem kurzen Pfeil den Teams für die Befragungen zu. Weissmann und Meyer kamen herein. Sie hatten Gerrit Jahnke befragt. Becker wedelte mit einigen dicht beschriebenen Ausdrucken des vorläufigen Obduktionsberichts. Thiel hatte offensichtlich wieder die Nacht durchgearbeitet. Veronika berichtete kurz von ihrer Unterredung und bat dann die anderen um deren Ergebnisse.

»Jahnke wird uns eine Liste erstellen lassen mit allen Mitarbeitern, Handwerkern und Besuchern, die in den vergangenen Wochen in den Räumlichkeiten ein und aus gegangen sind. Er schätzt, dass er da auf mehrere Dutzend kommt«, erläuterte Sylvia Meyer. »Er hat auch bestätigt, dass Pausini am Vorabend der Eröffnung gegen 0.30 Uhr die Halle verlassen hat. Er wusste es noch so genau, weil sich der Schließdienst deshalb bei ihm beschwert hat. Die Putzkolonne ist dann wohl gegen neun Uhr morgens angetreten, den Angestellten sei aber nichts Spezielles aufgefallen, sagt er. Er hat wohl heute früh gleich noch mit deren Vorgesetzten telefoniert. Die Mitarbeiter sollten wir aber dennoch noch mal einzeln befragen, sicher ist sicher.«

»Gut, bleibt da bitte dran. Sven, haben wir schon eine Einschätzung zum Todeszeitpunkt? Und der Todesursache?«

»Ja, Thiel hat mal wieder Gas gegeben. Also, den Totenflecken und der Leichenstarre nach zu urteilen, war die Leiche etwas mehr als 12 Stunden tot, bevor sie zu ihm gebracht wurde. Wir reden also von der Nacht vor der Veranstaltung. Todesursache war Verbluten, die Wunde an den Rippen ging zwischen den Knochen durch und hat die Hauptarterie verletzt. Das ging wohl ziemlich schnell, meinte er.«

Veronika las parallel in dem Bericht, den Becker ihr gegeben hatte. Deutliche Hämatome am Hinterkopf ließen darauf schließen, dass dem Opfer vorher ein Schlag mit einem stumpfen Gegenstand verpasst worden war.

»Kann man sagen, ob Hartmann bei Bewusstsein war, als ihm die Wunde zugefügt wurde?«

Becker schüttelte den Kopf.

»Leider nicht. Thiel überprüft gerade noch, ob es Abwehrspuren gibt und was er sonst noch finden kann. Dies war nur mal sein erster Aufschlag.«

»Max, was hast du für uns im Gepäck?«

»Noch nicht so viel, ehrlich gesagt. Ich bin gerade dabei, die Baufirma ein bisschen auseinanderzunehmen. Ich blicke aber langsam nicht mehr durch. Hartmann hatte mehrere Beteiligungen an anderen Unternehmen und einige große Projekte, in die er sogar selbst investiert hat. Ich hoffe, es ist okay, dass ich mir Unterstützung bei den Wirtschaftsdelikt-Leuten angefordert habe. Der Herr war ganz schön umtriebig und hat nur bei den großen Projekten mitgespielt. Die Erschließung der Saarterrassen, das Einkaufszentrum in Neunkirchen und mehrere Neubaugebiete – alles auf alten Industriebrachen. Also offensichtlich höchst lukrativ. Bleibe da dran.«

Veronika nickte nachdenklich. Die Baubranche war für erbitterte Konkurrenzkämpfe bekannt. Und einige Mitspieler waren nicht unbedingt zimperlich, wenn es um die Wahl der Bandagen ging. Lauerte hier schon ihr Motiv? Wieso trieb der Täter dann so viel Aufwand? Und dann diese Pose. Wen betete Hartmann da an? Was sollte das alles bedeuten?

»Haben wir die Aufnahmen der Überwachungskameras schon?«

»Nein, leider nicht. Anscheinend gibt es gar nicht so viele auf dem Gelände, wie ich vermutet hätte. Es befindet sich jeweils eine am Lieferanteneingang und im Empfangsbereich sowie vor den Außentüren. Aber innen so gut wie keine. Nur die, die vor der Skulptur selbst aufgebaut war, aber die hat erst kurz vor der Enthüllung angefangen aufzuzeichnen. Auf jeden Fall haben die irgendetwas von offiziellem Beschluss für die Herausgabe der Dateien gefaselt. Kannst du da nicht mal deinen Staatsanwalt drauf ansetzen? Ich hab gesehen, ihr seid jetzt so«, witzelte Becker und hielt dabei Mittel- und Zeigefinger gekreuzt.

»Ha, ha. Sehr witzig.« Veronika ärgerte sich, weil sie ein bisschen rot wurde, ohne zu wissen, warum eigentlich.

»Ruf du ihn doch selbst an. Ich muss dringend noch etwas

anderes erledigen«, zischte sie genervter, als sie wollte. Normalerweise agierte die Staatsanwaltschaft im Hintergrund und sie befanden sich in enger Abstimmung während ihrer Ermittlungen. Meist übernahm es jemand aus ihrem Team, die Schnittstelle zu den Kollegen dort zu spielen. Aber sie wurde das Gefühl nicht los, dass es dieses Mal anders sein würde.

20.

Margarete Schwarz blätterte in ihrem Poststapel. Was war das gestern Abend für eine Aufregung gewesen? Sie hatte leider zu weit weg gestanden, um wirklich etwas sehen zu können, aber im Internet kursierten genügend Aufnahmen von der Live-Übertragung, die den Schockmoment dokumentierten. Sie hatte Benno sehr gut gekannt, nicht nur durch ihre enge Zusammenarbeit, aktuell an drei gemeinsamen Projekten, sondern auch privat. Sie verstand nicht, wer so etwas tun konnte. Benno war immer humorvoll gewesen, von der gröberen Sorte zwar, aber so waren nun mal die Baujungs. Er konnte charmant und einschmeichelnd sein, wenn er etwas wollte. Und er wusste immer genau, was das war.

Ein Umschlag stach besonders aus dem Poststapel hervor,

der hauptsächlich aus Briefen im DIN-lang-Format bestand. Er war fast quadratisch und sah den Briefpapierbögen ähnlich, welche sie als junges Mädchen gesammelt hatte. Leicht strukturiert und in einem hellen Gelbton gehalten. Es hätte sie nicht gewundert, wenn er nach Kamille geduftet hätte. Sie hob ihn an die Nase, doch er roch nur leicht nach Klebstoff.

Der Brief war an sie persönlich adressiert. Deswegen hatte ihn ihre Sekretärin nicht angerührt. Sie schob ihren Brieföffner routiniert in den kleinen Schlitz an der Umschlagskante und schnitt ihn mit einer Bewegung sauber auf. Sie zog ein vierfach gefaltetes Blatt Papier heraus, klappte es auf und hielt den Atem an, als ihr Blick auf die dilettantisch geklebten Buchstaben fiel. Wie in einem schlechten Film, schoss es ihr durch den Kopf.

»TICK, TACK, RÜBE AB! DU BIST DIE NÄCHSTE. AUCH DU WIRST BEZAHLEN – DU MISTSTÜCK.«

Das konnte nur ein Scherz sein. Hektisch suchte sie auf dem Umschlag nach einem Absender oder zumindest nach einem Hinweis darauf. Der Poststempel wies auf Saarbrücken hin, sonst war nichts zu finden. Sollte sie die Polizei einschalten?

Sie bekam hin und wieder unschöne Post. Sie war schließlich schon lange in der Politik, da konnte man es nicht jedem recht machen. Meistens waren es E-Mails, in denen sich der Absender im Ton vergriff oder sie gar beschimpfte. Aber seit sie bei der SABB, der Saarländischen Agentur für Bau- und Bodenprojekte, arbeitete, hatte sie keine Briefe dieser Art mehr erhalten. Und so direkt war ihr Leben bisher auch noch nicht bedroht worden. Vielleicht lag das an der Verrohung der Gesellschaft, von der aktuell alle sprachen. Oder es hatte sich doch jemand einen üblen Scherz erlaubt. Aber die Sache mit Benno …

»Frau Schwarz, Ihr Termin wartet«, rief ihre Sekretärin

durch die einen Spaltbreit geöffnete Tür. Sie beschloss, den Schreck erst einmal sacken zu lassen und sich dann zu überlegen, wie sie weiter vorgehen wollte. Nicht, dass sie noch alle für paranoid hielten. Als Frau hatte sie es schon schwer genug in den Baugremien, zwischen Ingenieuren, Architekten, Bauleitern und Polieren. Wie oft hatte sie sich da schon zotige Bemerkungen anhören müssen?

Nein, sie durfte sich nicht ablenken lassen. Bei ihrem nächsten Termin ging es um viel Geld. Die Vergabe der Bebauungsrechte für die Brachfläche in Bexbach. Die inoffiziellen Vorgespräche waren schon gelaufen, eigentlich wusste jeder, was er zu tun hatte. Aber manchmal schoss doch noch jemand quer und drohte, den Mantel des Schweigens, der wohlig über den geheimen Seilschaften lag, zu lüften. Sie hatte dieses Mal ihre Hausaufgaben gemacht, jetzt würde sie sehen, ob es aufging. Der Pool in ihrem Garten, von dem sie so lange geträumt hatte, würde sich nicht von selbst bauen. Sie packte ihre Unterlagen zusammen und warf sich noch eine Koffein-Tablette ein, die sie mit einem großen Schluck Wasser hinunterspülte. Konzentrier dich, Margarete.

21.

Eins musste man der Truppe um Veronika Hart lassen. Sie waren fokussiert und ein gut eingespieltes Team. Dies war sein erster großer Fall als Staatsanwalt in Saarbrücken, und als Kommissar Langner ihn angerufen hatte, um ihn auf den neuesten Stand zu bringen, hatte er darauf bestanden, mit der Hauptkommissarin persönlich zu sprechen.

Seit dem Leichenfund hatte er sich den Kopf zerbrochen, wie man die Geschichte am besten angehen könnte, ohne allzu viele Pferde scheu zu machen. Hartmann war bei den Rotariern gewesen, kannte im Saarland und wahrscheinlich darüber hinaus Gott und die Welt. Dieser Fall würde zwangsläufig Staub aufwirbeln und der Druck nach Aufklärung schnell steigen. Es war utopisch, unter den Gästen nach dem Schuldigen zu suchen, daher fand er den Ansatz, den die Polizei gewählt hatte, nachvollziehbar. Nach dem Chaos mit Zugangs- und Ausgangskontrollen und der großen Personenzahl ergab es keinen Sinn, hier anzusetzen. Also stand das Opfer im Fokus – und da würden die Probleme anfangen, das konnte er jetzt schon voraussagen.

Sowohl der Oberstaatsanwalt als auch sein direkter Chef hatten sich an diesem Morgen gleich bei ihm nach dem Stand der Ermittlungen erkundigt. Auch sie kannten Benno Hartmann. Gleiche Stammtische, gleiche Golfclique. Sebastian war gebürtiger Saarländer, sein Vater war Richter gewesen und hatte sich vor Kurzem in den Ruhestand verabschiedet. Er wusste, dass alle irgendwie miteinander verbandelt waren, geschäftlich und privat. Und dass sie, wenn sie zu viel in der Suppe rühren würden, auch unappetitliche Details zu sehen bekämen, die der eine oder andere Koch vielleicht lieber verstecken würde.

Veronika Hart und er mussten hier ganz behutsam vorgehen. Das versuchte er ihr schon seit zehn Minuten am Telefon zu erklären, aber er hätte auch mit einem Kühlschrank sprechen können, so eisig ließ sie ihn spüren, wie sehr sie seine Einmischung in ihre Arbeit schätzte. Nämlich überhaupt nicht.

»Frau Hart, Sie müssen verstehen, dass das gesamte Saarland fast nur funktioniert, weil wir felsenfeste Netzwerke haben, die alles am Laufen halten«, setzte er erneut an. »Natürlich treffen Sie dort immer wieder die gleichen Gesichter, und man könnte jetzt eine Diskussion über Marktoffenheit, Wettbewerbsverzerrung und Entscheidungsfreiheit vom Zaun brechen. Aber mit diesen Argumenten werden Sie dort nicht viel ausrichten können.«

»Das ist mir ziemlich egal, Herr Kirschmeier. Fakt ist, dass wir hier eine Leiche haben, die anscheinend durch das Netz gefallen ist. Oder irgendwo sitzt eine Spinne, die bei dieser Klüngel-Show nicht mehr mitspielen will. Oder der Hartmann auf die Füße getreten ist, wenn wir mal davon ausgehen, dass es ein gezielter Anschlag auf seine Person und er kein Zufallsopfer war. Beides müssen wir aber in Betracht ziehen.«

»Sie haben ja recht, ich würde das auch so sehen an Ihrer Stelle. Aber glauben Sie mir, wir sollten dennoch mit Fingerspitzengefühl vorgehen und nicht mit dem Bulldozer. Wenn wir Pech haben, sind da auch Personen involviert, an denen Ihre und meine Karriere hängen.«

Veronika Hart schnaubte durch den Hörer und wollte gerade etwas erwidern, als Sebastian sie unterbrach.

»Hören Sie, was halten Sie davon, wenn wir einen Schlachtplan machen. Ich kenne alle handelnden Personen in diesen

Kreisen, ihre Hintergründe sowie ihre Wirkungsgrade. Wir tasten uns langsam voran. Lassen Sie mich Ihr Minensuchhund bei den Ermittlungen sein. Wenn wir vor einem dicken Brummer stehen, überlegen wir uns jeweils eine Strategie, bevor der hochgeht und uns mitreißt. Einverstanden?«

Am anderen Ende der Leitung entstand eine längere Pause.

»Okay, dann machen wir das so«, gab Veronika widerwillig nach. »Die saarländische VIP-Szene ist nicht mein Parkett. Da kenne ich mich weder aus, noch fühle ich mich wohl.«

Sebastian lächelte leicht. Eins zu null für ihn.

Perfekt, jetzt musste er sich nur noch überlegen, in welche Richtung die Ermittlungen am sinnvollsten waren. Bevor sie der Frage nachgingen, ob Hartmann in irgendetwas verwickelt gewesen war, sollten sie alles andere ausschließen können – Habgier, Neid und Missgunst, Rache oder eine enttäuschte Liebesgeschichte.

22.

Sven Becker machte sich auf den Weg zum Geschäftssitz der Firma Hartmann Bau GmbH, die im Stadtteil Güdingen mehrere Hallen und ein Bürogebäude besaß. Er hatte einen Termin mit Gabriele Hartmann, der ersten Frau ihres Opfers, die nach seinen Recherchen die Finanz- und Controllingabteilung des Unternehmens leitete.

Eine adrette Frau Anfang 50 in einem perfekt sitzenden dunklen Hosenanzug und mit akkurat geschnittenen, kinnlangen blonden Haaren erwartete ihn bereits am Eingang des Hauptgebäudes. Sie führte ihn direkt in ein lichtdurchflutetes Büro auf der Südseite, in das sein eigenes im Präsidium dreimal reingepasst hätte. Auch wenn er überall Mitarbeiter sah, die teilweise in kleinen Grüppchen zusammenstanden, herrschte hier eine gespenstische Stille. Verständlich, wenn gerade der Chef verstorben war, und dann noch auf so eine spektakuläre Art und Weise. Sylvia Meyer hatte ihn eben noch auf dem Handy angerufen und ihm mitgeteilt, dass erste Bilder in den sozialen Medien aufgetaucht waren. Irgendein Idiot hatte gestern Abend nichts Besseres zu tun gehabt, als sein Mobiltelefon zu zücken und Fotos zu machen. Diese Aasgeier. Ständig getrieben von der Sensationsgier und dem Drang, ein Foto zu posten, das möglichst viele Likes generierte.

Gabriele Hartmann begrüßte ihn mit einer tiefen rauchigen Stimme, die so gar nicht zu ihrem zierlichen Äußeren passte, aber von zahllosen Zigarettenpackungen und Whiskyabenden zeugte. Während er sich noch darüber wunderte, stolperte er beim Betreten des Büros über zwei große langhaarige Knäuel, die sich als schlaksige Afghanen herausstellten, die ihm fast bis zur Hüfte gingen.

»Diese Rasse sieht man nicht oft«, stellte er fest, während er den einen Hund am Kopf kraulte. »Aber sie sind wunderschön. So anmutig, und dann die Augen. Als wüssten sie genau, was einem durch den Kopf geht.«

Ein kurzes Lächeln erhellte Gabriele Hartmanns Gesicht.

»Das stimmt, die beiden sind mein ein und alles. Benno hat sie geliebt. Er hat immer Hunde gehabt, wir haben sogar früher eine kleine Zucht geführt. Die beiden sind die Letzten aus dieser Zeit. Leider hat die kleine Polly eine schlimme Hundeallergie, zumindest behauptet das ihre Mutter. Wenn Sie mich fragen, will die einfach nur keine Hunde im Haus.«

Sie schüttelte den Kopf und besann sich, warum Becker bei ihr war.

»Der Verlust hat uns alle schwer getroffen. Leonie und Polly natürlich besonders. Das wird hart für die beiden. Finanziell hat Benno für sie gesorgt, da hat er sich nicht lumpen lassen. Aber er hat sich auch sonst um alles gekümmert. Mit der Firma werden wir mehr Probleme bekommen. Die Folgen kann ich aktuell noch nicht überblicken, dafür stehe ich zu sehr unter Schock. Ich hoffe, Sie verstehen das.«

Sven Becker nickte. »Wissen Sie denn, ob Ihr Ex-Mann bedroht wurde? Hat er sich beruflich mit jemandem angelegt, vielleicht einen Auftrag weggeschnappt, oder war er in sonst irgendwelche Geschäfte involviert, die schiefgelaufen sind? Die Baubranche ist ja ein raues Pflaster, was man so hört. Seine Frau konnte uns leider gar nichts dazu sagen …«

Frau Hartmann lachte heiser und verdrehte die Augen. Die beiden Frauen schienen nicht das beste Verhältnis gehabt zu haben.

»Oder ist er vielleicht sogar privat in eine Sache hineingeraten, aus der er nicht mehr rauskam? Ich nehme doch an, wenn Sie so eng mit ihm zusammengearbeitet haben, dass Sie vieles davon mitbekommen haben?«

Beckers Gegenüber schien nachzudenken. Sie hatte sich in einen überdimensionalen Ledersessel fallen lassen, ihm den anderen zugewiesen und starrte mit verschränkten Armen vor sich auf den Boden. Ein junger Mann kam herein und brachte ihnen Kaffee und ein paar Kekse.

»Danke, Alex. Bitte sag alle meine Termine für heute Nachmittag ab und schick die Belegschaft nach Hause, die stehen ja eh nur rum und zerreißen sich die Mäuler. Ich hab heute einfach keinen Nerv mehr für diese Frage-Antwort-Spiele.« Sie schickte ihren Assistenten mit einer wedelnden Handbewegung hinaus, dann wandte sie sich wieder Becker zu.

»Ich verstehe ja, dass die Angst um ihre Jobs haben, nicht dass ich da falsch rüberkomme. Aber ich habe auch einen wichtigen Menschen in meinem Leben verloren, den Vater meiner Söhne. Manche von denen haben mir noch nicht mal ihr Beileid ausgedrückt, sondern gleich mal gefragt, für wie viele Monate ihr Gehalt noch sicher ist. Das ist doch wirklich pietätlos, finden Sie nicht?«

Er stimmte ihr zu. Und während sie sich eine Zigarette anzündete und den Rauch stoßartig, fast erleichtert in die Luft blies, zückte er sein Notizbuch und begann mit der Befragung.

23.

Es war schon erstaunlich, wie schnell der Kick nachließ. Die Polizei schien in ihre Ermittlungen vertieft zu sein und es passierte nichts. Rein gar nichts. Als Gast der Veranstaltung war er weder angeschrieben, geschweige denn als Zeuge vorgeladen worden. Wahrscheinlich suchten sie gerade krampfhaft nach einem triftigen Motiv und wirbelten in Hartmanns Archiven Staub auf. Vielleicht war es gar nicht mal schlecht, dass jetzt auch seine Lakaien mächtig ins Schwitzen kamen. Es wurde Zeit, dass die Welt erfuhr, was da vor sich ging. Und dass diese Schweine endlich bezahlten.

Er schrieb noch ein paar belanglose E-Mails und rief dann seine Mutter an. Wie jeden Tag um 14.00 Uhr.

»Ich bin's. Wie geht es euch? Hat er was essen können? Und war die Pflegerin heute pünktlich?«

Seit sie den Pflegedienst gewechselt hatten, gab es nur noch Probleme. Die angeblich examinierten Pflegekräfte hielten kaum die vereinbarten Zeiten ein, sprachen gebrochenes Deutsch, arbeiteten teilweise schlampig und waren dann oft schneller wieder weg, als man gucken konnte. Seine Mutter traute sich nie, etwas zu sagen, und nahm alles einfach hin. Und er konnte immer nur Beschwerde-E-Mails hinterherschicken, die aber nichts brachten.

Doch heute schien alles geklappt zu haben, das beruhigte ihn.

»Hast du gelesen, was in der Völklinger Hütte passiert ist? Du warst gestern auch dort, oder?«, fragte ihn seine Mutter.

»Stimmt, aber davon habe ich nichts mitbekommen. Du weißt doch, ich bin früher gegangen. Erinnerst du dich?«

»Hmmm, ja. Stimmt. Jetzt, wo du es sagst. Entschuldige bitte, ich frag mich, wo meine Gedanken sind. Dein Vater hat sich früher schon immer darüber aufgeregt.«

Er brummte nur ins Telefon. Sein Puls stieg automatisch an, wenn er die zittrige, unsichere Stimme seiner Mutter hörte. Diese selbstbestrafende Opferhaltung, diese Demut vor allem und jedem. Er konnte es fast nicht ertragen. Sein Leben lang hatte er sie so erlebt. Sich ständig wegduckend, stets darauf bedacht, es allen recht zu machen. Ohne eigene Meinung, ohne eigenen Willen. Auch wenn sein Vater sie stets ermuntert hatte, sie traute sich einfach nichts zu.

»Ich muss Schluss machen, Mutti!«, sagte er, bemüht, sich seine Aufregung nicht anmerken zu lassen. »Heute kann es etwas später werden, okay? Warte nicht mit dem Essen auf mich. Ich habe noch einen Termin.«

»Ach Gott, du Armer. Dass du immer so viel arbeiten musst. Ich heb dir dann was vom Abendessen auf, ja?«

Er atmete tief durch. Er wusste selbst nicht, warum er noch zu Hause wohnte. Irgendwie hatte er den Zeitpunkt verpasst auszuziehen. Er war nie wirklich weit rausgekommen. Zu seinem Studium, erst in Saarbrücken und dann in Speyer, war er immer gependelt. Das war auch im Sinne seines Vaters gewesen. Dass sein Sohn eine eigene Wohnung haben wollte, hielt er für pure Geldverschwendung. Und nach dem Unfall hatte sich sowieso alles verändert. Er wollte seine Mutter nicht im Stich lassen.

Jetzt hatte er aber erst einmal andere Sorgen. Er musste einen Termin vereinbaren. Phase zwei konnte starten.

24.

»Der hatte ja wirklich überall seine Finger drin«, staunte Veronika, als Langner ihr eine Liste der letzten Bauprojekte von Hartmanns Firma hinlegte.

»Hm, stimmt. Und das waren wie gesagt keine kleinen Projekte. Hauptsächlich Neuerschließungen von Industriebrachen, teilweise vom Land mitfinanziert oder von ihm selbst für einen Apfel und ein Ei gekauft, bebaut und dann zu Mondpreisen später wieder verkauft. Da ist alles im Angebot, schau. Einkaufszentren, Wohnsiedlungen, Kultureinrichtungen – selbst das Dinosaurierland Gondwana in Landsweiler-Reden ist dabei. Warst du da schon mal?«

Veronika schaute ihn verwirrt an.

»Seh ich etwa so aus? Aber Francesco steht total auf Dinos, vielleicht schleppe ich den mal dahin, der freut sich bestimmt wie ein kleines Kind an Weihnachten.«

Ein Stich durchfuhr sie, als sie an Francesco dachte. Sie erinnerte sich an den Streit vom Vorabend und wie sehr sie sich gewünscht hatte, dass er einfach in seine Wohnung zurückkehrte und sie ein paar Tage in Ruhe ließ. Sie brauchte Luft zum Atmen, Zeit zum Nachdenken. Auf der anderen Seite machte sie der Gedanke, ihn zu verlieren, wahnsinnig. Zum ersten Mal fühlte sie sich bei jemandem wirklich sicher. Und konnte so sein, wie sie war. Auch mal mit zerknautschtem Gesicht und Haaren, die in alle Richtungen standen, zum Frühstückstisch schlurfen. Und dann immer noch wissen, dass er sie liebte.

Max' Räuspern riss sie aus ihren Gedanken.

»Was machen wir jetzt mit diesem Wissen? Ist das schon ein Motiv?«

Veronika betrachtete lange das Foto des Opfers, welches oben links an ihrem Whiteboard hing, neben all den persönlichen Angaben, die sie bereits zu Hartmann zusammengetragen hatten. Erstaunlich, wie wenig am Ende eines solchen Lebens übrig blieb. Ein paar Eckdaten, ein Foto, erste Eindrücke. Aber alles andere, was diese Person ausgemacht hatte, verschwand dahinter. Er war nicht mehr der Bauunternehmer, er war jetzt ihr Mordopfer.

»Weiß ich noch nicht, Max. Die Baubranche birgt natürlich Potenzial, dem einen oder anderen auf die Füße zu treten. Kontaktiere noch einmal die Kollegen von der Wirtschaftskriminalität, vielleicht haben die noch weitere Hinweise zu Benno Hartmann aus anderen Zusammenhängen. Warten wir ab, was Sven gleich von seinem Gespräch aus dessen Firma an Infos mitbringt. Teammeeting in einer Viertelstunde, trommelst du alle zusammen? Ich berichte dann auch von meinem Gespräch mit dem Staatsanwalt. Muss vorher nur kurz telefonieren.«

Max nickte und wendete sich ab, während Veronika ihr Handy aus der Gesäßtasche ihrer Jeans zog und Francescos Nummer wählte. Als nach mehrmaligem Läuten die Mailbox ansprang, widerstand sie dem Impuls aufzulegen und wartete den Signalton ab.

»Hey Schatz, habe gerade an dich gedacht. Max hat mir von einem Dinopark erzählt, in Landsweiler-noch-was, keine Ahnung. Schon wieder vergessen. Sollen wir da am Wochenende hin? Jurassic Park nur für dich? Freu mich später auf dich und lass uns noch mal in Ruhe reden heute Abend, okay?«

Sven Becker stürmte mit strammen Schritten in ihr Büro und berichtete in kurzen Sätzen von seinem Besuch bei Hartmanns Ex-Frau.

»Auf die Frage nach möglichen Feinden ist sie zusammengezuckt und hat mich dann gefragt, wie viel Zeit ich habe. Die Frau hat echt Chuzpe. So richtig trauert die ihrem Ex nicht nach, wenn ihr mich fragt. Aber was ich so rausgehört habe, ist er mit seinen Geschäftspartnern und Konkurrenten nicht so zimperlich umgegangen. Wahrscheinlich gibt es da einige, denen es gar nicht so unrecht ist, dass der gute Hartmann jetzt das Zeitliche gesegnet hat.«

Veronika warf ihm einen mahnenden Blick zu. Sie konnte es nicht leiden, wenn man so lapidar über die Opfer sprach. Auch wenn ihre innere Stimme sich ähnlich ausdrückte, störte es sie einfach, das laut zu hören.

»Ja, schon gut, Chefin«, lachte Sven, der seine Vorgesetzte damit gerne mal ein bisschen ärgerte. Sie grinste. Seit ihrem letzten gemeinsamen Fall war viel passiert und sie war froh, dass sich zwischen ihnen beiden langsam wieder ein Vertrauensverhältnis aufbaute. Das war ihr lieber als der Spießrutenlauf, den sie vorher immer absolvieren musste.

»Na ja, auf jeden Fall erstellt sie uns eine Liste mit allen Dienstleistern, Geschäftspartnern und Wettbewerbern, denen Hartmann in irgendeiner Form übel mitgespielt hat. Ich nehme an, sie kopiert uns einmal die Gelben Seiten von Saarbrücken. Sie war zwar nicht begeistert, hat aber versprochen, die Liste bis übermorgen zu liefern.«

»Geht das nicht schneller?«, fragte Veronika, der es schon davor graute, demnächst Hunderte von Befragungen durchführen zu müssen, um ein mögliches Motiv oder Alibis abzuklären.

»Du kannst gerne noch mal bei ihr nachfragen, ich mach dir aber nicht sehr viel Hoffnung. Die muss erst mal ihren Laden wieder in den Griff bekommen.«

Veronika ließ sich in ihren Drehstuhl fallen, der knarzend nach hinten abkippte, und wippte hin und her. Sie dachte nach.

Da waren zu viele Fäden in der Luft, die alle nach Klischee und schlechtem Tatort-Drehbuch klangen. Die Rache eines Konkurrenten, eine enttäuschte Liebschaft oder doch eine firmeninterne Intrige? Wo sollte sie ansetzen? Auf der einen Seite waren Hunderte von Gästen auf der Vernissage, auf der anderen vielleicht ebenso viele potenzielle Feinde des Opfers. Den Tatort hatten sie noch nicht ausfindig gemacht, an der Leiche selbst waren keine fremden Spuren gefunden worden, zumindest hatte ihnen das Thiel eben kurz durchgegeben. Die Auswertung der Videoüberwachung würde noch Hinweise geben können. Aber bei den wenigen Kameras, die auf dem Gelände der Völklinger Hütte verteilt waren, versprach sie sich nicht viel Erfolg davon. Sie hoffte dennoch, dass Sebastian Kirschmeier die Aufnahmen schnell besorgen konnte. Sie brauchte dringend etwas mehr Licht in diesem dunklen Chaos.

25.

Ihr Termin war hervorragend gelaufen. Alle Beteiligten hatten sich an ihre Choreografie gehalten und Margarete Schwarz war sich sicher, dass niemand, der nicht eingeweiht war, irgendeinen Verdacht schöpfen würde. Zwischendrin war es brenzlig geworden, als der Kollege von der Umweltbehörde etwas von Auflagen und der Entnahme von Bodenproben faselte. Angeblich musste erst einmal geprüft werden, ob der Baugrund durch die vorherige industrielle Nutzung irgendwie belastet war. So ein Quatsch, wen würde das denn interessieren, wenn das neue Einkaufszentrum dort stand? Infrastruktur, Arbeitsplätze und eine gesteigerte Attraktivität des Standorts. Das war Regionalentwicklung. So lockte man junge Familien aufs Land. Und nicht mit noch einem Schutzgebiet für die Bachstelze oder sonst irgendein Federvieh, das kein Mensch brauchte.

Für sie bedeutete das jetzt natürlich mehr Aufwand, die entsprechenden Genehmigungen zu besorgen, ohne vorher jeden Stein auf dem Gelände umgedreht zu haben. Sie hatte das ihren Gesprächspartnern durch die Blume zu verstehen gegeben. Ihr Preis stieg damit beträchtlich. Vielleicht gab es zu dem Pool ja dann doch noch ein schickes Poolhaus mit Sauna. Ihr Mann würde Augen machen, der alte Skeptiker. Mit seinem mickrigen Beamtengehalt als Gymnasiallehrer würden sie sich das alles nicht leisten können. Die Reisen, die guten Restaurants und ihr Haus. Ganz zu schweigen von den kleinen Annehmlichkeiten, die sie sich sonst noch zwischendurch gönnten. Ein Shoppingtrip nach Paris hier, ein Formel-1-Besuch am Hockenheimring dort. Er genoss diesen Lebensstil ebenso wie sie. Nur manchmal kehrte er den Reichsbedenkenträger hervor und mahnte sie, den Ball flacher zu halten. Aber dafür lief es einfach zu gut und sie wusste, dass sie das nicht bis zum Ende ihrer Tage machen würde. Eher wollte sie früher in den Ruhestand gehen und den Luxus, den sie sich erarbeitet hatte, genießen. Nur noch wenige Jahre und ein paar Großprojekte, dann hatte sie ausgesorgt.

Jetzt würde sie erst einmal den Papierkram erledigen müssen. Vor lauter Adrenalin fiel ihr der Drohbrief erst wieder ein, als sie an ihren Schreibtisch zurückkehrte. Ärgerlich zerknüllte sie ihn und warf ihn in den Papierkorb. Sicher irgendein Schwachkopf, dem sie etwas nicht bewilligt hatte. Oder der sonst ein Problem hatte. Aber damit sollte sie sich nicht aufhalten.

Trotz des positiven Ausgangs war die Stimmung bei ihrem Termin komisch gewesen. Natürlich war der spektakuläre Tod von Benno Hartmann das große Gesprächsthema gewesen, vor allem, weil er eigentlich heute mit ihnen am Tisch sitzen sollte. Gabi, seine Ex-Frau, hatte ihn vertreten, wie auch in der Vergangenheit schon öfter. Aber dieses Mal war es anders gewesen. Allen hingen die Bilder noch im Kopf, doch sie hatten weitergemacht wie geplant, ohne sich von dem Vorfall ablenken zu lassen, Betroffenheit hin oder her.

Business as usual. The show must go on.

26.

Was waren das für sture Knochen? Diese Diskussionen. Allein der Datenschutzbeauftragte der Völklinger Hütte hatte ihn heute mehrere Stunden Arbeit gekostet, weil er aufs Verrecken die Kameraaufnahmen nicht herausrücken wollte. Richterlichen Beschluss, Dringlichkeitserklärung, was der nicht alles haben wollte. Dabei galt es, ein Verbrechen aufzuklären, und die richtig heiße Spur fehlte noch. Irgendwann zwischen 03.00 Uhr nachts und der Eröffnung der Vernissage musste das Opfer an den Fundort gekommen sein. Und das nicht eigenständig zu Fuß, sondern bereits als toter Mann. Sebastian seufzte. Er war sich sicher, dass man seinem Vorgänger diese Steine nicht in den Weg gelegt hätte. Er war der Neue, der Grünschnabel. Er würde sich das Vertrauen und vor allem den Respekt erst verdienen müssen.

Vor allem ärgerte ihn, dass er Veronika Hart nicht schneller einen Erfolg melden konnte. Zu gerne hätte er ihr in Windeseile alle notwendigen Beschlüsse und Informationen besorgt, damit sie nur noch eins und eins zusammenzählen musste, um den Fall zu lösen. Er hatte das Gefühl, dass ihre erste Begegnung nicht ganz optimal verlaufen war. Nachdem ihm seine Kollegen schon so viel von ihr erzählt hatten, hatte er besonders lässig rüberkommen wollen. Ihr zeigen, dass sie mit ihm einen ebenbürtigen Mitstreiter haben würde. Aber als er dann vor ihr stand, war nichts mehr übrig von der Lässigkeit. Er war sich wie ein kleiner Schuljunge vorgekommen, der sich vor lauter Nervosität um Kopf und Kragen redete.

Wenn er schon die Kameraaufnahmen nicht herbeischaffen konnte, dann würde er heute Mittag wenigstens versuchen, seine Kollegen zu diesem Hartmann auszuhorchen. Da waren sicher einige dabei, die noch näher mit ihm zu tun gehabt hatten. Und bei einem Flammkuchen am Sankt Johanner Markt ließen sich bestimmt ein paar Details herauskitzeln.

Was ihn nicht losließ, war die Art und Weise, wie man den Toten drapiert hatte. Darin steckte so viel Symbolik. Als wollte der Täter eine Botschaft loswerden. Nur welche?

Er kramte in seinem Gedächtnis. Erst letztens hatte er ein Buch über Psychopathen gelesen, in dem es genau um die Frage der Symbolhaftigkeit ihrer Opferpräsentation ging. Oder wie in dem Film »Sieben« mit Brad Pitt aus den 90ern, in dem der Täter jedes einzelne seiner Opfer entsprechend der sieben Todsünden präpariert hatte. Er würde mit Veronika Hart darüber sprechen müssen. Sollte er einfach vorbeigehen? Oder lieber einen Termin vereinbaren? Nicht, dass sie sich noch überfallen fühlte. Auf der anderen Seite musste er sich als Staatsanwalt mit den Ermittlungsergebnissen befassen. Er wählte den Mittelweg und schrieb ihr eine kurze E-Mail, mit der er sich für den frühen Nachmittag ankündigte. Sollte es nicht passen, könnte sie sich ja melden.

Aber bis dahin galt es, einiges zu erledigen und eine Anhörung in einem anderen Fall vorzubereiten. Justitia schlief schließlich nie.

27.

Es war ihr heute früh beim Joggen eingefallen. Der Kommissar gestern hatte sie gebeten, sich Gedanken zu machen, wer noch eine Rechnung mit Benno zu begleichen hatte. Zunächst waren ihr da alle Geschäftspartner und Unternehmer eingefallen, denen Benno im Laufe der Jahre mehr als auf die Füße getreten war. Er war schon immer rücksichtslos gewesen, stets darauf bedacht, seinen eigenen Vorteil durchzudrücken. Wenn es ums Geschäftliche ging, kannte er keine Freunde, dann waren alle Konkurrenten. Selbst beim Tennis oder beim Golfen war er ein schlechter Verlierer. Trotzdem scharten sich diese Möchtegern-Bekannten regelmäßig um ihn wie Mücken um das Licht, wenn er in irgendeiner Kneipe am Markt ein Feierabendbier trank. Denn wo Benno war, da konnte man den einen oder anderen Kontakt abstauben. Netzwerken lag ihm, das hatte er über die Jahre perfektioniert. Sonst würde die Firma auch heute nicht so gut dastehen. Jetzt war er tot.

Und sie hatte sich heute Morgen daran erinnert, worüber sie sich bei einem der letzten Mittagessen in die Haare bekommen hatten. Es ging um Thomas, einen ihrer beiden gemeinsamen Söhne. Thomas war schon immer ein sensibler und weicher Junge gewesen, hatte sich in seine Bücher gestürzt und war schließlich Lehrer geworden, zum Entsetzen seines Vaters. Benno war er stets ein Dorn im Auge gewesen, vor allem, weil er alles repräsentierte, was sein Vater verabscheute. Als Thomas ihnen irgendwann eröffnet hatte, dass er homosexuell sei und plane, mit seinem Lebensgefährten zusammenzuziehen, war bei Benno der Ofen aus gewesen. Sie hatte ihn vorher nie als homophob wahrgenommen, im Gegenteil. Er hatte selbst ein paar homosexuelle Paare im privaten Freundeskreis, mit denen er gut klarkam. Aber sein eigener Sohn? Nachdem er schon sein ganzes Leben lang hinter seinen Erwartungen zurückgeblieben war, erlosch mit dieser Neuigkeit der letzte Funken Hoffnung, dass aus Thomas noch ein »echter Mann« werden könnte, wie er es ausdrückte.

Sie selbst hatte ihren Sohn immer unterstützt, auch heimlich, hinter dem Rücken seines Vaters. Sie mochte seinen Freund Jakob, der als Fotograf viel unterwegs war und nicht jedes Mal mit entsprechendem Honorar nach Hause kam, aber ihren Sohn glücklich machte. Und das war für sie das Wichtigste.

Benno hatte ihr von einem Gespräch zwischen ihm und Jakob berichtet, der ihn offensichtlich zu einer Versöhnung mit Thomas bewegen wollte. Wie gewohnt hatte ihr Ex-Mann eine Zote nach der anderen rausgehauen und sie konnte sich bildlich vorstellen, wie rüpelhaft er sich gegenüber Jakob verhalten hatte. Natürlich hatte er ihn abblitzen lassen und sein Anliegen als lächerlich abgebügelt.

»Stell dir vor«, hatte er ihr beim Essen lachend zwischen zwei Bissen zugerufen. »Da sagt doch diese Tunte zu mir, dass ich mir gut überlegen soll, was ich mache, und dass ich es noch bereuen werde, Thomas derart zu verletzen. Irgendwann würde ich ihn um Vergebung bitten, hat er mir gesagt. Kannst du dir das vorstellen? Die haben sich doch das Hirn herausgevögelt.« Er hatte sich auf die Schenkel geklopft und sich kopfschüttelnd über die Vorstellung amüsiert.

Könnte Jakob hinter dem Mord stecken? Sie hatte kurz sein Profil bei Facebook aufgerufen und war seine Freundesliste durchgegangen. Dieser Künstler, dessen Ausstellung da eröffnet worden war, gehörte dazu. Warum und wie eng diese Freundschaft war, wusste sie nicht. Was sollte sie jetzt tun? Den Kommissar anrufen und ihn darüber informieren? Oder erst einmal bei Thomas nachhaken? Nicht, dass sie ihn auch noch in Gefahr brachte, wenn Jakob tatsächlich zu so etwas fähig war. Oder steckte Thomas womöglich als Drahtzieher dahinter?

Gabi Hartmann wurde ganz schlecht. Was, wenn er eine letzte Annäherung versucht hatte und jetzt nur noch das Erbe wollte? Sie war sich noch nicht einmal sicher, ob Benno Thomas nicht sogar aus seinem Testament genommen hatte nach dem Outing. Zuzutrauen wäre es ihm in jedem Fall. Hatte sie Jakob falsch eingeschätzt? Ein komischer Zufall war es schon, dass er und dieser Paulo Pausini sich kannten. Aber was würde aus ihrem Sohn werden?

Sie musste nachdenken. Abwägen. Jetzt erst einmal eine heiße Dusche und sie würde klarer sehen.

28.

Es war einfacher gewesen als erwartet. Er hatte es mit derselben Masche wie bei Hartmann versucht. Und es funktionierte. Anscheinend waren alle Menschen, die gehörig Dreck am Stecken hatten, anfällig für schwammig gehaltene E-Mails, die schnelle, unbürokratische Lösungen versprachen. Dazu noch eine ausländische E-Mail-Adresse – er hatte sich für eine griechische entschieden – und die Tarnung war perfekt.

Natürlich durfte der Geheimhaltungshinweis in seiner Mail nicht fehlen. Niemand sollte von dem Angebot oder dem Treffen erfahren. Und dass ein Vor-Ort-Termin am

Abend am sinnvollsten war, um die Sache zu klären, schien auch überzeugend gewirkt zu haben. Auf jeden Fall hatte er sich auf mehr Diskussionen eingestellt. Doch innerhalb weniger Minuten erhielt er eine Antwort mit: »In Ordnung. Wann soll ich wohin kommen?«

Diese Menschen waren einfach der letzte Abschaum. Wahrscheinlich witterte diese Schlampe schon wieder das große Geschäft. Wie ein Bluthund hechelte sie jedem Euro hinterher. Er war ihr schon oft beruflich begegnet, ihr ganzes Auftreten wirkte so steif und korrekt. Mit den grau melierten, streng zurückgebundenen Haaren, dem dezenten Make-up und den biederen Kostümen wirkte sie eher wie eine aus der Zeit gefallene Lehrerin und nicht wie das geldgeile Monster, in das sie sich hinter den Kulissen verwandelte. Wie oft hatte er es erlebt, dass sie nach den offiziellen Meetings noch ihre Tentakel nach den Entscheidern am Tisch ausgefahren und sie in unauffällige Gespräche verwickelt hatte. Sie schien ein immenses Netzwerk zu haben und ihr Ruf als eiserne Lady eilte ihr einige Schritte voraus.

»Bei der muss man aufpassen«, hatte er oft gehört. »Die hat Haare auf den Zähnen und weiß, was sie will.«

Wie sie sich erst anbiederte und ihrem Gegenüber jeden Wunsch von den Lippen ablas. Hier eine Gefälligkeit, dort ein guter Kontakt. Kein Problem. Und dann fing sie an, geschickt Gegenleistungen einzufordern. Erst subtil, falls es passen sollte. Dann etwas vehementer. Irgendwann wurde es zur Bedingung für eine reibungslose Zusammenarbeit. Und alle spielten mit. Weil sie zu viel wusste. Sie gingen davon aus, dass es sonst keiner merkte. Dass ihr seriös wirkender Deckmantel auf sie abfärben würde. Dass sie und ihre Kontakte es wert waren. Und es war ja schließlich zum Besten für alle, wenn die Bauprojekte zügig abgeschlossen werden konnten.

Wen störten schon die paar Steuergelder? Diese Naivität und Arroganz kotzten ihn an.

Er hatte sie genau beobachtet. Er wusste Bescheid. Wenn er fertig war, würden es alle wissen.

Noch drei Stunden bis zu ihrem Treffen. Er würde noch einmal in der Kirche vorbeischauen. Mit dem Prediger sprechen und sich sammeln. Er brauchte Gottes Kraft für seine nächste Aufgabe. Er musste das Böse vor das höchste Gericht bringen. Und Margarete Schwarz würde als Nächstes bezahlen. Ihm blieb keine Wahl. Sie zwangen ihn dazu. Das Töten lag ihm nicht im Blut. Er würde sich überwinden müssen, wie beim ersten Mal.

Benno Hartmann hatte sich noch nicht einmal gewehrt, so überrascht war er vom Schmerz des Elektroschockers gewesen. Er hatte ihn angeschaut, dann den Sprinter, dann wieder ihn. Hartmann hatte nichts verstanden, nur blöd gelacht und fragend die Hände gehoben. Er hatte gelächelt und war dann drei Schritte auf Hartmann zugegangen, zügig. Direkt. Als wollte er ihm die Hand schütteln. Bis er ihm den Schocker an den Hals setzte. Sein Körper zuckte unkontrolliert und brach dann zusammen. Der härteste Job war gewesen, den bewusstlosen Körper auf die Ladefläche zu wuchten. Er hatte Gott angefleht, ihm die Kraft zu schicken, und er hatte es geschafft. Danach war er in eine Art Trance verfallen, nur noch dunkel erinnerte er sich an das, was dann folgte. Das Ausziehen der Kleidung, das Hinknien, das Fesseln der Gliedmaßen, das Fixieren an der Werkbank. Er beobachtete, wie bei Hartmann langsam der Groschen fiel. Er zu verstehen begann, warum er hier war. Den erst benommenen, dann angstgeweiteten Blick würde er nie vergessen. Es war Genugtuung pur. Hartmann hatte etwas Unverständliches in seinen Knebel gebrabbelt. Doch das interessierte ihn nicht. Es gab weder eine Erklärung noch eine Entschuldigung für das, was passiert war. Mit dem Messer stieß er härter zu als geplant, doch es war ihm egal. Sein Plan lief gut, er hatte noch ein paar Stunden Zeit, bis er seine spezielle Lieferung zur Völklinger Hütte bringen würde. Er war ins Haus gegangen, hatte seine Mutter begrüßt und mit ihr noch einen Pfefferminztee getrunken, bevor er sich kurz schlafen gelegt hatte. Währenddessen war Hartmann in der Werkstatt, die außer ihm seit dem Unfall keiner mehr betreten hatte, qualvoll verblutet. Erst dann, kurz bevor die Leichenstarre vollständig eingesetzt hatte, war er zum Präparieren des Körpers zurückgekommen und hatte den Transport in perfekter Tarnung vorbereitet. Alles war so glattgelaufen. Fast zu glatt.

29.

Es war zum Mäusemelken. Sie kamen kaum voran. Veronika telefonierte gerade mit Thiel, der sie über seine neuesten Ergebnisse in Kenntnis setzte. Sein Team war aktuell unterbesetzt, und so machte er zu Beginn des Gesprächs erst einmal seinem Unmut Luft, mehrere Todesfälle gleichzeitig bearbeiten zu müssen. Dann kehrte er zum Wesentlichen zurück.

Bei Hartmann hatte er Spuren eines Elektroschockers am Hals gefunden, sodass davon auszugehen war, dass das Opfer damit zunächst wehrlos gemacht worden war. Außerdem hatte er am Rücken und an den Beinen mehrere großflächige Hämatome und Abschürfungen gefunden, die von ruppigen Transportmethoden rühren konnten. Hartmann hatte knapp 90 Kilo gewogen. Sie gingen fest davon aus, dass man ihn entführt und dann mit einem Auto zum Tatort und später zum Fundort der Leiche gebracht hatte. Anhand der Spuren konnte er ableiten, dass das Opfer zu diesem Zeitpunkt noch bekleidet gewesen war, denn er hatte Stoffpartikel in den Schürfwunden entdeckt, die farblich zu der Kleidung passten, die Hartmann laut seiner Frau bei seinem Verschwinden getragen hatte. Leider konnte Thiel keinerlei Hinweise entdecken, die Rückschlüsse auf das Fahrzeug zuließen.

»Wie sieht es mit dem Todeszeitpunkt aus? Konnten Sie den schon eingrenzen?«

»Das konnten wir ganz gut einschätzen, weil die Temperaturen in der Völklinger Hütte aufgrund der Kunstwerke konstant gehalten wurden. Den äußeren Anzeichen nach zu urteilen, ist unser Opfer in der Nacht vor dem Fund zwischen 02.00 und 04.00 Uhr morgens verstorben. Da bin ich mir ziemlich sicher. Jetzt müssen Sie nur noch herausfinden, wo, Hart.«

»Okay, und wie sieht es mit der Todesursache aus?«

»Hmm, ja. Es war kaum noch Blut im Körper des Opfers, man hat ihn ausbluten lassen. Da wollte jemand auf Nummer sicher gehen. Die Ursache war der grob durchgeführte Schnitt hier zwischen den Rippen, der auch ziemlichen Schaden an den dahinter liegenden Organen angerichtet hat. Er ist also tatsächlich verblutet. Als Tatwaffe würde ich ein einfaches, aber großes Küchenmesser in Betracht ziehen. Keine nen-

nenswerten Besonderheiten, was Klinge oder Dicke angeht. Der Stich wurde mit grober Gewalt ausgeführt, da brauchte man kein Präzisionswerkzeug, wenn Sie mich fragen.«

»Okay, na prima. Wir suchen nun also zwei weitere Orte, für die Entführung und die Tat sowie einen Täter mit einem handelsüblichen Küchenmesser. Haben Sie sonst noch Hinweise parat, die unseren Ermittlungen irgendwie auf die Sprünge helfen könnten?« Veronikas Stimme bekam einen sarkastischen Unterton.

»Da muss ich Sie leider enttäuschen. Auch die Kabelbinder kann man in jedem Baumarkt kaufen. Der oder die Täter haben sehr sorgfältig gearbeitet, ich konnte keinerlei Fremd-DNA sicherstellen.«

»Wie kommen Sie darauf, dass es mehrere Täter sein könnten?«

»Na ja, der Transport des Körpers scheint mir für eine Person doch sehr umständlich. Ich überlege die ganze Zeit schon, wie es möglich ist, eine Leiche unbemerkt in die Völklinger Hütte zu bekommen und dann auch noch in diese Installation einzubauen. Haben Sie inzwischen die Kameraaufnahmen?«

»Nein, leider nicht. Kirschmeier ist wohl dran, aber offensichtlich wenig erfolgreich. Ich hoffe, die sind dann wenigstens brauchbar. Aber danke, Thiel.«

Veronika war frustriert. Die Medien berichteten gefühlt von nichts anderem als dem Leichenfund. Ein Skandal. Viel mehr Informationen als beabsichtigt waren nach außen gesickert und offensichtlich hielt es mindestens die Hälfte der Gäste für nötig, einen Kommentar dazu abzugeben. Paulo Pausini hatten sie bisher ganz erfolgreich von der Presse abgeschirmt. Auch bei ihm kamen sie nicht weiter. Sein Alibi war bröcklig. Sein Manager und er hatten angegeben, den späten Abend und die Nacht in ihrem Saarlouiser Hotel verbracht zu haben. Aber er hätte ja ohne Probleme mit dem Taxi noch einmal losfahren können.

Doch weder ihre Recherche bei den Taxizentralen noch die Angestellten des Hotels konnten diese These bestätigen. Und wenn er nicht allein agiert hatte? Wenn jemand Hartmann entführt und dann mit ihm gemeinsam umgebracht hatte? Aber wieso? Wieso Hartmann? Gab es denn überhaupt eine Verbindung zwischen den beiden?

»Konnten Sie irgendwelche Substanzen oder Alkohol in seinem Blut feststellen? Wie sieht es mit dem Mageninhalt aus? Wir versuchen gerade, seine letzten Stunden zu rekonstruieren. Von seiner Frau wissen wir nur, dass er spontan noch einen Abendtermin hatte, aber er hat ihr nicht gesagt, mit wem. Das kam wohl öfter vor. Seine Ex-Frau wusste auch nichts davon.«

»Wir haben tatsächlich eine Blutprobe durchlaufen lassen, es war ja nicht mehr viel Blut in dem Körper. Er hatte einen Alkoholwert von 0,5 Promille, also nichts Weltbewegendes. Und sein Mageninhalt war ebenfalls nicht auffällig. Er scheint vorher beim Italiener gewesen zu sein.«

Veronika schluckte den leichten Anflug von Übelkeit herunter. An diese Details konnte sie sich im Laufe der Jahre einfach nicht gewöhnen.

Aber vielleicht war das ein Ansatz und Hartmann hatte einen Lieblingsitaliener, bei dem sie anfangen konnten. Jetzt musste nur noch der kleine Staatsanwalt die Bilder heranschaffen, dann wären sie bald einen Schritt weiter. Hoffte sie zumindest.

30.

Wenn alles glattlief, waren morgen früh die größten Probleme gelöst. Sie, Margarete Schwarz, hatte noch viel vor. Da war noch viel Luft nach oben. Sie liebäugelte mit einem der Pöstchen, wo das Gehalt üppig und der Arbeitsaufwand überschaubar war. Das Saarland hatte noch genug Industriebrachen, die sie profitabel an den Mann bringen konnte. Vor allem profitabel für sie. Sie kannte sich eben aus. Wusste, welche Subventionen und Fördergelder man wo einstreichen konnte und wie man die Anträge am besten formulierte. Sie gab ihren engsten Verbündeten Tipps bei den Ausschreibungen. Welche Wettbewerber mit welchen Preisen ins Rennen gingen beispielsweise. So blieben ihre Geschäftspartner mit den günstigsten Angeboten übrig, die sie dann im Verlauf des Baufortschritts den realen Gegebenheiten anpassten, bis sie irgendwann weit über den Preisen der Konkurrenz lagen. Aber wenn das Bauvorhaben einmal lief, dann wurde nicht mehr ausgetauscht. Und sie verdiente mit. An allem. Verkaufte ihr Wissen zu den Fördergeldern, ließ die Anträge von Praktikanten schreiben und sich dies gut bezahlen und war auch an den späteren Nachverhandlungen und Preiserhöhungen prozentual beteiligt.

Eine Hand wusch die andere, so war das nun mal.

So hatte sie zum Beispiel für ihren Wintergarten gar nichts bezahlt. Die Firma hatte ihr den unter der Hand gebaut, weil sie dem Chef ein größeres Projekt beim Bau eines Einkaufszentrums zugeschustert hatte.

Ihr Mann bekam von alldem nichts mit. Sie managte die Finanzen zu Hause und er wunderte sich immer nur, wie viel sie aus ihrer beider Verdienst rausholte. Wenn der wüsste.

Aber ihr Job war auch anstrengend. Sie jonglierte verschiedene Interessen in der Luft und bei jedem Projekt musste sie neu überlegen, wem sie den Zuschlag gab, vor allem wenn sie mehrere Anbieter von einem Gewerk in ihrem Netzwerk hatte. Da zählte einerseits natürlich der Preis, andererseits musste sie aufpassen, dass sie mit dem Geschacher nicht aufflog. Denn manchmal war auch ein schwarzes Schaf unter den Unternehmen, die mit Kampfpreisen in das Bieterverfahren einstiegen und dann später die kleinen Subunternehmen, die sie ihrerseits beauftragt hatten, nicht bezahlten. Sie hatte da schon von üblen Geschichten gehört – aber solange alle die Vertragsklauseln unterschrieben, war sie aus dem Schneider.

Sie tippte eine kurze Nachricht an ihren Mann, dass er nicht mit dem Essen auf sie warten sollte. Dann arbeitete sie noch ein paar Unterlagen durch. Bei der Erweiterung der Saarterrassen war es zu Unregelmäßigkeiten gekommen. Neben verschwundenen Baumaterialien bis hin zu einem Bagger, der einfach von der Baustelle geklaut worden war, hatte es eine Razzia des Zolls gegeben, bei der mehrere Dutzend Schwarzarbeiter aus den Ostblockstaaten aufgedeckt wurden.

So etwas war natürlich unschön, vor allem, weil sie selbst im Vorfeld über die Razzia nicht informiert gewesen war, sonst wäre das alles nicht so deutlich ausgegangen. Wenn sie ihre Kontakte warnte, dann blieben meist einige wenige Arbeiter ohne gültige Papiere auf den Baustellen, damit es realistisch wirkte. Aber ein solcher Fund hatte natürlich für Schlagzeilen gesorgt. Und für jede Menge Papierkram auf ihrem Schreibtisch.

»Fünkchen«, rief sie ihrer Sekretärin Frau Funk zu. »Sagen Sie dem Ralf Müller, er soll bis morgen früh einen Entwurf für die Stellungnahme schreiben. Ist ja nicht unsere erste hier in der Abteilung. Ich überarbeite die morgen noch mal und dann ist das auch vom Tisch.«

Frau Funk griff zum Hörer, um den Kollegen zu benachrichtigen. Der würde sich über die unvorhergesehenen Überstunden sicher nicht freuen.

»Ich wäre dann für heute auch gleich weg. Hab später noch einen Geschäftstermin und muss vorher zu meinem Chiropraktiker, ein paar Gräten geraderücken. Von dem Stress hier bekomme ich noch einen steifen Nacken.«

Sie packte ihre Handtasche zusammen, ließ ihrer Sekretärin die Unterlagen für die Stellungnahme im Vorbeigehen auf den Tisch gleiten und verabschiedete sich mit einem kurzen Winken, während Frau Funk dem Kollegen Müller die bevorstehende Nachtschicht verkündete.

31.

Becker hatte noch einmal mit Leonie Hartmann telefoniert. Die junge Frau war verständlicherweise immer noch völlig aufgelöst und mit der Situation überfordert. Sie hatte sich dennoch ein Herz gefasst und die geschäftlichen Unterlagen ihres Mannes nach Hinweisen durchsucht. Erfolglos und mit den Nerven am Ende hatte sie nun Becker gebeten, ein Team vorbeizuschicken und selbst die Dokumente und Notizbücher durchzuschauen.

»Wissen Sie, Herr Becker«, hatte sie mit matter Stimme gesagt, »Gabi meinte zwar, ich sollte Ihnen die Unterlagen erst geben, wenn sie selbst einen Blick darauf geworfen hat, aber ich will mit der ganzen Sache einfach nichts zu tun haben. Ich bin mir sicher, die beiden haben nicht immer mit legalen Mitteln gespielt, auch wenn ich bei alldem außen vor gelassen wurde. Aber Sie sehen ja, wohin diese krummen Geschäfte einen führen können. Meine Tochter ist jetzt Halbwaise und ich muss auch schauen, wo ich bleibe.«

Becker war stutzig geworden.

»Wie meinen Sie das, Sie müssen schauen, wo Sie bleiben? Ich bin sicher, Ihr Mann hat für Sie vorgesorgt, oder?«

Doch er erhielt nur ein müdes Lachen als Antwort.

»Sicher, für Polly hat er gesorgt. Sie bekommt Zugang zu einem Treuhandkonto, wenn sie 18 Jahre alt wird. Bis dahin erhält sie von ihm monatlich 1.000 Euro Unterhalt, das hat mir eben unser Notar noch einmal bestätigt. Gabi hatte Benno damals bearbeitet, dass er mit mir einen Ehevertrag macht, damit ich keinen Zugang zu seinen Geschäften erhalte. Mir war das egal, ich liebte ihn und wollte den Rest meines Lebens mit ihm verbringen, nicht mit seiner Firma.«

»Und jetzt, was bedeutet das für Sie?«

»Es war ein Knebelvertrag, das hatte ich damals nicht so verstanden. Aber der Notar hat mir eben eröffnet, dass ich mit Gabi klären muss, ob wir im Haus bleiben dürfen. Können Sie sich das vorstellen? Das ist unser Zuhause. Das habe ich mit viel Arbeit und Herzblut für uns eingerichtet. Aber es gehört der Firma, das wusste ich noch nicht einmal. Und sie erbt seine gesamten Firmenanteile, also auch das Haus.

Polly ist finanziell zwar versorgt und ich erhalte eine Art Abfindung, aber das reicht nicht, um dauerhaft eine Bleibe für uns zu finden. Ich weiß überhaupt nicht, wie es weitergehen soll. Ich habe nicht nur meinen Mann verloren, sondern, wie es aussieht, auch alles andere.«

»Frau Hartmann, ich bin sicher, es findet sich für alles eine Lösung«, versuchte Sven Becker sie zu beruhigen. »Wir machen uns gleich auf den Weg zu Ihnen, und dann unterhalten wir uns noch einmal in Ruhe. Ich kann mir vorstellen, dass die Ex-Frau Ihres Mannes mit sich reden lässt. Ich habe sie heute Morgen kennengelernt und sie machte mir …«

»Sie hasst mich. Ich verkörpere alles, was sie nicht hatte. Aber Sie haben recht, das letzte Wort ist noch nicht gesprochen. Kommen Sie ruhig vorbei. Ich bin zu Hause und muss mich um meine Tochter kümmern.«

Becker kaute gedankenverloren auf seinem Bleistift herum. Wenn sie auch nur eine Sekunde an eine Beziehungstat gedacht hatten beziehungsweise auch nur in Erwägung gezogen hatten, dass seine Ehefrau hinter dem Mord steckte, dann lagen sie mit diesem Verdacht völlig daneben. Die Arme hatte alles verloren, im Gegensatz zu Gabi Hartmann, die als Gewinnerin rausging, wenn man das so sagen konnte. Sie würden das noch einmal überprüfen müssen.

Aber Leonie Hartmann weckte in ihm einen Beschützerinstinkt, den er im beruflichen Kontext überhaupt nicht von sich kannte. Er hatte sie ein paarmal an Hartmanns Seite bei den Rotariern gesehen, aber nie mit ihr gesprochen. Ihre Geschichte berührte ihn sehr, er hoffte, dass Hartmanns erste Frau genug Anstand besaß, ihre persönliche Fehde nicht an dem Kind auszulassen. Man konnte der Kleinen doch nicht auch noch das Zuhause wegnehmen. Und Leonie Hartmann würde sich auch erst wieder fangen müssen.

Wieso ging ihm das so nah? Vielleicht, weil sich eine seiner Töchter gerade mit 25 Jahren mit so einem abgehalfterten Ex-Fußballprofi vom 1. FC Saarbrücken eingelassen hatte, der jetzt in Versicherungen machte, wie er sagte, und auch schon zwei Ehen und jede Menge Verbindlichkeiten im Gepäck trug. Becker hatte ihn schon von der ersten Sekunde ihres Kennenlernens an gefressen. Was für ein arroganter Idiot, außer einer schicken Karre und dem Apartment in der Nobelgegend hatte er null vorzuweisen. Becker hatte seine Frau seitdem öfter gefragt, was sie in ihrer Erziehung falsch gemacht hatten. Seine Tochter Lea hatte Abitur gemacht, Pharmazie studiert und hätte alle Möglichkeiten, ihr Leben frei und unbeschwert zu gestalten. Stattdessen band sie sich so einen eitlen 23 Jahre älteren Affen ans Bein, der ihr nichts würde bieten können, weil er erst einmal zwei Ex-Frauen und drei Kinder finanzieren musste. Sein ältester Sohn war so alt wie Lea. Das war doch pervers.

Allein wenn Becker daran dachte, kam ihm die Galle hoch. Er hatte sich um einen Fall zu kümmern. Das andere würde sich hoffentlich irgendwann von selbst lösen.

Er ging rüber in den Besprechungsraum, wo sich die Reihen schon langsam lichteten. Jetzt, Ende September, wurden die Tage wieder kürzer und man merkte, dass die Kollegen lieber die letzten Sonnenstrahlen am Staden genießen wollten, als ewig im Büro zu versauern. Wer konnte es ihnen verdenken?

Dringende Ermittlungsarbeiten standen sowieso nicht an. Sie warteten auf die Aufnahmen der Überwachungskameras, die waren ein elementares Puzzleteilchen in ihrer Recherche. Ansonsten waren die Befragungen so weit durchgeführt, die Protokolle erstellt, der Obduktionsbericht besprochen – und die Sichtung der Unterlagen in Hartmanns Haus könnte er auch allein übernehmen.

In dem Moment kamen Veronika und Max Langner um die Ecke, die Köpfe beide in eine Dokumentenmappe gesteckt.

»Sven, was gibt es Neues bei dir?«, fragte ihn Veronika, als sie ihn in der Tür entdeckte. Becker berichtete ihnen von seinem Telefonat und seinen Rückschlüssen, außerdem von seinem Plan, heute noch Hartmanns Unterlagen zu durchforsten. Langner bot sich an, ihn zu begleiten. Seit er sich im Sommer von seiner Freundin getrennt hatte, nutzte er jede Gelegenheit, um nicht in seine leere Wohnung zurückkehren zu müssen. Becker hatte ihn einmal zu Hause abgeholt und wusste, dass ihn dort nur ein paar Habseligkeiten in Umzugskartons, eine Matratze auf dem Boden und ein Fernseher erwarteten.

»Wir waren gerade bei den Kollegen von den Wirtschaftsdelikten«, berichtete Veronika kurz. »Schaut mal, was ihr an Informationen zu Ausschreibungsverfahren, an denen die Firma Hartmann Bau teilgenommen hat, findet. Anscheinend gibt es hier auf der Zeitschiene einige Auffälligkeiten, deren Ursache aber bisher nie nachgewiesen werden konnte. Es geht um unlauteren Wettbewerb, unfaire Nachverhandlungen während des Projekts und schließlich um überteuerte Bauprojekte. BER und Stuttgart 21 lassen grüßen. Ich wusste gar nicht, dass das Saarland das auch kann.«

Becker prustete. »Wenn du wüsstest! Die Erweiterung der Modernen Galerie hat ein Vermögen gekostet und keiner konnte so wirklich nachvollziehen, wieso. Es sind sogar Köpfe gerollt, wenn ich mich richtig erinnere. Oder das ehemalige Gesundheitsamt, das zu einem Hochschulgebäude umgebaut werden sollte, bis sie merkten, dass der Brandschutz nicht ausreichend gegeben war und weitere Millionenbeträge investiert werden mussten. Lass uns mal auf ein Bier treffen, dann erzähle ich dir da gerne weitere Details. Mich über so etwas aufzuregen ist eine Art Hobby von mir«, frotzelte er.

»Okay, gerne. Dann knöpfe ich mir morgen noch einmal Gabi Hartmann vor, jetzt muss ich los. Bei Francesco und mir ist gerade etwas dicke Luft, ich glaube, ich muss da mal was klären.«

»Dann viel Glück, kannst jederzeit bei mir Unterschlupf finden, wenn nötig.« Max Langner lachte und klopfte ihr auf die Schulter, bevor sich die beiden Herren auf den Weg nach Bübingen machten.

32.

Es war alles vorbereitet. Dieses Mal würde es nicht so blutig werden. Er hatte gerade zwei Stunden die Fliesen und Wände in der Werkstatt geputzt. Ehrlicherweise hatte er die Menge an Blut bei Hartmann unterschätzt und auch, wie schwer sich eingetrocknetes Blut aus Fliesenfugen entfernen ließ. Er war schon kurz davor gewesen, alles den reinigenden Flammen zu übergeben und einen Versicherungsfall daraus zu machen, aber das wäre vielleicht doch zu auffällig.

Er hatte die Schlampe auf die Brachfläche bestellt, die heute Morgen noch so heiß diskutiert worden war. Er hatte gesehen, wie sie sich ins Zeug gelegt hatte. Es handelte sich um ein ehemaliges Werksgelände für Turbinenschaufeln, das nun für viel Geld in ein Einkaufszentrum mit Fitnessstudio und Kino umgebaut werden sollte. Leider machte eine besonders große Fledermauskolonie den Baugeiern einen Strich durch die Rechnung. Als er angeboten hatte, die kleinen Tierchen diskret zu bekämpfen, hatte Margarete Schwarz gleich zugestimmt. Gegen eine entsprechende Aufwandsentschädigung natürlich.

Und tatsächlich hatte er bei seinen Vorabbesuchen eine tote Fledermaus gefunden, die ihm als perfekte Tarnung dienen würde. Kribbelnde Vorfreude durchfuhr ihn bei dem Gedanken an ihren Blick, wenn sie erkennen würde, dass sie in eine Falle getappt war. Er war bereits eine Stunde vor der vereinbarten Uhrzeit auf dem Werksgelände angekommen, hatte hinter dem Hauptgebäude geparkt und dann seine Requisiten vorbereitet. Die Jagdpistole seines Vaters, die er schon vor einigen Monaten aus dessen Waffenschrank entwendet hatte, steckte hinten in seinem Hosenbund. Er wusste nicht, ob er sie brauchen würde, aber sicher war sicher.

Das Warten war das Schlimmste. Das hatte ihn schon vorgestern Abend bei Hartmann gestört. Mit ihm hatte er sich auf einem Mitfahrerparkplatz an der A 6 getroffen, auf der Höhe von Homburg. Es war unwahrscheinlich, dass man Hartmanns Auto so schnell finden würde. Er hatte länger als eine halbe Stunde auf ihn gewartet und war schon kurz davor abzubrechen, als Hartmanns SUV auf den Parkplatz gerollt kam. Sein überhebliches Grinsen und seine leichte Bierfahne, die auf ein Feierabendgetränk als Grund der Verspätung hindeutete, hatten seinen eigenen Puls in die Höhe schnellen lassen. Am liebsten hätte er ihn einfach im Affekt erschlagen, doch er konnte und wollte nicht vom Plan abweichen. Zu lange war dieser in seinem Kopf entstanden, hatte sich wie ein Mosaik zusammengelegt, bis diese Szenen entstanden waren. Szenen, die er jetzt nach und nach umsetzen würde. Er hatte Jahre Zeit gehabt, um aus seiner anfänglichen Trauer und Betroffenheit Wut und Hass zu entwickeln. Um die Schuldigen zu identifizieren und sie dabei zu beobachten, wie sie sich weiter die Taschen füllten. Wie sie über Leichen gingen, nur um ihre Interessen durchzusetzen und noch mehr Geld zu scheffeln. In seiner Kirchengemeinde hatte er Antworten gefunden. Antworten darauf, wie man mit dem Bösen umgehen musste. Dass er nicht warten brauchte, bis sie vor dem höchsten Gericht stehen würden, sondern dass er sie selbst richten konnte. Denn nur einer wie er, als Mitglied seiner Gemeinde, der mit sich und Gott im Reinen war, war dazu in der Lage.

Nervös blickte er auf die Uhr. Viertel nach sechs. Außer dem Rauschen des Windes in den Bäumen und dem Abendgesang der Vögel war nichts zu hören. Nur ab und zu fuhr ein Auto auf der Landstraße vorbei, doch von dort konnte man das Gelände nicht einsehen. Es lag schon einige Jahre brach. Die Schokoladenfabrik im Ort hatte ebenfalls Interesse an der Übernahme angemeldet und wollte hier neue Produktionsstätten und Arbeitsplätze entstehen lassen. Das war den Damen und Herren der Entscheiderrunde nicht lukrativ genug und sie hatten prompt die allmächtige Regionalentwicklungskarte gezogen, die alle weiteren Verhandlungen blockierte.

Eine rotbraune Katze schlich im Schatten der Gebäude über den Vorplatz. Sie würde gleich die einzige Zeugin seines Handelns werden. Er mochte Katzen, hatte schon immer eine haben wollen. Aber seine Eltern hatten es ihm nie erlaubt. Zu viel Dreck machen die, hatte sein Vater immer gesagt. Und dann die Haare überall. Eigentlich könnte er sich ja jetzt eine zulegen. Er vergaß manchmal, dass er schon ziemlich lange volljährig war und solche Entscheidungen allein treffen konnte. Gedankenverloren blickte er der Samtpfote nach, bis das Motorengeräusch eines langsamer werdenden Fahrzeugs ihn aufhorchen ließ.

Er versteckte sich hinter einer Altpapiertonne, für den Fall, dass sie doch ungebetenen Besuch bekamen. Doch schon sah er ihr weißes Cabriolet die Schottereinfahrt hochrollen. Sie war zu früh, doch es sollte ihm recht sein. Er beobachtete, wie sie sich verunsichert umschaute, bevor sie den Wagen abstellte. Beim Aussteigen knickte sie auf ihren hohen Stöckelschuhen im Schotter fast um, fing sich aber schnell und scannte suchend mit dem Blick die Umgebung.

Die Show begann. Er trat aus seinem Versteck und ging mit einem angedeuteten Lächeln auf sie zu.

»Frau Schwarz, schön, dass Sie es so schnell einrichten konnten.«

»Sie? Das überrascht mich jetzt. Aber gut, Hauptsache, wir bekommen das Problem schnell in den Griff. Was können Sie mir anbieten?« Sie schien sich zu entspannen.

Ihre Unhöflichkeit und ihre Gier widerten ihn an. Wenn sie wüsste, was sie erwartete, wäre sie sicherlich nicht so arrogant und harsch. Aber er zügelte seine Emotionen, noch hatte er sie nicht dort, wo er sie haben wollte.

»Ach ja, die Fledermäuse. Sie kommen gleich zur Sache. Lassen Sie mich Ihnen hier im Hauptgebäude zeigen, welche Möglichkeiten wir haben, die Viecher zu eliminieren. Und zwar ohne dass der Naturschutzbund auf die Barrikaden geht.«

Sie grinste und nickte.

»Na, dann los. Ich habe nicht ewig Zeit.«

Etwas holprig stöckelte sie hinter ihm her, ließ sich aber

nichts anmerken. Er führte sie die Eingangstreppe hoch in eine Art Lobby und ließ Sie zuerst eintreten. In der Mitte des Raumes hatte er einen Tisch aus dem übrig gebliebenen Mobiliar platziert und mit weißer Tischdecke, Teller, Besteck und zwei Gläsern dekoriert. Auf dem Teller lag die tote Fledermaus.

»Was zur Hölle …«, entfuhr es Margarete Schwarz augenblicklich und sie blieb wie angewurzelt stehen. Blitzschnell drehte er ihr den Arm auf den Rücken und nahm sie in den Schwitzkasten, bevor sie einen weiteren Laut von sich geben konnte. Erst nach wenigen Sekunden begann sie sich mit allen Kräften zu wehren, doch da hatte er sie bereits zu dem mit Metallwinkeln auf dem Boden festgeschraubten Stuhl geführt und mit Kabelbindern ihre Füße und Arme daran befestigt. Ihr Körper bäumte sich auf, als wäre sie von einer bösen Macht besessen. Im Grunde, so überlegte er, stimmte das ja auch.

Er beobachtete sie, wie sie sich mit panischem Blick umschaute und nach Hilfe schrie. Dabei versuchte sie, ihre Gliedmaßen aus den schneidenden Plastikfesseln zu befreien. Doch je stärker sie daran zog, desto fester wurde der Druck auf ihre Knöchel und Handgelenke.

»Was soll das? Mach mich los, du Irrer!«, schrie sie ihn an. Ihre Spucke flog dabei weit in seine Richtung, doch er blieb auf Abstand. Und wartete. Bis sie sich beruhigte. Aufgab. Ihm zuhören würde.

Fast 20 Minuten vergingen, das alte Weib war zäher, als er gedacht hatte. Dann ließen ihre Bewegungen nach, sie hatte aufgehört herumzubrüllen und fixierte ihn nur noch mit hasserfülltem Blick. Er hätte sich denken können, dass sie keine Angst haben würde. Zumindest nicht sofort.

»Ich freue mich, dass Sie mich jetzt auch einmal zu Wort

kommen lassen. Ich nehme an, Sie haben meinen Brief heute im Büro erhalten. Dann wissen Sie, dass das hier Ihre letzten Minuten sein werden. Sie sollten akzeptieren, dass es zu spät ist. Dass Sie jetzt bezahlen werden.«

Margarete Schwarz würde endlich den Hals voll bekommen.

33.

Gabi Hartmann hatte sich in ihren grau melierten Hausanzug aus Kaschmir geworfen und es sich mit einem Glas Gin Tonic auf der Couch bequem gemacht. Die Hunde lagen entspannt zu ihren Füßen, nachdem sie sich gerade noch einmal in der beginnenden Dämmerung auf dem weitläufigen Grundstück ihres Hauses ausgetobt hatten.

Nachdenklich betrachtete sie das Telefon in ihrer Hand. Sie würde mit Thomas sprechen müssen. Ihr Bauchgefühl sagte ihr, dass dieses Gespräch entscheidend für den Rest ihres Lebens sein konnte. Sie hatte zwar am Morgen bereits mit ihren beiden Söhnen telefoniert, um ihnen die Nachricht vom Tod ihres Vaters zu überbringen, aber es waren jeweils kurze Gespräche gewesen. Benno hatte überhaupt keinen guten Draht mehr zu seinen Söhnen gehabt. Erik, ihr ältester Sohn, arbeitete als Unternehmensberater in London, und auch wenn er der ganze Stolz seines Vaters gewesen war, hatte er seit dem Streit mit Thomas ein unterkühltes Verhältnis zu ihm gehabt. Die beiden Brüder waren, obwohl so unterschiedlich, ein Herz und eine Seele. Erik konnte seinem Vater die Härte und Intoleranz nie verzeihen, mit der er Thomas aus der Familie drängen wollte. Thomas hatte heute früh auch nur sehr wortkarg auf ihre Mitteilung reagiert, wer konnte es ihm verdenken.

Sie musste einfach wissen, ob er oder sein Freund Jakob irgendetwas damit zu tun hatten, bevor die Polizei auf die Idee kam, in diese Richtung zu ermitteln. Denn falls ja, musste sie einen Weg finden, dies zu vertuschen. Sie liebte ihre Jungs und sie würde alles dafür tun, sie zu schützen. So wie es sich für eine Löwenmutter gehörte. Sie drückte die Wahlwiederholung.

»Hallo, mein Großer, ich bin's. Wie geht es dir?«

»Hallo, Mama, alles gut so weit. Ich müsste wahrscheinlich betroffener sein, oder? Aber ich bin es nicht. Es ist mir sogar ziemlich egal. Wie hat Erik reagiert? Hab versucht, ihn zu erreichen, aber er war den ganzen Tag in Meetings.«

Sie musste lächeln, die beiden blieben einfach ihre Jungs, egal wie alt sie waren. Erik hatte schon als kleines Kind bei jeder stärkeren Emotion mit Abschotten und Weglaufen reagiert, während Thomas immer sofort über alles reden wollte.

»Du weißt doch, wie er ist. Lass ihm Zeit, er wird sich bei dir melden. Ich rufe wegen etwas anderem an. Ich muss dich was fragen, und, Schatz, es ist ganz wichtig, dass du ehrlich zu mir bist. Wenn ihr euch in Schwierigkeiten gebracht habt, muss ich das wissen.«

»Was meinst du, Mama?« Ihr Sohn schien kein Wort zu verstehen.

»Jakob ist doch mit diesem Paulo Pausini befreundet. Habt ihr zu dem noch Kontakt?«

»Keine Ahnung, muss ich ihn fragen. Ich hab den Namen bei ihm auf jeden Fall schon länger nicht mehr gehört. Wieso fragst du das?«

»Thomas, dein Vater wurde ermordet und in diesem Pausini-Kunstwerk versteckt. Wenn ich herausbekommen kann, dass Jakob ihn gut kennt, dann schafft das die Polizei auch. Verstehst du? Wenn dann noch jemand aus der Firma den Beamten von eurem Ärger berichtet, dann müssen die nur noch eins und eins zusammenzählen. Jakob hat ihm beim letzten Mal massiv gedroht, mein Schatz, wir sollten eine Erklärung parat haben.«

Auf der anderen Seite blieb es still. Hatte sie ins Schwarze getroffen?

»Das ist ja interessant. Und jetzt glaubst du wirklich, dass Jakob da mit drinsteckt? Das er nichts Besseres zu tun hat, als Papa in so einer Kunstausstellung umzubringen, und dann noch von einem befreundeten Künstler. Er ist kein Mörder. Also, ich lege jetzt besser auf. Das ist ja das Letzte, Mama. Du kennst ihn doch.«

»Warte, ich will niemandem etwas unterstellen. Du weißt, dass ich Jakob sehr mag. Aber seit sein Vater so krank ist, scheint er manchmal wie ausgewechselt zu sein. So aggressiv. Thomas, ich will euch beschützen. Ich muss sicher wissen, dass ihr nichts damit zu tun habt. Wenn die Polizei in der Firma herumfragt und irgendjemand von Jakobs Auftritt vor ein paar Wochen erzählt, dann stehen die bei euch auf der Matte. Kannst du für ihn wirklich die Hand ins Feuer legen?«

»Natürlich. Ich würde jedes einzelne Körperteil für ihn ins Feuer legen. Aber ich rede mit ihm, wir lassen uns etwas einfallen für die Polizei. Ich melde mich, okay?«

»Okay, Schatz. Wir schaffen das schon. Ich liebe dich, vergiss das nie.«

Gabi Hartmann ließ sich in die Rückenlehne der Couch sinken. Natürlich ging auch ihr der Tod ihres Ex-Mannes nah, sie waren beruflich ein gutes Team gewesen, zumindest in finanzieller Hinsicht. Menschlich war sie froh, auf Abstand zu ihm gegangen zu sein und vor allem emotional die nötige Distanz gefunden zu haben, dass seine Eskapaden und Tiraden an ihr abprallten. An ihre Ehe hatte sie wenig gute Erinnerungen. Benno war nie ein treuer Ehemann gewesen, hatte immer auf mehreren Hochzeiten getanzt. In einer Stadt wie Saarbrücken wusste das irgendwann jeder aus ihrem Umfeld, nur sie selbst nicht. Diese Unwissenheit war rückblickend das Schlimmste für sie gewesen. Sie war sich so dumm vorgekommen, so naiv. Während sie mit zwei Kindern zu Hause saß, ließ Benno die Puppen tanzen. Sie wurde nur zu offiziellen Anlässen mitgenommen. Und wenn sie heute an all die Treffen des Rotary-Clubs dachte, die Stammtische und Fußballrunden, in denen alle Bescheid wussten und ihr dennoch dabei ins Gesicht lachten, dann kam die Wut wieder hoch. Er hatte sie gedemütigt und verletzt, hatte sie vor allen bloßgestellt. Aber sie hatten sich arrangiert und die Firma war für sie wie ein drittes Kind. So viel Energie hatten sie beide reingesteckt, so viele Tränen und Schweiß vergossen. Auch wenn sie bereits ausgesorgt hatte, wollte sie für ihre Söhne weitermachen. Die beiden mussten bei ihrem Vater durch eine harte Schule, die Trennung ihrer Eltern war schwer für sie zu verkraften gewesen und auch mit den wechselnden Partnerinnen ihres Vaters kamen sie nie gut klar.

Sie wusste noch nicht genau, wie, aber es musste weitergehen. Benno hatte nur sehr wenig ohne ihr Wissen gemacht, sie würde ohne Probleme das Geschäft weiterführen können. Auch für das Haus in Bübingen müssten sie eine Lösung finden.

Aber alles zu seiner Zeit.

34.

Endlich. Um kurz vor neun Uhr abends erreichte ihn die rettende Mail.

»Sie können morgen das Filmmaterial abholen lassen. Die Beschlüsse des Gerichts sind uns gerade übermittelt worden. Ich stelle Ihnen alles auf einem USB-Stick zur Verfügung und hinterlege ihn an der Pforte. Beste Grüße, Markus Stamm, Datenschutzbeauftragter Völklinger Hütte GmbH«

Sebastian Kirschmeier atmete auf. Wer sagte es denn? Wieso mussten solche Sachen immer so lange dauern? Wie unnötig das war. Sie hatten zwar einige Zeit verloren, aber seit dem Leichenfund waren gerade mal 26 Stunden vergangen. Morgen früh würde er gleich nach Völklingen fahren und das Bildmaterial persönlich abholen. Hoffentlich war etwas Relevantes darauf zu sehen. Irgendwie musste Hartmann ja aufs Gelände gekommen sein, tot oder lebendig. Er wusste bereits, dass auf der Hütte insgesamt acht Überwachungskameras im Einsatz waren. Es würde noch einmal ein gutes Stück Arbeit werden, das Material auszuwerten. Vor allem, weil zwischen dem letzten Lebenszeichen bei Hartmanns Frau um 19.00 Uhr und dem Auffinden des Toten mehr als 24 Stunden vergangen waren. Sie hatten sich im Ermittlungsteam bereits auf einen Zeitkorridor geeinigt, den sie als Erstes analysieren würden. Wenn man die Stunden abzog, in denen es bei den Veranstaltungsvorbereitungen nur so von Personen gewimmelt hatte, die alle dem Anschein nach nichts Ungewöhnliches bemerkt hatten, dann blieb nur die Zeit, in der Pausini noch an seiner Installation gearbeitet hatte, sowie die Stunden davor und danach. Klammerten sie Pausini aus, kamen sie auf einen Zeitraum zwischen ein Uhr nachts und neun Uhr morgens. Wenn der oder die Täter nicht schon zuvor auf dem Gelände unterwegs waren.

Eigentlich hatte ihm Veronika Hart einen kurzen Zwischenbericht schicken wollen, aber der war noch nicht bei ihm angekommen. Er hatte sich alle Infos einzeln telefonisch bei ihrem Team einsammeln müssen. Wahrscheinlich hatte sie nur viel zu tun. Man musste sich ja schließlich erst einmal einen Überblick verschaffen, deswegen hatte sie das für heute angedachte Treffen auch abgesagt.

Aber jetzt war Feierabend. Er klappte den Laptop zu und überlegte, wo er noch etwas zu essen bekommen konnte. Kochen war nicht wirklich sein Ding, und seit er vor zwei Wochen seine neue Wohnung in Alt-Saarbrücken bezogen hatte, war in seiner Küche nichts passiert, außer dem allmorgendlichen Espresso-Kochen. Zum Glück hatte er genügend Gastronomie in seiner Umgebung, um um diese Zeit etwas zwischen die Zähne zu bekommen. Er würde sich am Markt eine Currywurst zum Mitnehmen holen. Von dort aus war es nicht mehr weit bis nach Hause. Dann könnte er ein paar

Umzugskisten auspacken, um sich endlich irgendwann angekommen zu fühlen. Noch befand sich alles in der Schwebe, er war der Neue, auf den niemand gewartet hatte. Dieser Fall war seine Chance zu beweisen, was er draufhatte. Dass er die perfekte juristische Unterstützung für die Polizeiermittlungen sein konnte. Man setze große Hoffnungen in ihn, hatten sie ihm im Ministerium bei seinem Antritt gesagt.

Jetzt musste er Gas geben.

ACCELERANDO

35.

Veronika wachte schweißgebadet auf. Sie atmete tief durch. Was für ein Traum. Gerade war sie einfach nur froh, dass Francesco heute so früh ins Büro aufgebrochen war. Sie hätte ihm mit diesen frischen Eindrücken nicht in die Augen schauen können. Es war einer dieser Träume gewesen, bei denen man sich am nächsten Morgen noch ganz genau erinnern konnte, was man gesehen und vor allem wie man sich dabei gefühlt hatte. Benommen kletterte sie aus dem Bett und betrachtete sich im Spiegel, der neben ihrer Schlafzimmertür an der Wand lehnte. Es schüttelte sie. Was hatte das alles zu bedeuten?

Sie hatte von diesem Staatsanwalt geträumt. Aber nicht von einer einfachen Begegnung. Sondern sie hatte sich nach einem Streit von Francesco getrennt und sich dann aus Frust Tinder auf ihr Handy geladen, eine Online-Dating-App, bei der man die passenden Kandidaten durch Wischen über das Display identifizieren konnte. Sie wischte und wischte, doch bei jedem Profil sprang ihr das Gesicht des Staatsanwalts entgegen. Egal, in welche Richtung sie auch wischte, überall erschien der blonde Lockenkopf von Kirschmeier. Panisch hatte sie ihr Handy weggeworfen und war mit dem Rad in die Stadt gefahren, wo jeder, dem sie begegnete, ebenfalls Kirschmeier sehr ähnlich sah. Überall schaute sie in sein Gesicht. Passanten, Werbeplakate, selbst der Busfahrer, vor dem sie über die Straße ging, sah aus wie er. Um sie herum waren nur noch Kirschmeiers. Alle schienen sie mit zugekniffenen Augen genauestens zu beobachten. Keiner sprach. Sie rannte. Durch die Fußgängerzone und über den Marktplatz.

Sie fühlte sich an die grauen Männer in Michael Endes Buch »Momo« erinnert. Die, die die Zeit fraßen. Plötzlich hatte sich einer von ihnen ihr in den Weg gestellt.

»Frau Hart, wo laufen Sie denn hin? Wo ist mein Bericht?«, hatte er ihr mit glockenheller Stimme entgegengerufen.

Dann war sie aufgewacht.

Sie warf sich im Bad kaltes Wasser ins Gesicht und schleppte sich weiter in die Küche. Jetzt erst einmal einen Kaffee. Ein kleiner Stich durchfuhr sie, als sie unter dem Knopf der Kaffeemaschine ein gelbes Post-it mit Francescos Schrift entdeckte. »Drück mich!«, stand darauf geschrieben und darunter ein großes Herz.

Er hatte wirklich eine Engelsgeduld mit ihr oder er liebte sie einfach über alles. Anders konnte sie sich das nicht erklären. Sie hatten gestern Abend bis spät in die Nacht diskutiert. Erst hatte sie ihm lang und breit erklärt, warum sie sich noch nicht zum Zusammenziehen bereit fühlte. Wie sie sich ihr Leben vorstellte, ihre Karriere. Er war da ehrlicherweise wenig aktiv vorgekommen in diesen Beschreibungen, das hatte sie im Laufe der Diskussionen einsehen müssen. Sie sah ihn schon in ihrem Leben, aber so wie jetzt. Er war da und sie genossen einfach die gemeinsame Zeit. Sie war noch nicht so weit, den nächsten Schritt zu gehen.

Und was gab sie ihm zurück? An dem Punkt waren sie gestern auch angekommen. Da hatte es angefangen, unangenehm zu werden. Francesco wünschte sich eine Familie, eine Frau an seiner Seite und Kinder. Nicht heute und nicht morgen, aber irgendwann. Er war Ende 30, er wollte nicht mehr ewig warten. Und der Druck seiner italienischen Familie wuchs. Sein Opa sagte ihm immer, dass er selbst mit 40 Jahren schon das erste Mal Großvater geworden sei. Das saß. Langsam kam er in Erklärungsnot. Aber sie waren ja noch nicht einmal ein Jahr zusammen, auch wenn die Erlebnisse im Sommer sie eng verbunden hatten. Die Anschläge auf Veronika, Francescos Entführung und seine Rettung in letzter Sekunde, dann ihre Verletzung. Aber wieso musste man aus allem gleich Nägel mit Köpfen machen? Tatsachen schaffen, die alles nur noch komplizierter machten?

Die Diskussion war ergebnislos zu Ende gegangen. Schweigend hatten sie sich schlafen gelegt, Francescos Laune war am Tiefpunkt gewesen und sie selbst einfach nur erschöpft. Sie hatte etwas Verbindliches und Nettes sagen wollen, doch es irgendwie vergeigt. Sie war einfach nicht gut in solchen zwischenmenschlichen Dingen. Sie würde Ella und Theresa heute Abend zum Krisenstab einberufen müssen. Sie brauchte ihre Hilfe und einen Mittelweg. Und vor allem musste sie sich diesen Staatsanwalt aus dem Kopf schlagen.

Sie hatte schließlich auch noch einen Fall zu lösen.

36.

Er war heute einer der Ersten im Büro. Das Adrenalin hatte ihn kaum schlafen lassen und die Bilder ihres Todeskampfes zuckten wie ein Neun-Millimeter-Film vor seinen Augen.

Er hatte ihr seine Geschichte erzählt und die seines Vaters. Ihr aufgezeigt, wie sie mit alldem in Verbindung stand und welche Folgen ihr Handeln gehabt hatte. Nicht, dass ihre Einsicht noch etwas geändert hätte. Aber in ihrem Gesicht war weder Empathie noch Verständnis oder Bedauern zu erkennen gewesen. Nur ein hämisches verzerrtes Grinsen. Es reichte, er hatte genug gesehen.

Er hatte die Dose Bauschaum aus seiner Umhängetasche gezogen und war langsam auf sie zugegangen. Um den sich aufbäumenden Körper unter Kontrolle zu bekommen, hatte er sich auf ihren Schoß gesetzt und mit Gewalt die Öffnung der Dose in ihren Rachen gedrückt. Der zähe Schaum hatte sich schnell in ihrem Mund ausgebreitet. Mit panikerfüllten Augen hatte sie ihn angestarrt, letzte animalische Geräusche von sich gegeben. Bis sie leiser wurden.

Er war aufgestanden und einige Schritte zurückgetreten, um ihren Todeskampf zu beobachten. Dann hatte er seine Requisiten zurechtgerückt, ihr den linken Schuh wieder angezogen, den sie verloren hatte, die Kabelbinder abgeschnitten und sie in die richtige Position gebracht.

Ob sie sie schon gefunden hatten? Das bezweifelte er. Zu gerne würde er bei den Ermittlungen Mäuschen spielen, um zu erfahren, ob sie seine versteckten Botschaften verstanden. Außerdem würde er gerne wissen, welche Spuren sie verfolgten. Ob die Polizisten schon herausgefunden hatten, dass es eine Verbindung zwischen Hartmann und Pausini gab? Als er das durch Zufall in einem Gespräch aufgeschnappt hatte, war es ihm wie eine göttliche Fügung erschienen. Zusammen mit der Einladung zur Vernissage war das das Signal gewesen, endlich mit seiner Mission zu beginnen. Während eines Small Talks vor Beginn einer Baubesprechung wenige Wochen zuvor war es um die Gästeliste für die Vernissage gegangen und dass das halbe Saarland darauf zu finden wäre. Hartmann hatte damals nur gelacht und gesagt:

»Ich hab auch so eine Einladung bekommen, aber ich kann mir nicht vorstellen, dass dieser Vogel mich freiwillig auf seine Gästeliste gesetzt hat. Sein letztes Atelier lag in einer meiner Immobilien und ich musste ihn vor die Tür setzen. Wegen Eigenbedarf, versteht ihr?« Dabei hatte er dreckig gelacht und seine perfekt aufbereiteten Zahnreihen entblößt. »Mein Gott, hat der mir in den Ohren gelegen. So ein Gejammer, von wegen Inspirationsraum und künstlerische Freiheit und so ein Quatsch. Das bisschen Geklecksе kann man ja wohl überall fabrizieren. Dass die sich immer so wichtig nehmen müssen. Also mich werdet ihr auf dieser Veranstaltung nicht antreffen, das kann ich euch garantieren.«

Er selbst hatte die ganze Zeit wie versteinert dagesessen. Doch keiner hatte es bemerkt. So wie keiner ihn je wirklich bemerkte. Er hatte die Luft angehalten und seinen Gedanken freien Lauf gelassen. Es war sein Zeichen gewesen, das letzte fehlende Puzzleteil zur Umsetzung seines Plans. So lange hatte er ausgeharrt, den Hass in sich brodeln, aber nie ausbrechen lassen. Er wusste, dass er auf den richtigen Moment hatte warten müssen. Dass nun seine Zeit gekommen war.

Hartmann und Pausini, diese Verbindung würde der Polizei erst einmal etwas zu tun geben und ihm die notwendige Ruhe lassen, seinen Plan fortzusetzen. Er würde allen, die es noch nicht verstanden hatten, zeigen, worauf es ihm wirklich ankam.

Zu verlieren hatte er nichts mehr. Der Unfall seines Vaters hatte ihm alles genommen, woran er geglaubt hatte. Ehrliche Arbeit, Fleiß und Loyalität. Diese Werte hatten ihm seine Eltern vorgelebt, er hatte sie bereits in frühester Kindheit verteidigt. Sein Vater war sein Vorbild, sein Held. Er hatte sich seine Firma aus dem Nichts aufgebaut. Hatte nach dem Hauptschulabschluss eine Lehre gemacht, dann Abendschule und Abitur und die Meisterprüfung. Er hatte immer hart gearbeitet, seine Mitarbeiter gut und fair behandelt. Als Jugendlicher hatte er ihm in den Ferien ausgeholfen. Die Art und Weise, wie sein Vater Kunden und Geschäftspartner behandelte, immer mit einem netten Spruch auf den Lippen und seinem herzlichen Lachen, damit kam er überall gut an, jeder kannte ihn. Seine Elektrofirma lief gut, er hatte sich in der Region einen Namen gemacht. Doch er wollte mehr. Weg von der Devise »Kleinvieh macht auch Mist« hin zu den großen Projekten. Nicht mehr 50 kleine Rechnungen schreiben, sondern eine große. Mehr Planungssicherheit, mehr Marge. Nach der Finanzkrise 2009 setzte er alles daran, in diesem Haifischbecken mitzuschwimmen. Und es gelang ihm. In den ersten Jahren stemmte er enorme Projekte, konnte bei den Ausschreibungen gut mithalten und bekam immer öfter den Zuschlag. Als er seinem Vater anbot, in die Firma miteinzusteigen und ihn zu unterstützen, lehnte dieser ab. »Ich möchte, dass du studieren gehst, Junge. Das ist mein Traum für dich. Du sollst später alle Möglichkeiten haben und kannst, wenn du das willst, dann immer noch einsteigen. Ich halte hier so lange die Stellung«, hatte er ihm versprochen.

Aber daraus war nichts geworden.

37.

»Frau Hart, bitte auf ein Gespräch in mein Büro. Gruß, Klein«. Veronika schwante nichts Gutes, als sie die Mail ihres Chefs in ihrem Posteingang fand. Sicherlich war er unzufrieden über den Verlauf der Ermittlungen und darüber, dass sie immer noch keinen Verdächtigen vorweisen konnten. Bei ihrem ersten großen Fall hier am LKA in Saarbrücken hatte sie sich zu sehr von außen unter Druck setzen lassen und auf das falsche Pferd gesetzt – und damit einen Unschuldigen grundlos falschen Verdächtigungen und Ausgrenzungen ausgesetzt. Das sollte ihr nie wieder passieren.

Sie klopfte leise an seiner Bürotür, nachdem sie seine Sekretärin einfach durchgewunken hatte. Ihre Nervosität stieg sprunghaft, normalerweise musste sie wenigstens ein paar Minuten warten – wahrscheinlich auch, wenn Klein nichts anderes zu tun hatte, nur aus taktischen Gründen.

Lothar Klein empfing sie mit einem breiten Lächeln, was sie noch mehr irritierte.

»Frau Hart, schön, dass es so schnell geklappt hat. Lassen Sie uns gleich zur Sache kommen. Setzen Sie sich doch.« Er deutete auf den Ledersessel vor seinem Schreibtisch.

»Folgendes. Das Innenministerium sucht Protagonisten für die neue Imagekampagne ›Recht und Ordnung an der Saar‹, oder so ähnlich. Es geht um die Darstellung von Polizei und Justiz und um die Rekrutierung von neuen Bewerbern.«

Veronika atmete auf. Sicher wollte er jetzt von ihr wissen, ob jemand aus ihrem Team dafür zur Verfügung stünde.

»Das klingt ja spannend, aber ich wüsste niemanden, den ich dafür von uns abstellen könnte. Sie wissen ja, wir sind alle sehr mit dem aktuellen Fall beschäftigt. Vielleicht finden Sie ja in einer anderen Abteilung …«

»Oh, da haben Sie mich falsch verstanden«, unterbrach sie Klein. »Die Verantwortlichen vom Innenministerium haben ihre Wahl schon getroffen. Es soll ein Ermittlermotiv geben, ein Duo unter dem Motto ›Die jungen Wilden‹. Ich darf Sie beglückwünschen, Sie werden gemeinsam mit dem neuen Staatsanwalt, wie hieß er noch, ach ja, Kirschmeier, dieses Duo formen. Ich hatte lediglich die Aufgabe, Ihnen diese Nachricht zu überbringen.«

»Was?« Veronika schaute ihren Chef entgeistert an. »Das kann doch nicht deren Ernst sein. Ich stecke mitten in einer Mordermittlung. Alles spricht für einen Serientäter und ich soll mich seelenruhig mit diesem Staatsanwaltsfuzzi vor eine Kamera stellen und lächeln. Am besten noch ein Schild mit einem Like-Daumen hochhalten. Also, beim besten Willen …«

Wieder unterbrach sie ihr Chef, dieses Mal mit etwas ernsterer Miene.

»Man war auf diese Reaktion vorbereitet, Frau Hart. Für diesen Fall sollte ich Sie auf eine Passage in dem Fördervertrag, den Sie mit dem Innenministerium geschlossen haben, hinweisen. Paragraf 4, Absatz 2 – Sie stehen Ihrem Dienstherrn in Angelegenheiten der Öffentlichkeitsarbeit als Multiplikatorin und Testimonial zur Verfügung. Ich habe eine Kopie da, wenn Sie nachlesen möchten? Eine Mitarbeiterin des Ministeriums wird sich bei Ihnen wegen eines Termins melden. Das war es erst einmal von meiner Seite. Wann haben Sie Ihre nächste Teambesprechung? Da käme ich gerne dazu.«

Veronika nannte ihm die Uhrzeit und wandte sich langsam zum Gehen.

»Ach, Hart. Seien Sie bitte nett und kooperativ. Wir wollen doch nicht, dass so eine Geschichte sich negativ auf unsere Arbeit auswirkt.«

Sie nickte ihm zu und ließ die Tür lauter hinter sich ins Schloss fallen als geplant. Das saß. Nett und kooperativ. Würde man das zu einem männlichen Kollegen auch sagen? Diese Aktion hatte sie wirklich so dringend gebraucht wie eine Axt im Kopf. Sie würde sich zum Gespött des gesamten Präsidiums machen. Sie war auch einfach keine Rampensau, sie mochte die Öffentlichkeit nicht. Die Talkrunde im Fernsehen, die ihr vor ein paar Monaten aufgedrückt worden war, hatte nach dem Mordanschlag schließlich nicht mehr stattgefunden, auch damals hatte sie sich lange dagegen gewehrt. Aber hier schienen die Würfel ja gefallen zu sein.

Wutentbrannt kehrte sie in ihr Büro zurück, unwirsch den fragenden Blicken ihrer Kollegen ausweichend.

»Frau Hart, ich glaube, ich habe da etwas.« Sylvia Meyer streckte mit einem aufmunternden Blick den Kopf durch die Tür. Veronika folgte ihr in den Meetingraum, in dem die anderen aus ihrem Team über ihren Laptops brüteten.

»Ich habe mir noch einmal Pausinis Lebenslauf angeschaut«, führte Meyer aus. »Also, wo ist er aufgewachsen, wo hat er studiert, gelebt und gearbeitet? Bei einer Adresse bin ich stutzig geworden, weil mir der Straßenname so bekannt vorkam. Die Veteranenstraße in Berlin-Mitte, die war mir irgendwo schon einmal untergekommen. Dort hatte Pausini ein Atelier gemietet, aber nur wenige Monate. Und jetzt ratet mal, wer sein Vermieter war.«

»Hartmann?«

»Genau, Benno Hartmann. Ich habe bei der Hausverwaltung angerufen und nachgefragt, ob sie sich an den Grund des Auszugs erinnerten. Ehrlich gesagt hatte ich wenig Hoffnung, in Berlin ist ja eine ziemliche Fluktuation in solchen Immobilien. Aber sie wussten es tatsächlich noch, und zwar auch, weil es ein riesiges Drama gegeben hatte. Hartmann hatte ihm vor vier Jahren wegen angeblichen Eigenbedarfs gekündigt und Pausini hatte sich an die Heizkörper gekettet, weil ihm das Atelier die perfekte Atmosphäre für sich und seine Kreativität bieten würde. O-Ton Hausverwalterin.«

»Okay, das wundert mich jetzt aber. Pausini hatte doch gesagt, er kenne das Opfer nicht. Und was heißt eigentlich ›angeblicher Eigenbedarf‹? War das nicht so?«

»Nein, offenbar nicht. Oder, na ja, wie man es nimmt. Die Hausverwalterin meinte, er hätte dort seine Geliebte untergebracht, eine Möchtegern-Künstlerin aus Spanien – wieder O-Ton. Die bastelt dort Skulpturen aus Draht und Glasperlen. Als Pausini das gehört hat, ist er wohl wieder ausgerastet.«

»Max, bitte ruf diesen Achim Denkert an, die sollen ihre Hintern hierherbewegen. Mal sehen, was unser Künstler zu diesen neuen Erkenntnissen zu sagen hat.«

38.

Becker kämpfte sich währenddessen durch zwei Umzugskisten mit Aktenordnern, die sie gestern Abend aus Hartmanns Arbeitszimmer mitgenommen hatten. Die Kollegen von den Wirtschaftsdelikten würden später noch zur Unterstützung dazukommen, weil er selbst bei den ganzen Unterlagen, die die Firma Hartmann Bau betrafen, nur Bahnhof verstand.

Was er lesen konnte, waren die Kontoauszüge der verschiedenen Banken, die in Deutschland, aber auch in der Schweiz und Panama lagen. Die meisten davon liefen auf Benno Hartmann, manche aber auch auf seine erste Frau Gabriele. Die Zahlen darauf machten ihn schwindelig. Hartmann war auf jeden Fall mehrere Millionen schwer, allein in Devisen. Dazu noch die Immobilien in Paris und Berlin sowie ein Boot in Cannes.

Becker kratzte sich am Kopf. Irgendetwas machte er falsch. Nach der fehlgeschlagenen Beförderung zum Hauptkommissar, als man ihm Veronika vor die Nase gesetzt hatte, hatten seine Frau und er ihren Traum von einem eigenen Häuschen am französischen Stockweiher erst einmal auf Eis legen müssen. Auch wenn seine anfängliche Wut darüber verraucht war, knabberte der Frust noch manchmal an seinem Ego.

Ein Ordner mit der Aufschrift »Privates«, der als Nächstes auf dem Stapel lag, weckte seine Aufmerksamkeit. Gleich das erste Dokument war eine Kopie seines Testaments, beglaubigt von einem Notar, der eine letzte Änderung vor eineinhalb Jahren bestätigt hatte. Beckers Atmung stockte. Dem hinzugefügten Abschnitt war zu entnehmen, dass Benno Hartmann seinen jüngsten Sohn Thomas wegen Entartung und großer Enttäuschung enterbt hatte. Entartung, dieses Wort löste bei ihm einen Würgereiz aus. Was sollte das bedeuten?

Er winkte Veronika zu, die gerade an seinem Büro vorbeieilte.

»Schau mal, ich glaube, ich hab einen Anhaltspunkt. Wir müssen noch einmal Gabriele Hartmann vorladen und ihren Sohn Thomas. Unser Mordopfer hat ihn vor eineinhalb Jahren enterbt, und jetzt halt dich fest, wegen Entartung.«

»Oh Gott, so etwas schreibt man in ein Testament? Was soll das denn heißen?« Veronika schien sich diese Frage allerdings selbst beantworten zu können.

»Na ja, wahrscheinlich lebt er nicht das Leben, das sein Vater gutheißen würde. Lass uns wetten. Ich denke, sein Sohn ist homosexuell und das war für einen Machtmenschen wie Hartmann nicht tragbar«, vermutete Becker. »Apropos, wirf mal einen Blick auf die Kontoauszüge. Die Kollegen von der Wirtschaft sind schon verständigt.«

Veronika schnalzte beim Anblick der Zahlen mit der Zunge.

»Nicht schlecht, Herr Specht. Wir haben aber auch etwas. Pausini ist von Hartmann vor vier Jahren aus seinem Atelier in Berlin geworfen worden, weil dieser seine Geliebte und ihre Bastelprojekte dort unterbringen wollte. War wohl ein Riesenskandal. Unser Kunstgenie wird sich uns erklären müssen.«

»Sieht so aus. Ich will aber trotzdem noch mal Max zur Baufirma schicken und ein paar Mitarbeiter dort befragen. Vielleicht hat jemand etwas von dem Familienstreit mitbekommen.«

Becker atmete durch. Das waren gleich zwei Spuren, endlich etwas, mit dem sie arbeiten konnten. Er hasste nichts mehr, als im Dunkeln herumzustochern und keine konkreten Ansätze zu finden.

Es klopfte und Tina Schlosser, eine Kollegin von der Streife, streckte den Kopf rein.

»Sagt mal, habt ihr nicht gerade einen toten Baulöwen auf dem Tisch? Bei uns ist eine Vermisstenmeldung reingekommen. Margarete Schwarz, Senior Projektmanagerin bei der Saarländischen Agentur für Bau- und Bodenprojekte, ist heute Nacht nicht nach Hause gekommen.«

»Und was hat das mit uns zu tun?«

»Na ja, ihr Mann hat sie als vermisst gemeldet. Er wirkte sehr besorgt, weil seine Frau das Opfer aus der Völklinger Hütte gekannt und sogar oft eng mit ihm zusammengearbeitet hatte. Er habe da so ein komisches Bauchgefühl, meinte er. Vielleicht könnt ihr ja was damit anfangen.«

39.

Sebastian Kirschmeier erreichte schnaufend die Etage im Landespolizeipräsidium, in der das Dezernat LPP 213 für Straftaten gegen das Leben und die sexuelle Selbstbestimmung untergebracht war. Er musste dringend etwas für seine Fitness tun. Die Currywurst vom Vorabend lag ihm noch schwer im Magen. Dafür hatte er mehrere Stunden Kameraaufnahmen auf zwei USB-Sticks in der Tasche, mit denen er den Ermittlungen auf die Sprünge helfen wollte.

Als er in den Besprechungsraum trat, herrschte geschäftiges Treiben. Unter aufgeregtem Gemurmel beugten sich kleine Grüppchen über Monitore. Veronika Hart und Sven Becker hingen beide am Telefon. Als Sebastian Veronikas Blick auffing, stockte diese kurz, fing sich aber schnell wieder und drehte sich mit dem Gesicht zum Fenster, während sie die letzten Anweisungen durchgab. Dann trat sie auf ihn zu.

»Herr Kirschmeier, Sie scheinen ein Gespür für neue Erkenntnisse zu haben. Wir haben seit Kurzem zwei neue heiße Spuren, die wir verfolgen. Wenn Sie mögen, bringe ich Sie schnell auf den aktuellen Stand.«

Sie berichtete ihm von den Verbindungen zwischen Pausini und dem Opfer sowie von dem geänderten Testament. In der Zwischenzeit hatte Becker noch ausgedruckte E-Mails in einem der Ordner gefunden, die vom Lebensgefährten des Sohnes, Jakob Zimmer, zu stammen schienen. In denen beschimpfte er Benno Hartmann aufs Übelste, nannte ihn ein homophobes Arschloch ohne Rückgrat, einen beschissenen Vater und geldgeilen Despoten.

Kirschmeier war verblüfft, mit solch eindeutigen Anhaltspunkten hatte er nicht gerechnet.

»Das klingt sehr vielversprechend. Ich habe Ihnen auch endlich die Daten aus den Überwachungskameras besorgen können. Es hat etwas gedauert, aber jetzt haben wir mehrere Stunden Material zu sichten. Haben Sie Leute, die das übernehmen können?« Er händigte ihr die USB-Sticks aus.

»Okay, das ist prima. Ja, ich lasse mir Unterstützung schicken. Zum Glück können wir den Zeitraum gut eingrenzen und je nachdem, welche Bedeutung wir Pausinis Aussage zumessen, auch ihn gleich überprüfen. Danke Ihnen.«

»Kann ich noch etwas für Sie tun?«

Becker unterbrach ihre Unterhaltung, nachdem auch er sein Telefonat beendet hatte.

»'tschuldigung, wenn ich kurz stören darf. Ich habe jetzt alle Daten von der Vermissten zusammen. Ihr Name ist Margarete Schwarz und sie wird seit gestern Abend vermisst. Sie soll mit einem neuen BMW 4er Cabrio unterwegs sein. Ihrem Mann hatte sie gesagt, sie wolle zum Chiropraktiker und dann noch zu einem Termin, aber Letzterer stand nicht im Kalender. Niemand wusste, mit wem sich Frau Schwarz treffen wollte. In der Tat arbeitete sie eng mit Hartmann zusammen, sie hatten sogar gestern noch eine Besprechung, an der er eigentlich hätte teilnehmen müssen.«

»Haben Sie schon ihr Auto geortet?«

»Wie bitte?« Beide schauten Kirschmeier fragend an.

»Na ja, die neuen BMWs haben alle eine SIM-Karte mitverbaut. Über die kann man übers Handy beispielsweise die Klimaanlage anschalten oder das Licht. Wenn Sie wollen, können Sie sogar hupen. Aber man kann sein Auto darüber eben auch orten.«

»Ihr Handy ist ausgeschaltet«, warf Becker ein.

»Dann sollten Sie bei BMW direkt nachfragen. Soll ich das übernehmen? Was fuhr eigentlich Hartmann für einen Wagen? Den haben wir doch auch noch nicht, oder? Ich kann mich, wenn Sie mögen, gerne mal um beides kümmern.«

Sebastian wusste, dass das eigentlich nicht zu seinen Aufgaben gehörte und er hoffte, dass die Beamten sein Angebot nicht als Einmischung verstehen würden. Es brannte ihm einfach unter den Fingernägeln, er wollte aktiv werden. Veronika schien das zu verstehen, sie nickte und wies ihm einen Platz am Tisch zu. Dann rief sie Langner zu sich und bat ihn, die USB-Sticks zur IT-Forensik zu bringen. Die sollten sich bei der kleinsten verdächtigen Bewegung melden. Sie wirkte nervös und auch bei Sebastian stieg der Puls. Wenn die Vermisste tatsächlich mit dem Bauunternehmer in Verbindung stand, schwebte sie womöglich in Gefahr. Sie mussten sich beeilen. Vielleicht war es ja noch nicht zu spät.

40.

Er konnte sich kaum auf die Arbeit konzentrieren. Eigentlich musste er noch zwei Beschlussvorlagen für seinen Chef erstellen, aber seine Gedanken schweiften immer wieder ab. Vielleicht sollte er sich krankmelden? Auf seinem Handy checkte er regelmäßig die Diskussionen auf Jodel, einem anonymisierten Nachrichtenportal, auf dem meistens irgendwelche alltäglichen Probleme, in der Regel von Schülern und Studierenden, diskutiert wurden. Es war aber auch die Plattform, auf der sich Polizei- oder Feuerwehreinsätze am schnellsten verbreiteten, ebenso wie Leichenfunde. Er brannte darauf zu erfahren, ob und wann sie die Schwarz finden würden. Am liebsten wäre er wieder hingefahren, nur um zu schauen, in welchem Zustand sie sich befand. Ob sich wohl schon Tiere an ihr bedient hatten? Vielleicht hätte er den Innenraum des

Gebäudes doch abschließen sollen, da wäre sie geschützter gewesen. Aber war ihm das tatsächlich wichtig? Tot war tot. Sie hatte nun endlich den Hals voll bekommen, im wahrsten Sinne. Er konnte wieder einen Haken setzen. Aber er war noch lange nicht fertig.

Durch die halb offene Tür hörte er seinen Chef hitzig am Telefon diskutieren. Es ging um Fördergelder für die Regionalentwicklung. Das Saarland gehörte nie zu den Bundesländern, die besonders viel von den Bundesmitteln dafür abgreifen konnten. Irgendwie stellten sich die anderen Landesministerien schlauer an oder waren in Berlin besser vernetzt. War wahrscheinlich überall das Gleiche. Wer was bekam, wurde darüber entschieden, wer wen kannte.

Und im Mikrokosmos Saarland geschah das wie unter einem Brennglas. Wenn es Mittel gab, ging das große Hauen und Stechen los und am Ende gewannen immer die Gleichen. Und auf dem Weg dahin machten sich die anderen die Taschen voll. Das kehlige Lachen seines Chefs auf der anderen Seite der Tür ließ die Wut langsam in ihm hochkriechen. Es fühlte sich an, als wären um ihn herum Hunderte von lachenden Mündern, aus denen der gleiche raue Ton herauskam. Sie lachten ihn aus. Ihn und seine Familie. Seit dem Unfall seines Vaters sah er sie immer wieder lachen. Kleinste Eindrücke aus seinem Umfeld konnten ihn in die Situation zurückkatapultieren, als er sich so unendlich hilflos gefühlt hatte. Als ihn seine Mutter anrief und ihm sagte, es habe einen Unfall gegeben. Sein Vater, seit Jahrzehnten Elektrikermeister, habe einen starken Stromschlag abbekommen. Es sehe nicht gut aus.

Das hatte ihm den Boden unter den Füßen weggezogen. Er hatte damals an der Universität für Verwaltungswissenschaften in Speyer studiert, ohne verfügbares Auto. Es hatte eine gefühlte Ewigkeit gedauert, bis er es mit den öffentlichen Verkehrsmitteln bis nach Saarbrücken geschafft hatte. Wenn er an seine Ankunft im Winterbergklinikum dachte, schnürte es ihm heute noch den Hals zu. Er hatte nicht gewusst, was ihn erwarten würde. Ob sein Vater noch am Leben war, in welchem Zustand er sich befand.

Er kam gerade dazu, als eine Ärztin in beruhigendem Ton mit seiner Mutter sprach. Und ihr mitteilte, dass ihr Leben zu Ende sein würde. Zwar nicht direkt, aber sie sagte, dass das Gehirn seines Vaters irreparable Schäden davongetragen hatte, was implizierte, dass er für immer ein schwerer Pflegefall bleiben würde, wenn er die nächsten Tage überlebte.

Seine Hand begann leicht zu zittern, als er daran dachte. Vor Trauer, aber auch vor Wut. Beruhige dich, sagte er zu sich. Der Zeitpunkt war noch nicht gekommen. Er musste inkognito bleiben, um weiter agieren zu können. Niemand durfte wissen, dass er im Auftrag Gottes Gutes tat, indem er die Bösen eliminierte und die Geschädigten rächte.

»Könnten Sie mir noch mal einen Tee machen? Ich hab schon wieder so ein Kratzen im Hals«, rief ihm sein Chef zu.

Klar, dachte er. Genau dafür habe ich studiert. Um jetzt den Oberkellner zu spielen.

»Sicher, kommt sofort«, rief er zurück, mit der freundlichsten Stimme, die er so schnell imitieren konnte. Er schaltete den Wasserkocher an und kramte einen Teebeutel aus der Schublade. Fenchel-Anis-Kümmel. Mit dem Gesöff hätte man ihn über alle Berge jagen können, aber sein Chef schwor darauf. Egal, welches Zipperlein er hatte. Fenchel-Anis-Kümmel würde es wieder richten. Er rückte die Tasse auf einem Tablett zurecht, packte noch ein paar Kekse vom letzten Meeting mit drauf und zog dann das kleine braune Fläschchen aus seiner Hosentasche, um einige wenige Tropfen in das dampfende Teewasser zu geben. Dann brachte er das Tablett zu seinem Vorgesetzten.

»Wohl bekomms«, lächelte er.

41.

Die Ereignisse überschlugen sich. Veronika musste aufpassen, dass sie den Überblick über die Vielzahl an Ermittlungsfäden in ihrer Hand nicht verlor. Becker und sie hatten sich aufgeteilt und bildeten jetzt eine Doppelspitze, die ihr Team anspornte. Lothar Klein hatte ihnen kurzfristig Unterstützung zugesagt, und so kümmerte sich ein Team um das Sichten des Bildmaterials, ein zweites befragte noch einmal die Mitarbeiter in Hartmanns Firma und Becker und Hart teilten die Befragungen von Pausini und Thomas Hartmann unter sich auf, während Kirschmeier den vermissten Fahrzeugen auf der Spur war.

Wenn Veronika ihn anschaute, kam ihr immer wieder ihr Traum in Erinnerung und ein unangenehmes Ziehen durchfuhr ihren Körper, das sie nicht so genau zuordnen konnte. Wahrscheinlich nur das schlechte Gewissen gegenüber Francesco oder ihr Schamgefühl, welches sich da meldete.

Sie hatte sich Weissmann geschnappt und saß nun Thomas Hartmann gegenüber, einem blassen, hageren jungen Mann Ende 20, mit dunklen abrasierten Haaren und ausgeleierten Jeans. Dass er als Lehrer arbeitete, konnte man an seinem momentanen Aufzug nicht erkennen. Er sah eher selbst noch aus wie ein Oberstufenschüler.

»Herr Hartmann«, begann sie. »Wie würden Sie Ihr Verhältnis zu Ihrem Vater beschreiben?«

»Wie soll das schon gewesen sein? Mein Vater war ein abgehobener und arroganter Wichser. Oder darf man das über Tote nicht sagen? Uns hat rein gar nichts verbunden. Ich habe mich als Kind immer bemüht, ihm zu gefallen. Daran erinnere ich mich. Damals dachte ich, das sei Liebe. Aber ich war die größte Enttäuschung in seinem Leben und das hat er mich spüren lassen, solange ich denken kann.«

Veronika schluckte. Das Verhältnis zu ihrem eigenen Vater war immer innig gewesen. Er war ihr Held und sie seine Kämpferin, gemeinsam ein unschlagbares Team. Sein Tod vor wenigen Jahren hatte sie schwer mitgenommen. Manchmal passierte es, dass sie ein bestimmtes Lied oder ein Filmausschnitt komplett aus dem Konzept brachte und sie Rotz und Wasser heulte. Sie hatte sich ein Leben ohne einen solch starken Anker wie ihren Vater gar nicht vorstellen können.

»Uns liegen Informationen vor, dass es erst kürzlich eine größere Auseinandersetzung zwischen Ihnen gab, nach der Ihr Vater Sie offiziell aus seinem Testament streichen ließ. Was war der Auslöser für diese Eskalation?«

»Es ging um meine Verlobung. Ich habe meine Mutter in der Firma besucht, um ihr zu erzählen, dass Jakob mir einen Heiratsantrag gemacht hat. Ich war einfach glücklich und sie sollte die Erste sein, die es erfährt. Sie hat sich so sehr für uns gefreut. Sie ist wirklich eine große Stütze für mich, schon immer gewesen. Er ist reingeplatzt, als wir uns gerade in den Armen lagen. Sie können sich vorstellen, was dann folgte. Er ist ausgerastet und hat herumgebrüllt, dass ich seine Ehre beschmutzen würde, dass eine Schwuchtel nicht sein Sohn sei und dass ich schon noch merken würde, was ich von dieser abartigen Lebensweise hätte. Jakob hatte vor der Tür gewartet und ist dazwischengegangen, dann ergab ein Wort das andere. Er kannte meinen Vater nicht und war geschockt, was dieser Mann uns an den Kopf warf. Ich bin sicher, die Mitarbeiter haben sich danach köstlich die Mäuler über uns zerrissen.«

»Wie ging es weiter?«

»Meine Mutter hat versucht, die Gemüter zu beruhigen, aber wir sind gegangen. Er hat mir das mit dem Testament noch hinterhergeschrien. Dass er es tatsächlich durchgezogen hat, wundert mich nicht. Aber soll ich Ihnen was sagen? Wir haben alles, was wir brauchen. Wenn es mit Jakobs Fotografie nicht so läuft und er auch keinen anderen Job hat, dann hat uns auch schon mal meine Mutter unter die Arme gegriffen. Sobald ich nach meinem Referendariat eine Stelle als Lehrer finde, passt das für uns. Mein Bruder hat mir außerdem versprochen, mir einen Anteil von seinem Erbe abzugeben. Nur, um ihm damit nach seinem Tod noch eins auszuwischen.«

»Ihr Bruder ist also auch nicht so gut auf Ihren Vater zu sprechen gewesen?«

»Er war ein sadistisches Arschloch. Er hat uns als Kinder mit seinen Spielchen gequält. Hat keine Gelegenheit ausgelassen, uns bloßzustellen, da waren wir vielleicht drei oder vier Jahre alt. Nein, mein Bruder konnte ihn auch nicht leiden. Der war nach der Schule schneller weg, als man gucken konnte. Seitdem lebt er in London und macht Karriere – unseren Vater hat er aber sicher schon zehn Jahre nicht mehr gesehen.«

War diese Familiengeschichte ein ausreichendes Motiv für so einen aufsehenerregenden Mordfall? Und warum jetzt? Sie würde auch noch mal die Mutter Gabi Hartmann dazu befragen müssen. Und nun? Veronika warf einen kurzen Seitenblick auf Weissmann und entschied sich dann für einen Frontalangriff, so offen, wie ihr Thomas Hartmann bisher Auskunft gegeben hatte.

»Herr Hartmann, haben Sie oder Ihr Verlobter Ihren Vater umgebracht? Aus Rache für all das, was er Ihnen angetan hat? Wo waren Sie in der Nacht von Dienstag auf Mittwoch?«

Hartmann lachte bitter auf.

»Ich habe die ganze Zeit schon auf diese Frage gewartet. Nach Ihren Maßstäben hätte ich wahrscheinlich Hunderte von Motiven, ich habe ja gerade erst angefangen zu erzählen. Aber nein, weder Jakob noch ich haben etwas mit seinem Tod zu tun. Es stimmt, meine Trauer hält sich in Grenzen – aber ehrlich gesagt wäre ich zu so etwas gar nicht in der Lage. Ich kann nicht einmal Blut sehen. In der Nacht von Dienstag auf Mittwoch war ich mit Freunden im Kino, Jakob war zu Hause. Die Kinokarten habe ich sogar noch, wenn Sie die sehen wollen.«

Veronika winkte ab, Weissmann würde sich später darum kümmern. Die Aussage des Zeugen klang schlüssig, er hatte nichts beschönigt und ihr geradeheraus geantwortet und auch Dinge gesagt, die man ihm hätte negativ auslegen können. Ihr Bauchgefühl gab grünes Licht. Entweder war Hartmann ein sehr guter Schauspieler, oder sie mussten weitersuchen.

»Danke für Ihre Zeit, Herr Hartmann. Sie können gleich gehen. Herr Weissmann hier übernimmt noch die Formalitäten. Ich wünsche Ihnen alles Gute.«

Beim Hinausgehen aus dem Verhörraum stieß sie mit Kirschmeier zusammen.

»Wir haben das Auto, die Ortung hat funktioniert. Es steht in Bexbach.«

»Na, dann mal los.« Sie zögerte kurz. »Wollen Sie mitkommen?«

42.

Sie fuhren mit zwei Fahrzeugen nach Bexbach. Eine Streife war bereits vor Ort und sicherte das Gelände. Über Funk hörten sie, dass nicht nur das Auto von Margarete Schwarz gefunden worden war, sondern auch eine weibliche Leiche. Veronika Hart telefonierte auf dem Rücksitz gerade mit Thiel und gab ihm die Adresse durch, während sich Becker durch den Stadtverkehr in Richtung Ostspange und Autobahn A 6 fädelte.

»Wie lief das Gespräch mit unserem Kunstgenie?«, fragte ihn Veronika.

Das war gar nicht so leicht zu beantworten, er überlegte kurz, bevor er seiner Chefin Bericht erstattete.

»Es war irgendwie bizarr. Der Typ ist völlig durch den Wind, wenn du mich fragst. Von irgendetwas hat der eindeutig zu viel genommen.«

»Wie meinst du das?«

»Na ja, der schien in einer anderen Sphäre unterwegs zu sein. Bei unserem Gespräch war sein Manager nicht dabei, ich wollte mit ihm alleine reden. Und er war nicht in der Lage, auch nur einen halbwegs vollständigen Satz zu formulieren. Der ist ständig irgendwie abgedriftet. Und um ehrlich zu sein, war ich mir zwischendurch unsicher, ob er nur schauspielert oder wirklich einen an der Waffel hat.«

»Na, das ist ja genau dein Ding«, lachte Veronika, die ihn nach knapp über einem Jahr in Saarbrücken schon ziemlich treffgenau einschätzen konnte.

»Und was hat er zu seiner Verbindung zu dem Mordopfer gesagt, die er uns verschwiegen hat?«

»Er meinte, das sei schon so lange her und er könne sich beim besten Willen nicht erinnern. In der Zwischenzeit wäre er in so vielen Ateliers aus den unterschiedlichsten Gründen rausgeflogen, dass er ja zum Massenmörder werden müsste, wenn er all seine Vermieter umbringen wollte.«

»Das hat er gesagt?«

»Ja, wortwörtlich. Er hat noch nicht einmal bemerkt, dass das bei einem Polizeiverhör komisch klingen könnte. Er sagte dann noch etwas wie Raum sei relativ und seine Kunst würde jegliche Räumlichkeit sprengen. Er brauche keine physische Lokalität, um seine Kunst erlebbar zu machen. Da bin ich dann irgendwann ausgestiegen.«

Alle im Auto lachten verhalten, so wie man eben lachte, wenn man wusste, dass gleich etwas auf einen zukam, was einen nachhaltig prägen würde. Wie immer, wenn sie kurz vor einem neuen Abgrund menschlichen Handelns standen.

Becker hing weiter seinen Gedanken nach. Irgendetwas irritierte ihn an Pausinis Verhalten. Nicht, dass er sich exzentrisch und fast verrückt präsentiert hatte. Da war auch etwas

Verschrecktes gewesen. Jedes Mal, wenn Becker das Gespräch auf den Toten gelenkt hatte. Als hätte er Angst, etwas Falsches zu sagen und dafür bestraft zu werden. Vielleicht sollten sie sich den Manager Achim Denkert genauer anschauen. Seiner Meinung nach bestand da eine massive Abhängigkeit zwischen den beiden und er hatte noch nicht ganz raus, wer von wem profitierte und wer wessen Handeln bestimmte.

Als sie das Ortsschild von Bexbach passierten, waren alle Gespräche der vier Autoinsassen verstummt. Jeder Einzelne bereitete sich seelisch schon einmal auf das vor, was sie gleich zu sehen bekommen würden. Neben Hart und Becker saßen noch Max Langner und Sylvia Meyer im Auto, Weissmann und die anderen fuhren direkt hinter ihnen. Sie bogen auf ein ehemaliges Fabrikgelände ab, welches bereits weiträumig abgesperrt war. Eine düstere Atmosphäre empfing sie, in der der strahlend weiße BMW der Vermissten fehl am Platz wirkte. Die ehemaligen Firmengebäude waren nicht verfallen oder verrottet, sie standen vielleicht erst ein paar Jahre leer. An allen Ecken und Enden konnte man erkennen, dass der Auszug des Unternehmens überstürzt geschehen sein musste. Achtlos hatte man Büromöbel, Paletten und sogar einen Hubwagen zurückgelassen. Langsam hatten sich Schlingpflanzen ihren Platz zurückerobert und auch die grünen Halme, die sich zwischen den Pflastersteinen im Hof ans Tageslicht gekämpft hatten, zeugten davon, dass es hier nicht mehr viel Publikumsverkehr gab.

Becker beobachtete Veronika, wie sie sich hoch konzentriert umschaute. Sie hatte in den Tatortmodus geschaltet.

Veronikas Blick nahm alles auf, was die Szene am Fundort bestimmte. Umgebung, Geräusche und Gerüche, bevor sie sich dem Mittelpunkt des Geschehens widmete, den man bereits vom Innenhof durch eine weit geöffnete Doppeltür im Inneren des Gebäudes erkennen konnte: einen Tisch und einen Stuhl in der Mitte der großen Empfangshalle und eine Frau, die mit weit aufgerissenem Mund zur Decke starrte.

»Sie sieht aus, als hätte sie sich zum Essen hingesetzt«, stellte Meyer fest. »Aber was hat sie da im Mund?«

Becker näherte sich dem Opfer und es durchfuhr ihn ein unangenehmes Ziehen im ganzen Körper, als er entdeckte, was da aus dem Mund der Toten quoll, denn augenblicklich konnte er die Grausamkeit dieses gewaltsamen Todes nachfühlen.

»Das ist Bauschaum. Man hat ihr Bauschaum in den Mund gefüllt. Sie muss jämmerlich erstickt sein.«

Er betrachtete ihr Gesicht näher. Auch wenn die ersten Tiere bereits ihr Unwesen getrieben und sowohl die Augen als auch Teile der Wangen unter den spitzen Schnäbeln gelitten hatten, konnte er die vermisste Frau von den Fotos deutlich erkennen. Das war Margarete Schwarz.

43.

Thiel und sein Team erreichten kurz nach den Kollegen der Kriminalpolizei den Fundort der Leiche. Der Pathologe fluchte leise, als er die Anzahl der Menschen sah, die bereits um die Tote herumliefen. Die Spuren, warum denken die nie an die Spuren, fragte er sich. Wie fast jedes Mal, wenn er einen Tatort betrat. Vielleicht lag das auch daran, dass er einfach einen ganz anderen Blick auf die Dinge hatte als seine Mitmenschen. Er konnte die Spuren fast sehen wie mit einem Röntgenblick, wenn sie andere noch nicht einmal erahnten.

Jetzt betrachtete er die groteske Szenerie, die ihnen dort in dieser gespenstisch anmutenden Lobby hinterlassen worden war. Eine Frau an einem ausrangierten Schreibtisch, festgebunden an einem Stuhl, mit weit aufgerissenem Mund, aus dem etwas herausquoll.

»Guten Tag, die Herrschaften. Wenn wir jetzt vielleicht alle mal etwas achtsamer mit den möglichen Spuren im Umfeld unserer bemitleidenswerten Dame hier umgehen könnten, wäre ich Ihnen sehr dankbar. Schließlich wollen wir doch alle herausfinden, wer uns da diese Szene gestellt hat.«

»Und was er uns damit sagen möchte«, ergänzte Veronika Hart. Er nickte ihr zu.

Mit geübten Bewegungen steckten sie den Fundort der Leiche ab und markierten auffällige Punkte. Thiel verteilte kurz die Aufgaben. Lennart würde sich um die Fotos kümmern, während die anderen beiden in der direkten Umgebung Spuren sicherten. Thiel deutete auf einen Fußabdruck, der sich in unmittelbarer Nähe befand.

»Ich hoffe, der ist von keinem Ihrer Leute, Hart«, murmelte er in Veronikas Richtung. Die zuckte nur mit den Schultern und schaute sich weiter um. Der Anblick der Toten war kein schöner. Wenn jemand einige Stunden tot an einem Ort saß, zu dem Tiere leichten Zugang hatten, dann waren diese die größten Feinde des Pathologen. In diesem Fall waren es weniger die Viecher, die normalerweise aus dem Boden gekrochen kamen, um sich ein Stück vom unverhofften Kuchen zu sichern, sondern eher die gefiederten Freunde aus der Luft. So war von den Augäpfeln, die unter den aufgerissenen Lidern gelegen hatten, nichts mehr übrig, und auch Teile des Gesichts waren aufgepickt worden, was der Toten eine makabre Fratze verlieh.

Zu Becker, der neben ihm stehen geblieben war, während er die Leiche einer ersten Inspektion unterwarf, sagte er:

»Ich denke, Tod durch Ersticken liegt als Ursache auf der Hand. Auch wenn ich ohne die Augen die sichersten Indizien dafür aktuell nicht habe. Das wird sich aber bei der Obduktion ganz genau klären lassen. Auf den ersten Blick sehe ich sonst keine Anzeichen von Gewalteinwirkung. Den Verletzungen an Hand- und Fußgelenken nach zu urteilen, war sie währenddessen gefesselt und hat sich massiv dagegen gewehrt. Da war sie also auf jeden Fall noch am Leben. Die Nummer mit dem Bauschaum ist mir persönlich bisher in meiner Laufbahn auch noch nicht untergekommen. Gehört hatte ich davon, aber das jetzt mal zu sehen … Schauen Sie sich die Luftröhre an, die wurde regelrecht nach vorne gedrückt und zerquetscht, als sich der Schaum in der Speiseröhre ausgebreitet hat. Man kann das hier vorne am Hals sehr gut sehen.«

Becker schien seine Faszination nicht zu teilen und legte ihm sichtlich bedient kurz die Hand auf den Unterarm.

»Danke, so genau wollte ich es gar nicht wissen. Wie soll ich denn jemals wieder mit so einem Zeug mein Haus renovieren?«

Veronika gesellte sich erneut zu ihnen.

»Können Sie schon etwas zum Todeszeitpunkt sagen, Thiel?«

»Noch nicht genau, aber auf jeden Fall liegt der schon einige Stunden zurück, über zwölf, schätze ich. Wann wurde sie das letzte Mal gesehen?«

»Um 19.00 Uhr, von ihrem Chiropraktiker.«

»Okay, dann würde ich sagen, zwischen 20.00 und 24.00 Uhr. Die Nacht war sehr kühl, das hat uns etwas in die Karten gespielt. Wenn wir hier mit dem Erfassen aller Daten fertig sind, nehme ich sie mit ins Labor. Dann kann ich das vielleicht etwas genauer eingrenzen.«

»Gut, danke Ihnen. Sven, wir müssen dem Ehemann Bescheid geben. Und dem Chef. Das hier sieht ganz nach Serientäter aus. Mit einer klaren Botschaft. Beide Opfer stammen aus der Baubranche, nicht zu vergessen die Inszenierung. Der Täter verliert keine Zeit. Dienstag Benno Hartmann. Donnerstag Margarete Schwarz. Jetzt haben wir Freitagnachmittag. Ist also morgen wieder jemand dran?«

Thiel pfiff durch die Zähne.

»In Ihrer Haut möchte ich nicht stecken. Wir machen eine Nachtschicht, sobald ich etwas habe, rufe ich Sie auf dem Handy an, Frau Hart. In Ordnung?«

Becker erklärte sich bereit, den Ehemann zu informieren, damit Veronika ins Präsidium zurückkonnte, um die weitere Kommunikation mit ihrem Chef abzuklären.

Thiel wusste, dass der Druck auf die Ermittlungen immens steigen würde, sobald die Medien davon Wind bekamen. Er hatte vor knapp einem Jahr erst erlebt, dass zu viel Druck leicht zu Fehleinschätzungen und Schnellschüssen führen konnte. Ihm war klar, dass Veronika Hart aus ihren Fehlern gelernt und sich als Chefermittlerin weiterentwickelt hatte. Von der Seitenlinie aus konnte er das gut beobachten. In den vergangenen Wochen hatten sie sich sogar zweimal während ihres Krankenstands zum Mittagessen getroffen und dort auch ein paar private Worte gewechselt.

Jetzt mussten sie nur noch den entscheidenden Hinweis auf den Täter und die Motive finden. Viel Zeit blieb ihnen nicht.

44.

Er konnte sich das Grinsen nicht verkneifen, als er die Mail seines Vorgesetzten las. Wie absurd das war. Eine Werbekampagne mit seinem Gesicht. Und dann noch gemeinsam mit Veronika Hart, als schlagkräftiges Duo gegen das Verbrechen. Na, da würden die Kriminellen aber ordentlich beeindruckt sein. Der kleine Polizei-Terrier und der große Paragrafen-Lockenkopf. Vier Fäuste für einen Ring Lyoner, oder wie stellten die sich das vor?

Sebastian Kirschmeier saß nach seinem Besuch im Polizeipräsidium wieder in seinem Büro in einem modernen grauen Kasten, dem die breiten Glasfronten ein wenig Freundlichkeit verleihen sollten. Er wartete auf den Anruf von Veronika Hart, ob sich im Fall der Vermissten Schwarz etwas ergeben hatte. Auf die Frage, ob er mitfahren wolle, hatte er eben nicht schnell genug reagieren können. Sie hatte ihn völlig überrumpelt, und er hatte was von »eigentlich hätte ich noch einen Termin« gefaselt, aber da war sie schon weg gewesen. Er bewunderte, wenn andere schnell umschalten, ständig auf Abruf sein und sich auf neue Situationen einlassen konnten. Er war da etwas behäbiger im Handeln, brauchte meist länger, um sich mit geänderten Umständen anzufreunden. Er war eher der, der sich stundenlang in ein Problem verbeißen konnte und nicht eher Ruhe gab, bis er auch die letzten Hinweise zur Lösung herausgearbeitet hatte. Die Juristerei passte deshalb gut zu ihm. Dort konnte er diese Akribie voll ausleben. Aber an das Ermitteln an der Front musste er sich noch gewöhnen.

Sein Handy klingelte. Es war Veronika Hart. Er wollte

gerade einen Spruch zu ihrer neuen gemeinsamen Aufgabe platzieren, doch sie ließ ihn nicht zu Wort kommen.

»Herr Kirschmeier, ich bin's. Ich habe nicht viel Zeit, deswegen komme ich gleich zur Sache. Wir haben Frau Schwarz gefunden, brutal ermordet. Sehr unschön. Ich brauche dringend Ihre Unterstützung.«

»Sicher, was kann ich …?«

»Das sieht alles nach einem Serientäter aus, beide Opfer stammen aus der Baubranche. Der Ehemann von Frau Schwarz meinte, sie hätte mit Hartmann gerade an einem Projekt gearbeitet. Können Sie für mich herausfinden, welche Verbindungen die beiden haben? Was ist das für ein Projekt und haben die im Vorfeld auch schon zusammengearbeitet? Sie haben da doch sicher einen besseren Zugang in diese ministerialen Ebenen.«

»Ja, das mag sein. Aber es ist Freitagnachmittag, ich bin mir nicht sicher, ob ich da noch jemanden erreiche. Eher nicht, ich …«

»Super, danke Ihnen. Wäre gut, wenn es schnell ginge. Ich bin mir sicher, Sie finden eine Lösung. Auch wenn es erst einmal informelle Hinweise sind. Hauptsache, wir stoßen auf das verbindende Element für unsere Ermittlungen. Sie melden sich dann?«

Kirschmeier blieb sprachlos zurück. Sie hatte einfach aufgelegt. Bei der Sachlage natürlich verständlich. Zwei Morde in drei Tagen. Er schaute auf die Uhr. 16.45 Uhr. Es war unrealistisch, im Ministerium noch jemanden zu erreichen. Dennoch kramte er in seinem Gedächtnis, wen er aus dem Innenministerium oder aus der Baubehörde gegebenenfalls privat erreichen konnte, um notwendige Informationen zu beschaffen, ohne zu viel zu den laufenden Ermittlungen zu verraten beziehungsweise die Pferde scheu zu machen.

Er wusste, dass sich Margarete Schwarz vor allem um Ausschreibungen und Großprojekte gekümmert hatte, in den vergangenen Jahren insbesondere im Bereich der Industriebrachen. Das hatte er recherchiert, als er von der Vermisstenmeldung erfahren hatte. Vielleicht gab es da einen Konkurrenten, der sich betrogen fühlte und sich rächen wollte. Aber da kämen höchstwahrscheinlich ein paar Dutzend infrage. Wie viel Zeit ihnen wohl bis zum nächsten Mord blieb?

45.

Max Langner stürmte in den Besprechungsraum, in dem alle ziemlich erschöpft auf ihren Plätzen hingen und nur noch lustlos ihre Berichte tippten oder Material sichteten. Es war ein langer und anstrengender Tag gewesen.

Veronika hatte, immer noch vom schlechten Gewissen geplagt, eine Wiedergutmachungs-Nachricht an Francesco geschickt. Sie brauchte eine kurze Ablenkung, und auch wenn sie eigentlich nicht ihre Meinung geändert hatte, beruhigte sie die Aussicht auf einen harmonischen Abend. Sie würde sich dem Thema erneut widmen, wenn sie wieder etwas mehr Luft hatte. Und keinen Serientäter, der herumlief und morbide Kunstszenen installierte. Außerdem hatte sie in die WhatsApp-Gruppe mit ihren Freundinnen Ella und Theresa eine Nachricht geschickt, in der sie dringenden Redebedarf anmeldete. Sie brauchte unbedingt ihre Einschätzung in dieser »Wir-ziehen-zusammen-und-machen-Ernst«-Sache. Sie war sich sicher, mindestens eine hätte Tipps für eine gute Hinhalte-Taktik auf Lager. Ihr würde es ja schon reichen, einfach nur ein wenig Zeit zu gewinnen. Zum Nachdenken.

»Die IT-Forensiker sind mit dem Sichten des Bildmaterials durch. Fragt mich nicht, wie sie das so schnell hinbekommen haben, aber sie haben etwas Auffälliges gefunden, das wir uns anschauen sollen«, platzte Max heraus, nachdem keiner so wirklich Notiz von ihm genommen hatte.

Diese Nachricht erweckte kurzzeitig ihre Lebensgeister und es kam Bewegung ins Team. War das endlich der lang ersehnte Hinweis? Sie versammelten sich um den zentralen Monitor im Raum, während Max den USB-Stick in den PC schob.

»Die haben uns netterweise die auffälligen Szenen schon zusammengeschnitten. Oben rechts seht ihr die Uhrzeit und links unten, welche Kamera das aufgenommen hat. Am spannendsten war wohl die am Lieferanteneingang.«

»Ach du Scheiße, sind die Überwachungskameras dort aus der Steinzeit? Ich wusste ja, dass die Hütte alt ist, aber die hätten die doch mal austauschen können. Da ist ja ein Schwarz-Weiß-Film modern dagegen«, konstatierte Sylvia Meyer trocken.

Das grünlich schimmernde Bild ließ schemenhaft erkennen, dass sich etwas vor der Linse bewegte, allerdings wirkte die Szene, als wäre sie von starkem Schneefall überlagert.

»Kann man da technisch nicht noch dran feilen? Das ist ja gruselig.« Becker war genervt und Veronika merkte, dass auch die anderen unruhig wurden. Alle waren übermüdet und erschöpft.

»Okay, passt auf. Wir machen hier einen Cut. Ich schaue mir die Aufnahmen mit Max an und ihr geht nach Hause, ausruhen und schlafen. Wir schicken euch Nachrichten, wenn wir etwas Belastbares haben. Dann treffen wir uns morgen früh wieder.« Ein Raunen leiser Widerworte grub sich durch ihr Team.

»Ich weiß, morgen ist Samstag, aber wenn unser Täter das Wochenende nicht zum Abhängen nutzen will, dann dürfen wir keine Zeit verlieren.«

Sie wusste, dass sie sich auf ihr Team verlassen konnte und dass das für heute Abend die richtige Entscheidung war. Auch wenn sie Francesco wieder vertrösten musste. Sie würden sich einfach beeilen müssen.

Es dauerte nicht lange, bis der Meetingraum wie leer gefegt war.

»Na, dann legen wir mal los, Max. Wir haben doch von Jahnke eine Übersicht über die Dienstleister bekommen, die für die Vernissage im Einsatz waren, oder?«

Während Max die Unterlagen raussuchte, fing sie an, die ersten Szenen durchzuschauen und sich aufzuschreiben, um wie viel Uhr wer was angeliefert hatte.

»Sag mal, wie viel Essen und Getränke haben die da bitte angekarrt? Das ist ja wirklich pervers. Schau dir diese Mengen an. Und was kommt da?«

Veronika stockte. Nach einer endlosen Reihe an Lebensmittellieferungen mit bunt bedruckten 7,5-Tonnern weckte ein kleiner weißer Transporter ihre Aufmerksamkeit. Nachdem er durchs Bild gefahren war, kam er außerhalb des Kamerawinkels zum Stehen. Vom Schriftzug war nur noch »ktro« auf dem Bild zu sehen.

»Kannst du das noch einmal zurücklaufen lassen, Max? Und dann in Slow Mo abspielen.«

Die Bildqualität war einfach zu schlecht und Teile der Fahrzeugbeklebung waren entweder abgedeckt oder entfernt worden. Nur »Elektro« konnte sie entziffern.

»Na ja, die werden was repariert haben«, mutmaßte Max. »Siehst du, der bringt einen Kühlschrank. Bei der Menge an Getränken hatten die vielleicht nicht genug Platz.«

»Steht der auf der Dienstleisterliste?«

Max schüttelte beim Durchsehen der Liste den Kopf.

»Hmmm, nee. Vielleicht ist das der Hausdienst?«

Doch Veronika zögerte. Irgendetwas störte sie an der Szene. Das war ein großer weißer Kühlschrank. Hoch und schmal. Der sah nicht aus wie ein typischer Getränkekühlschrank und auch der Mann, der ihn transportierte, bewegte sich auffällig unauffällig. Mit ins Gesicht gezogener Kappe schien er der Kamera förmlich aus dem Weg zu gehen. Die Uhr zeigte bei seiner Ankunft 6.45 Uhr.

Veronika schaute auf die Uhr.

»Versuch mal, ob du Gerrit Jahnke auf dem Handy erreichen kannst. Ich will wissen, was die da geliefert bekommen haben. Wir suchen ja nach etwas, in dem man einen Toten transportieren kann, da würde sich so ein Kühlschrank anbieten.«

Langner verließ das Büro, um zu telefonieren, während Veronika das Video vorspulte. Sie suchte den Unbekannten mit der Baseballkappe, sie wollte wissen, wann er das Gebäude wieder verlassen hatte. Ihr ganzer Körper hatte sich bis zur letzten Sehne angespannt. War das ihr Täter? Sollten sie wirklich das erste konkrete Puzzleteil aus dieser Vielzahl an Spuren in der Hand halten? Die Bilder verschwammen vor ihren Augen, doch ihre Müdigkeit war wie weggeblasen. Wenn sie jetzt gleich …

»Hallo, Schatz, störe ich?«

Veronika schnellte erschrocken herum. Sie hatte Francesco nicht kommen hören, so vertieft war sie in das Videomaterial gewesen. Da stand er nun, mit seinem roten Wollpulli und einem Korb in der Hand und strahlte sie an.

»Was machst du denn hier?«, presste sie heraus, während sie versuchte, ihren Herzschlag zu beruhigen, unfähig, sich zu bewegen.

»Sorry, ich wollte dich nicht erschrecken. Ich hab dir Minestrone mitgebracht, ich war mir sicher, dass du noch nicht zu Abend gegessen hast.« Sein Blick fiel auf den Stapel Pizzakartons, der in den vergangenen langen Abenden stetig angewachsen war und den Veronika gerade versuchte, mit dem Fuß weiter unter ihren Schreibtisch zu schieben.

»Na ja, zumindest nichts Gesundes.« Er lachte und endlich fiel auch von ihr die Anspannung ab und ein warmes Gefühl breitete sich in ihr aus. Wie süß er doch war, und so aufmerksam. Er kümmerte sich wirklich rührend um sie. Ohne ihn, so kam es ihr vor, wäre sie schon lange verhungert oder hätte nie auch nur ein Gramm Kaffeepulver zu Hause.

»Ach so, und einen dreifachen Espresso hab ich dir auch noch mitgebracht. Ich will ja nicht, dass du von der Plörre hier wieder Magenschmerzen bekommst.«

»Hey, Francesco. Was machst du denn hier?« Langner klopfte ihrem Freund freudig auf die Schulter und schob sich an ihm vorbei. Wahrscheinlich erhoffte er sich einen baldigen Feierabend, wenn seine Vorgesetzte von ihrem Lover abgeholt wurde.

Doch Veronika würde ihn enttäuschen müssen. Es galt herauszufinden, was es mit diesem Kühlschrank auf sich hatte.

»Hab euch Essen vorbeigebracht. Vero schrieb, dass es heute länger wird und dass sie dich hier gegen deinen Willen festhält«, lachte Francesco. »Deshalb, dachte ich, versorg ich euch mal mit Minestrone alla Mamma Leone. Mehr Doping für die Nerven geht nicht.«

»Bombe, hab riesigen Hunger. Die Pizzen von heute sind ja auch nur noch Pappteller. Die halten überhaupt nicht mehr lange.« Max ignorierte Veronikas mahnenden Blick. »Ich hol uns mal Besteck, willst du vielleicht ein Wartebier, Francesco, bis wir hier fertig sind? Du wirst doch nicht ohne deine bessere Hälfte wieder gehen wollen?«

Veronika holte Luft, um etwas zu erwidern, aber Francesco kam ihr zuvor.

»Ach Quatsch, macht ihr mal und lasst es euch schmecken. Treffe mich gleich in der Stadt mit ein paar Freunden. Ich hatte denen erst abgesagt, wegen unserem gemeinsamen Abend, aber jetzt passt es ja. Die gehen noch in die Garage später, kommt doch nach, wenn ihr Lust habt.«

Er hauchte einen Kuss in Veronikas Richtung und verschwand im dunklen Flur. Veronika seufzte. So richtig wertschätzend hatte sie sich nicht verhalten, der Arme. Aber er hatte sie auch überrumpelt.

»So, hab Jahnke sogar erreicht«, riss Max sie aus ihren Gedanken, bevor er sich über seine Suppe hermachte. »Die haben keinen Kühlschrank bestellt und er konnte sich auch an keine Lieferung erinnern. Sein Dienstbeginn war aber auch erst um sieben Uhr. Allerdings hat er sich daran erinnert, dass sie bei der Begehung mit dem Brandschutz vor der Veranstaltung über einen Kühlschrank gestolpert waren, der in der Nähe der Installation stand. Er dachte, dass Pausini den angeschleppt hätte, und wollte ihn darauf ansprechen, weil er im Fluchtweg stand. Dann hat er es aber aufgrund der vielen anderen offenen Baustellen schlicht vergessen. Der Kühlschrank müsste also noch da sein.«

Veronika hatte die Luft angehalten. Sie waren kurz davor, das spürte sie. In dem Moment huschte ein schwarzer Schatten über den Bildschirm. Sie stoppte die Aufnahme und spulte wieder zurück. Da, jetzt konnte man ihn deutlich erkennen. Schwarze Jacke und die Kappe – er duckte sich unter der Kamera hindurch. Kein Gesicht. Kein kleinstes Erkennungsmerkmal. Und auch sein Fahrzeug, das er kurz darauf bestieg, fuhr in die andere Richtung davon.

Die Uhr zeigte 8.15 Uhr.

»Eineinhalb Stunden. Was hat der so lange da drin gemacht?«

»Ich würde mal vermuten, eine Kunstinstallation ergänzt«, konstatierte sie trocken. »Okay, jetzt wissen wir, was wir suchen. Mach bitte von den beiden Aufnahmezeitpunkten Screenshots und druck die für die Teambesprechung morgen aus. Ich schreibe Thiel, dass sich die Spurensicherung diesen Kühlschrank so bald wie möglich anschaut. Sagst du Jahnke bitte Bescheid, dass uns da morgen jemand aufmacht?«

Veronikas Gehirn arbeitete auf Hochtouren. Jetzt musste sie schnell handeln, ohne Fehler zu machen. Sie schaute sich das Standbild an.

»Was meinst du? Passen die Statur und die Körperhaltung zu Pausini? Könnte ja sein, dass er inkognito den letzten Baustein seines Kunstwerks angeliefert hat.«

»Hmm, schwer zu sagen. Lass uns das morgen noch mal mit frischen Augen anschauen. Ich bin jetzt echt durch.«

Veronika nickte. Max hatte recht, sie hatten einen kleinen Teilerfolg erzielt, das musste für heute reichen. Während sie noch ein paar Mails schrieb, machte sich Max über den restlichen Gemüseeintopf von Francesco her. Auch ihr hatte er ein Schälchen hingestellt, aber die Aufregung hatte ihren Appetit komplett verdrängt. Wenigstens schmeckte es Langner, der nicht müde wurde, den Geschmack und die frischen Zutaten der Minestrone zu loben.

»Ich werde es weitergeben, keine Sorge«, versicherte ihm Veronika amüsiert, nachdem er nach Francescos Handynummer gefragt hatte, um ihm persönlich zu danken. Seit sich Langner von seiner Freundin getrennt hatte, schien er wohl seltener an gutes Essen zu kommen. Anders konnte sich Veronika diesen Enthusiasmus nicht erklären.

Sie verließen schließlich gemeinsam das Präsidiumsgebäude und Max bestand darauf, Veronika inklusive ihres Fahrrads mit seinem Kombi nach Hause zu fahren.

»Du fährst mir im Dunkeln nicht an der Saar entlang, bist du verrückt?«

Auch wenn sie vehement widersprach, war sie ihm in diesem Moment unendlich dankbar. Nach ihrem letzten Fall musste sie sich ihr Sicherheitsgefühl wieder neu aufbauen. Einen Augenblick dachte sie darüber nach, ob sie noch zu Francescos Truppe in die Stadt auf ein Feierabendbier stoßen sollte, entschied sich aber dagegen. Sie musste für die kommenden Ermittlungen fit sein.

Sie standen ja erst am Anfang.

46.

Sein Wochenwerk war vollbracht. Er hatte alles, was er so akribisch geplant hatte, umgesetzt. Es war perfekt gelaufen. Immer wieder betrachtete er die Fotos auf seinem Handy. Er hatte ihnen Titel gegeben. Der Büßende. Die Gierige.

Das Wochenende würde er in seiner Kirche verbringen. Es wurde von ihnen erwartet, dass sie ihre freie Zeit in den Dienst der Gemeinschaft stellten. Ihre Kirche war kein klassisches Gebäude, wie man es erwarten könnte, sondern ein landwirtschaftlich betriebener Hof im Bliesgau mit einer ausgebauten Halle, in der ihr Altar und die Orgel standen und wo sie ihre Messen abhielten. Ansonsten gab es auf dem Hof genug zu tun. In Gesprächskreisen diskutierten sie die Schriften, natürlich nicht kontrovers, aber in den verschiedenen Auslegungen für die Lebensmodelle, die jeder Einzelne von ihnen hatte.

Er selbst leitete auch so einen Gesprächskreis, denn er hatte die Schriften sehr lange und intensiv studiert. Für ihn waren sie eine Offenbarung gewesen, es gab in ihnen nicht nur Schwarz und Weiß wie in den großen Religionen. Gut und Böse. Heiliges Leben und Sünde. Die Schriften ihrer Gemeinschaft bedachten alles, Schuld wurde gegeneinander aufgewogen, um zu entscheiden, wer im Recht war. Er empfand dieses System als fairer, weil es das Prinzip der Rache als legitime Reaktion akzeptierte. Und zwar nicht nach dem klassischen »Auge um Auge, Zahn um Zahn«, sondern gepaart mit der Bestrafung für ein Vergehen, das ein härteres Handeln rechtfertigte.

Sein Lieblingsbeispiel war die Vergewaltigung. Angenommen, ein Mann vergewaltigte eine Frau. Dann durfte nach ihren Schriften diese oder jemand, der ihr nahesteht, den Vergewaltiger töten. Denn er hatte nicht durch Zufall die Frau verletzt und gedemütigt und ihr Leben ruiniert. Er hatte sich bewusst dazu entschieden, in ihr Leben zu treten und es zu schädigen. Willkürlich, ohne Vorwarnung. Dadurch verwirkte der Vergewaltiger in ihren Augen das Recht zu leben, denn er hatte das Leben eines anderen Menschen zerstört und könnte dieses Leid potenziell auch vielen anderen zufügen. Er hatte keine Rücksicht genommen, war Trieben gefolgt, ohne Angst vor den Konsequenzen.

Dieses anmaßende Verhalten, das Erheben über andere, galt als eines der schlimmsten Vergehen in seiner Kirche, die geprägt war von Gemeinschaft, Toleranz, von leben und leben lassen. Solange man das beachtete und vor allem die anderen in ihren Lebensformen respektierte, war man Teil einer harmonischen Gemeinschaft. Verstieß man gegen die Regeln, dann gab es keine Gnade. Dieses Prinzip der Rache war auch ihm in Fleisch und Blut übergegangen, aus voller Überzeugung übernahm er nun die Aufgabe, diejenigen zu bestrafen, die ihm und seiner Familie Leid angetan hatten. Einfach so, aus niederen Beweggründen. Ohne Rücksicht darauf zu nehmen, welche Konsequenzen das für seine Familie haben würde.

Sie hatten das Recht verloren weiterzuleben. Der Tod war das beste Mittel gegen Wiederholungstäter. Die Rückfallquote lag bei null Prozent. Es gab keine bessere Maßnahme gegen das Böse im Menschen, das die Welt und ihr Gleichgewicht zerstörte.

Es standen noch einige Namen auf seiner Liste, dann war seine Aufgabe erledigt. Sein geistiger Führer würde stolz auf ihn sein.

Er betrat leise das Wohnzimmer seiner Eltern, in dessen Mitte das riesig wirkende Krankenbett thronte. Überall hingen Kabel und Schläuche herab, die seinen Vater im Wachkoma mit lebensnotwendigen Medikamenten versorgten und seine Körperfunktionen regelten. Die starken Verbrennungen an seinen Händen waren lederartigen Narben gewichen. Seine Gesichtshaut und die Stellen, an denen vor dem Unfall Haare gewachsen waren, spannten sich glänzend über seinen Schädel. Die Augen seines Vaters waren für ihn das Schlimmste. Sie starrten schwarz und vorwurfsvoll an die Decke, als ob er es ihnen nachtrug, dass sein Selbstmordversuch gescheitert war. Dass er gescheitert war.

Seine Mutter saß wie immer steif auf der Couch und starrte stumm auf den Fernseher. Sie war so grau geworden seit dem Unfall. Ihre Wangen waren hohl und die Haare hingen ihr strähnig ins Gesicht. Auch wenn offiziell ein Pflegedienst nach dem Rechten schaute, managte sie den Großteil der Pflege, sie schuftete sich ab, putzte das Haus, kochte für sie beide, wenn er denn mal zu Hause aß. Dennoch wirkte sie auf ihn schwach und kraftlos. Sie hatte sich aufgegeben, was er kaum ertragen konnte. Es war ein Zustand, den man in seiner Kirche nicht akzeptierte. Aufgeben war keine Option. Man musste kämpfen bis zum Schluss. Für Gerechtigkeit. Für Frieden. Für Freiheit.

Am Wochenende würde er die nötige Kraft tanken, um in seinem persönlichen Kampf weiterzumachen.

Sein nächstes Opfer würde in der Hölle schmoren.

47.

Die laute Musik machte den Kopf frei. Inmitten der tanzenden Menschen konnte Francesco sich fallen lassen, alle Gedanken ausschalten und einfach nur sich spüren. Die emotionalen und körperlichen Strapazen des Sommers steckten ihm noch in den Knochen. Er war entführt worden und wäre dabei fast gestorben, dann folgten Veronikas Verletzung und die gemeinsamen Wochen des Ausruhens. Sie hatten oft am Saarufer in der Wiese gelegen und in den Himmel gestarrt. Waren auf ein Bier in die Innenstadt gefahren und hatten sich die Passanten angeschaut. Sie hatten zusammen Puzzle gelegt und zwei alte Fahrräder restauriert.

Er hatte die Zeit genossen. Mit ihr. Der Frau, die er liebte und für die er durch die Hölle gehen würde, wenn es sein musste. Er war sich sicher, dass diese Lebensphase sie zusammengeschweißt hatte. Sie hatten ihren Takt gefunden, jeder brachte das in die Beziehung ein, was er konnte. Für ihn passte das.

Er war jetzt 39, Veronika 37 Jahre alt. Sie waren ja nicht mehr im Kindergarten. Er wäre bereit für den nächsten Schritt, wollte ein gemeinsames Zuhause mit ihr aufbauen. Aber sie zog einfach nicht mit.

Doch darüber wollte er jetzt nicht nachdenken. Er wollte loslassen. Spaß haben, sich zwischen den schweißnassen Tanzenden treiben lassen. Miriam, eine seiner besten Freundinnen, drückte ihm ein Bier in die Hand und lächelte ihn aufmunternd an.

»So, jetzt aber mal die trüben Gedanken ausschalten, Herr Leone. Wir sind hier, um Party zu machen«, schrie sie ihm ins

Ohr. Dann riss sie die Arme hoch und bewegte sich lachend zu den dumpfen Bässen, die sie umspülten.

Sie hatte recht. Er folgte ihr durch die Menge und sie tanzten, als gäbe es kein Morgen. Warum konnte es nicht immer so einfach und unbeschwert sein?

»Was beschäftigt dich denn, Frani?«, wollte Miriam wissen, als sie sich irgendwann atemlos bis zur Bar durchgekämpft hatten. Aus ihrer anfänglichen Fünfergruppe waren nur noch sie beide übrig. Sie kannten sich seit der fünften Klasse, waren sogar in der siebten für einige Wochen zusammen gewesen, seitdem aber beste Freunde. Sie merkte immer sofort, wenn etwas nicht stimmte, und umgekehrt.

»Ach, das Übliche. Ich habe Vero darauf angesprochen, ob sie nicht mit mir zusammenziehen will, aber sie ziert sich total und findet Hunderte von Ausreden, um noch nicht einmal darüber nachdenken zu müssen. Kann das gerade überhaupt nicht einordnen.«

Miriam schien zu verstehen, wovon er sprach. Sie nickte langsam und legte ihm mitfühlend den Arm auf die Schulter.

»Lass ihr noch ein bisschen Zeit, ihr hattet einen bewegten Sommer und so, wie ich sie kennengelernt habe, waren Bindungen und Emotionen bisher ja nicht ihr Ding. Ich glaube, sie macht bei dir schon wirklich Fortschritte. Wahrscheinlich überforderst du sie mit diesem Plan, sie ist noch nicht so weit, ihren Rückzugsort aufzugeben. Glaub mir, das liegt nicht an dir oder an ihren Gefühlen für dich. Sie kämpft da eher mit sich selbst.«

»Ach ja, Frau Psychologin, und woher weißt du das so genau? Oft habt ihr euch ja bisher auch nicht getroffen«, stichelte Francesco, der wusste, dass seine beste Freundin mit ihrer Analyse ins Schwarze getroffen hatte.

»Na ja, bei Sonja und mir war es genauso. Du kennst ja meine Story, nach so vielen Enttäuschungen fiel es mir superschwer, mich auf etwas Ernstes einzulassen. Und als Sonja dann mit mir zusammenziehen wollte, hab ich gedacht, sie wollte mich einsperren. So hat es sich für mich angefühlt. Aber eben nicht wegen ihr, sondern wegen mir. Ich würde sie an deiner Stelle noch ein bisschen beobachten, und wenn es gar nicht geht, dann ist sie eben nicht die Richtige. Sorry, sad but true. Vertrau mir, okay? Noch ein Absacker? Bin langsam ziemlich platt.«

»Tja, man ist eben keine 19 mehr, gell?« Er knuffte sie in die Seite. »Ist ja auch schon halb vier. Komm, ich geb die letzte Runde aus.«

Wie gut es ihm tat, über seine Gefühle und Zweifel reden zu können. Seine Freunde waren ihm heilig. Er hatte nicht viele, aber den Kontakt zu ihnen pflegte er intensiv. Sie waren die Familie, die er sich ausgesucht hatte. Sie verstanden ihn und scheuten sich nicht, ihm die Meinung zu sagen, wenn er danebenlag.

Am Anfang seiner Beziehung mit Veronika waren sie skeptisch gewesen, denn bei ihrem ersten Zusammentreffen hatte Veronika keinen guten Tag gehabt. Vielleicht war es auch nicht der richtige Zeitpunkt gewesen, sie hatte damals mitten in einem ihrer ersten großen Fälle gesteckt. Zum Glück hatte sich das im Laufe der Zeit gelegt und heute mochten sie sie. Auch dank der vielen entspannten Sommerabende im Biergarten am Staden, an denen Veronika wie ausgewechselt war. Und natürlich, weil sie merkten, dass er sie wirklich liebte.

»Hast noch Lust auf ein Baguette bei ›Chez Jérôme‹?«

»Machen die nicht erst in zwei Stunden auf?«

»Stimmt, dann müssen wir wohl doch noch ein bisschen tanzen. Komm, wer steht, verliert!« Sie zog ihn auf die Tanzfläche zurück. Lachend gab er nach.

Miriam hatte recht. Er würde Veronika die Zeit lassen, die sie brauchte, und dann würde schon alles gut werden.

48.

Als er an diesem Morgen im Büro ankam, riss Becker erst einmal die Fenster auf, um den Mief des gestrigen Abends rauszulassen. Am Wochenende kam die Putzkolonne nicht und da sah es nach solchen Schichten häufig aus wie im Schweinestall und roch entsprechend. Er war guter Dinge an diesem Samstag. Veronika hatte am späten Abend noch eine Nachricht verschickt, dass sie auf den Kamerabildern etwas gefunden hatten. Ein erster Anhaltspunkt, der sie hoffentlich mit einer Abkürzung zum Täter führen würde. Noch einen Toten wollte er in dem Fall nicht mehr sehen, er hatte die Nase voll für dieses Jahr von Serientätern. Gab es denn keine normalen Verbrechen mehr, mit denen sie sich auseinandersetzen konnten? Vielleicht sollte er sich in das Team versetzen lassen, das sich mit Gewalt im häuslichen Umfeld oder den etwas alltäglicheren Fällen beschäftigte. Das war zwar nicht weniger stressig, aber vielleicht weniger nervenaufreibend. Obwohl.

Nach und nach trudelten die Kollegen ein und auch Veronika betrat das Büro, wieder mit einer riesigen Tüte Croissants im Arm. Sie wusste einfach, wie sie das Team bei Laune halten konnte.

»Guten Morgen, Chefin. Hast wohl ein schlechtes Gewissen, uns hier samstags antanzen zu lassen«, rief er ihr lachend zur Begrüßung zu und schob dann, als er ihr zerknautschtes Gesicht sah, etwas leiser hinterher: »Alles okay bei dir?«

»Ja, alles gut. Hab nur wenig und schlecht geschlafen. Kann es kaum erwarten, hier weiterzumachen. Ich bin mir sicher, dass der Kerl auf dem Video der ist, den wir suchen.«

Sie starteten mit einem kurzen Teammeeting in den Tag und verteilten die Aufgaben. Becker würde mit Max Langner noch einmal zur Völklinger Hütte fahren und sich dort mit Gerrit Jahnke treffen, um diesen ominösen Kühlschrank zu suchen.

»Ich habe Thiel schon Bescheid gesagt, dass sie sich bereithalten sollen. Er ist heute eh oben auf dem Winterberg, die sind noch mit der Untersuchung von Margarete Schwarz zugange«, informierte Veronika die Runde.

Die anderen würden sich weiter um die Auswertung des Bildmaterials kümmern. Sie sollten herausfinden, ob der Verdächtige oder sein Fahrzeug noch an anderer Stelle zu sehen war und ob man irgendwo die Aufschrift auf dem Van erkennen konnte.

»Meyer, schauen Sie, ob Sie bei den Providern Handydaten bekommen. Wir müssen wissen, welche Telefone an beiden Fundorten in den infrage kommenden Zeiträumen eingeloggt waren. Die sollen sich beeilen. Und wenn die zicken, kontaktieren Sie den Staatsanwalt«, gab Becker in Auftrag. Dann machte er sich mit Max auf den Weg zu den Dienstfahrzeugen und in Richtung Autobahn. Becker saß am Steuer, denn Max überkam nach seinem schweren Unfall vor ein paar Wochen, bei dem sein Fahrzeug manipuliert worden war, immer noch ein mulmiges Gefühl, wenn er in ein fremdes Auto stieg.

Auf der kurzen Strecke nach Völklingen hing jeder von ihnen seinen Gedanken nach, während die neuesten Charthits aus dem Radio dudelten. Becker, der mehr auf die gute alte Rockmusik stand, schmerzten die immer gleich klingenden Tonfolgen mit elektronisch vereinheitlichten Stimmen in den Ohren. Er warf Langner einen Seitenblick zu, der aus dem Fenster starrte, seine Hände zu Fäusten geballt, und dabei auf seiner Unterlippe herumkaute. Ob er den Unfall tatsächlich schon verarbeitet hatte? Neben den körperlichen Verletzungen machte das auf jeden Fall auch psychisch etwas mit einem, wenn man Ziel eines Anschlags wurde – auch wenn er das falsche Ziel gewesen war. Er würde mit Veronika reden, damit sie Langner vielleicht doch noch mal psychologische Unterstützung anbot.

An der Völklinger Hütte stand Jahnke bereits vor dem Haupteingang und erwartete sie fröstelnd. Es war frisch geworden an diesem Septembermorgen. Die Pausini-Ausstellung war noch nicht wieder freigegeben worden und so konnten sie sich ungestört in den Räumlichkeiten bewegen.

»Irgendwie gespenstisch, die Hallen so leer zu sehen«, konstatierte Langner trocken. »Ich war hier sonst nur bei Veranstaltungen, sogar schon auf zwei Hochzeiten, da wirkte alles ganz anders.«

Sie erreichten den Hintereingang und versuchten dann, den Weg des verdächtigen Lieferanten zu rekonstruieren.

»Ist Ihnen denn nichts Außergewöhnliches an dem Tag aufgefallen? Ich meine, so ein Kühlschrank erscheint ja auch nicht einfach unaufgefordert an einem Ort, oder?« Becker schaute Jahnke argwöhnisch von der Seite an.

»Um ehrlich zu sein, geht es in den letzten Tagen vor so einer großen Veranstaltung jedes Mal drunter und drüber. Ich bin für das Eventmanagement zuständig, aber wir haben auch ein Facilitymanagement und wissen nicht immer, was die anderen gerade machen. Ich dachte auch erst, dass er vielleicht Pausini gehört, und wollte ihn noch ansprechen, aber als der Brandschutz nix gesagt hat, habe ich es auch wieder vergessen.«

Die drei Männer durchkämmten die Räumlichkeiten hinter den Kulissen, die man als Gast nicht zu Gesicht bekam, auf der Suche nach weiteren Hinweisen. Sie näherten sich langsam dem separaten Raum mit der Installation. Und tatsächlich, in einer Nische versteckt stand ein größerer Kasten mit schwarzem Molton abgedeckt, daneben eine blau-rote Sackkarre. Becker zog seine Handschuhe über und hob mit den Fingerspitzen langsam den schweren Stoff an. Stille.

»Max, ruf Thiel an. Wir haben den Kühlschrank«, brummte er mit sonorer Stimme, in der Erleichterung mitschwang. Dann wandte er sich an Jahnke, der leichenblass neben ihm stand, und bat ihn, noch mal in seinem Team nach Zeugen zu fragen.

Jahnke nickte nur stumm und zog sein Handy aus der Gesäßtasche. »Ich muss kurz an die frische Luft.«

Als Thiel ankam, standen Becker und Langner vor der Installation und versuchten, ihre Bedeutung herauszulesen. Langner hatte noch zwei Kabelbinder sichergestellt, die er sorgfältig in einer Plastiktüte verstaut hatte und sie nun Thiel hinhielt.

»Wo ist das gute Stück?«, fragte er gereizt, weil sein Team beim letzten Mal wohl doch einiges übersehen hatte.

Sie hatten keine Vorstellung, was sie im Inneren des Kühlschranks erwarten würde, doch als Thiel langsam die Tür öffnete, verschlug es ihnen kurz die Sprache. Der Täter hatte sich hier keinerlei Mühe gegeben, die Spuren zu verwischen. Es sah aus, als hätte da drin ein Massaker stattgefunden. Überall vertrocknete Blutschlieren. Becker stockte der Atem.

»Er hat noch gelebt.«

Langner und Thiel folgten seinem Blick. Und tatsächlich. An der Innenseite des Kühlschranks sahen sie es: blutige Handabdrücke. Stumme, aber deutliche Zeugen eines Todeskampfes.

49.

Bereits seit den frühen Morgenstunden saß Gabi Hartmann in ihrem Büro und durchforstete Ordner und Unterlagen nach belastendem Material, welches in den falschen Händen ein schlechtes Licht auf ihre Firma werfen könnte. Sie hatte von Leonie schon erfahren, dass die alles, was Benno zu Hause aufbewahrt hatte, bereits der Polizei übergeben hatte. Wie konnte man so dämlich sein? Jetzt ging es um Schadensbegrenzung. Gabi war sich sicher, dass die Polizei früher oder später ihre Büros auf den Kopf stellen würde, vor allem jetzt, da man auch Margarete Schwarz tot aufgefunden hatte.

Ihr war ganz schlecht geworden, als Margaretes Mann sie heute früh angerufen hatte. Und sie hatte eins und eins zusammengezählt. Dies war keine Familienangelegenheit, sondern etwas Berufliches. Im ersten Moment war sie erleichtert gewesen, da damit Jakob und Thomas für sie als Täter wegfielen. Doch dann dachte sie an all die kleinen und großen geschäftlichen Verbindungen zwischen Margarete und ihrer Firma, die nicht für die Öffentlichkeit bestimmt waren. Diese Vermutung wurde bestätigt, als sie unter Bennos Papierkram auf dem Schreibtisch einen zerknüllten Brief fand.

»1, 2, POLIZEI – DIE WIRD DIR NICHT HELFEN KÖNNEN, DU MIESES SCHWEIN. ICH ZERSTÖRE DICH UND DU WIRST BUßE TUN.«

Sie widerstand dem ersten Impuls, das Blatt samt der Botschaft spurlos zu vernichten. Auch ihre Existenz stand auf dem Spiel. Sie würde einfach nur die Beweise wegschaffen müssen, dann könnte sie die Information immer noch der Polizei zukommen lassen.

Benno war ein Chaot gewesen. Von Büroorganisation hatte er keine Ahnung gehabt und immer noch wie vor 30 Jahren agiert. Eine Sekretärin nach der anderen war an ihm verzweifelt. Außerdem hatte er sich unbesiegbar und allen überlegen gefühlt. Er hatte jede E-Mail ausgedruckt und jedes Schriftstück aufgehoben – das alles türmte sich jetzt in zahllosen Ordnern vor Gabi auf. Egal wie belastend es für ihn war, es war auch belastend für mindestens eine andere Person, die er damit in der Hand hatte. Das war schon immer seine Philosophie gewesen. Wenn ihm jemand ans Bein pissen würde, dann würden in jedem Fall noch weitere Personen mit ihm untergehen. Und die kamen meistens aus der einflussreichen Ebene und hatten Interesse daran, dass alles unentdeckt blieb.

Gabi arbeitete mit zwei Schreddern und jagte unaufhörlich Papier durch die scharfen Klingen. Darunter waren Vorabzusagen zu Bauprojekten, Insiderinformationen zu Vergabeverfahren. Sie hatten unter der Hand die Preise der anderen Anbieter erfahren, um ihren Preis entsprechend anpassen zu können. Man hatte ihnen Tipps zu brachliegendem Industriegelände zugespielt, welches in Kürze in Bauerwartungsland und dann in Bauland umgewandelt werden sollte. Benno hatte sich in den höchsten Kreisen bewegt, war auf den richtigen Partys eingeladen gewesen, um entsprechende Kontakte zu knüpfen. Ob Fast-Food-Filialen oder Autohäuser, Einkaufszentren oder Wohngebiete, er wusste immer, wer was plante und welche Landstücke auf der Suche nach einem neuen Nutzen waren.

Gabi war sich sicher, dass er in seinem Narzissmus übersehen hatte, wie illegal das alles war. Sie hatten anfangs so manche hitzige Diskussion geführt, weil sie selbst damit nichts zu tun haben wollte. Doch irgendwann war sie müde geworden und hatte die Annehmlichkeiten, die der finanzielle Erfolg mit sich brachte, zu schätzen gelernt. Bennos Devise, dass alle Beteiligten in diesem Spiel versuchten, falsch zu spielen, und dass er einfach der beste Spieler sei, leuchtete auch ihr irgendwann ein. »That's the game«, hatte er immer gesagt.

Sie war nicht skrupellos, sie hatte sich einfach an diese Machenschaften gewöhnt und sah es als ihre persönliche Herausforderung, die eingehenden und ausgehenden Zahlungen, die in diesem Zusammenhang getätigt wurden, in einem plausiblen Gewand zu verschleiern. Doch offensichtlich gab es jetzt jemanden, der nicht mehr mitspielen wollte. Sie hatte keine Ahnung, wer hinter den Morden stecken könnte. Zu viele hatten sie in den vergangenen Jahren getäuscht, hintergangen und am langen Arm verhungern lassen. Die Liste war endlos, wenn sie Geschäftspartner, Dienstleister, Arbeitnehmer und Auftraggeber mit einbezog. Benno hatte auf seinem Lebensweg, beruflich wie privat, eine Spur der Verwüstung hinterlassen.

Ihr Entschluss stand fest. Sie würde die Firma verkaufen und irgendwo neu anfangen. Sie war Anfang 50, es war nicht zu spät. Vielleicht würde sie nach Südfrankreich ziehen, sich ein Häuschen kaufen. Mit dem Gewinn aus der Firma, selbst wenn sie für ihre Söhne und Bennos Tochter Polly jeweils einen Anteil abziehen würde, bliebe ihr noch ein schönes Polster, um den Rest ihres Lebens ruhig mit ihren Hunden zu verbringen. Sie sah sich schon in der Provence am Rande eines Lavendelfeldes sitzen und den Grillen zuhören. Dazu ein guter Rosé und ihre Schachtel Zigaretten.

»Gott, bist du kitschig, Gabi«, ermahnte sie sich laut. »Schau lieber mal, dass du dir jetzt den Arsch rettest und heil aus der Geschichte rauskommst.«

50.

»Pausini hat uns angelogen.« Alle, die sich bereits zu so früher Stunde im Meetingraum versammelt hatten, schauten Weissmann, der gerade wie ein Cowboy den Raum betreten hatte, fragend an. »Er hat doch behauptet, Hartmann seit dem Vorfall nicht mehr begegnet zu sein. Doch das stimmt nicht.« Er ließ erst einen Stapel Akten, den er über Nacht mit nach Hause genommen hatte, auf den Tisch und dann sich in einen Stuhl fallen. Er genoss sichtlich das Interesse, das seine Ankündigung ausgelöst hatte.

»Mann, Philipp. Jetzt rück endlich mit der Sprache raus, der Tag fängt erst an. Ich glaube, hier hat gerade keiner Nerven für deine Spielchen.« Sylvia Meyer wippte nervös von einem Bein aufs andere. Sie hatte, wie wahrscheinlich die meisten hier, kaum geschlafen und bereits drei Tassen Kaffee intus, um halbwegs aufnahmefähig zu sein.

»Ist ja gut. Ich habe in den ausgedruckten Mails noch mehrere Kontakte zwischen Pausini, seinem Manager und Hartmann gefunden. Zweimal ging es um neue Anmietungen, in den anderen Fällen um ›Kunst am Bau‹-Projekte, bei denen Pausini jedes Mal nicht zum Zug kam.«

»Kunst am was?«

»Na, Kunst am Bau. Musste ich auch nachschlagen. Das sind Kunstwerke, wie beispielsweise Skulpturen, die man in der Nähe von öffentlichen Gebäuden findet. Diese werden oft schon vom Bauträger mit angeboten und über Wettbewerbe ausgeschrieben, an denen sich die Künstler dann mit Ideen beteiligen können.«

»Aha, und Pausini hat da auch mitgemacht?«

»Genau, mehrfach. Ist aber nie zum Zug gekommen. Andere Künstler haben das so hingenommen, ist eben auch Geschmackssache. Doch Denkert hat ganz schön gepfefferte Mails an Hartmann geschrieben. Von systematischer Sabotage und Rufschädigung war die Rede und von Mobbing. Aber Hartmann scheint nicht wirklich darauf eingegangen zu sein. In seiner letzten Antwort hat er Denkert zur Hölle geschickt und an seinen Anwalt verwiesen.«

»Und wann war das?« Veronika hatte gerade den Raum betreten und die letzten Sätze noch mitbekommen.

»Das letzte Mal im vergangenen Jahr. Da ging es um das umgebaute Gesundheitsamt für die Hochschule. Pausini hatte eine Skulptur mit einer rotierenden Glühbirne vorgeschlagen, so wie bei der Serie ›The Big Bang Theory‹, wisst ihr? Im Vorspann. Na ja, oder zumindest so ähnlich.«

Seine Chefin seufzte.

»Okay, dann müssen wir ihn wohl doch noch mal befragen. Vielleicht diesmal mit diesem Denkert zusammen, wenn der alleine so neben der Spur ist. Weissmann, können Sie sich um den Termin kümmern?«

Er nickte.

»Das war aber noch nicht alles. Denn auch mit Margarete Schwarz hatte er Kontakt gehabt.«

»Was?«

»Na ja, sie war zumindest Teil der Jury bei den meisten ›Kunst am Bau‹-Wettbewerben. Sie stand bei einigen der Mails zwischen Denkert und Hartmann in Kopie.«

»Okay, das hat oberste Prio, ich will den Typ hier haben.«

51.

Sebastian hievte sein Golfbag aus dem Kofferraum. Ein Kollege hatte ihm den Golfplatz in Sarreguemines empfohlen. Er brauchte jetzt einfach Zeit an der frischen Luft zum Nachdenken. Er hatte Probleme gehabt, in der Nähe des Clubhauses einen Parkplatz zu finden, offensichtlich war halb Saarbrücken heute auf die gleiche Idee wie er gekommen. Darauf war er nicht vorbereitet gewesen und er ärgerte sich, dass er nicht vorher angerufen und eine Abschlagszeit reserviert hatte.

Wenn er eins hasste, dann, wenn etwas nicht nach Plan lief. Und nachdem er sich so sehr auf das Golfspielen gefreut hatte, wäre es das Schlimmste für ihn, wenn er unverrichteter Dinge wieder würde abfahren müssen.

»Herr Kirschmeier, das ist ja eine Überraschung. Ich hätte nicht gedacht, dass Sie auf meinen Tipp so prompt reagieren.«

Überrascht drehte sich Sebastian um. Sein Kollege, Staatsanwalt Haller, stand direkt hinter ihm, begleitet von zwei weiteren Herren, alle drei in kompletter Golf-Montur.

»Heute ist es richtig voll hier, als hätten die Leute keine anderen Hobbys. Haben Sie denn schon einen Flight reserviert? Wenn Sie mögen, können Sie bei uns mitspielen, uns hat kurzfristig jemand abgesagt.«

Dankbar nahm Sebastian das Angebot an, auch wenn er bereits nach wenigen Minuten merkte, dass an Ruhe und Entspannung nicht zu denken war. Haller redete ohne Punkt und Komma. Während seine Mitspieler das einfach ignorierten, musste Sebastian sich tierisch konzentrieren, um einigermaßen stabil die Bälle zu treffen. Langsam war er genervt, doch als Haller anfing, von seinem aktuellen Fall und den Toten Hartmann und Schwarz zu reden, wurde er hellhörig.

»Das wundert mich eigentlich nicht, dass es die erwischt hat. Die haben sich wirklich mit jedem in der Baubranche angelegt, der Rang und Namen hat.«

»Ach echt? Wie meinen Sie das, Herr Haller?«

»Na ja, so richtig offiziell wusste man das nicht, aber es gingen zahlreiche Gerüchte um, dass die beiden sich so etwas wie ein mafiöses Netzwerk aufgebaut hatten, ohne Mafia-Beteiligung, und sich einen Auftrag nach dem anderen unter den Nagel gerissen haben. Mit geteiltem Ertrag, versteht sich.«

»Und das ist nie aufgeflogen, wie kann das denn sein?«

Sebastian kam sich langsam vor wie ein dummer Schuljunge, aber er musste wissen, was an diesen Gerüchten dran war.

»Die haben sich einfach clever angestellt, wenn Sie mich fragen. Ich habe vor einigen Jahren mal gegen Hartmann ermittelt, weil es ein paar konkrete Hinweise gab, dass auf seinen Baustellen nicht alles nach Vorschrift lief. Außerdem waren Begriffe wie Korruption und Wettbewerbsverzerrung gefallen. Dem mussten wir nachgehen, aber wir konnten keine Beweise sicherstellen und es kam nie zu einem Strafverfahren.«

»Haben Sie die Unterlagen noch? Ich würde da gerne einmal reinschauen. In unserem Fall wurde es ja jetzt ziemlich konkret und wir sind auf der Suche nach dem, was die beiden außer den gemeinsamen Bauprojekten verbindet. Irgendjemand läuft da draußen herum und ist mächtig sauer.«

Haller versprach, ihm die Unterlagen gleich am Montag rauszusuchen. Dann schweifte er vom Thema ab und ließ sich über den schlechten Zustand des Golfrasens aus, dem der heiße Sommer zugesetzt hatte.

Die neuen Erkenntnisse ließen Kirschmeier nicht los. Er hatte schon etwas in diese Richtung vermutet. Er würde nach der Runde gleich Veronika Hart anrufen und nach dem neuesten Stand der Ermittlungen fragen. Er hoffte einfach, dass die Auswertung der Videoaufnahmen schon was gebracht hatte. Wenn nicht, würden sie sich noch einmal Hartmanns Firma vorknöpfen müssen. Er würde mit einem richterlichen Beschluss die Geschäftsunterlagen beschlagnahmen lassen, wenn die Ex-Frau nicht von sich aus auspackte.

Vielleicht sollte er Veronika Hart auch zum Essen einladen, dann könnten sie sich besser kennenlernen. Irgendwie ließ sie ihn nicht los, er ertappte sich immer wieder dabei, an sie zu denken. Nicht mit Schmetterlingen im Bauch, aber doch interessiert daran, was sie in dem Moment gerade tat, wie es ihr ging. Er wollte mehr über sie erfahren, auch wenn er versuchte, diesen Wunsch zu unterdrücken. Dieses komische, diffuse Gefühl war ihm nicht geheuer.

52.

Francesco war heute Nacht nicht nach Hause gekommen und hatte sich auch sonst nicht bei ihr gemeldet. Bereits den gesamten Vormittag kämpfte sie ein ungutes Bauchgefühl nieder, dass wieder etwas passiert sein könnte. Sie versuchte sich einzureden, dass das unwahrscheinlich war. Nach dem gestrigen Auftritt brauchte er vielleicht auch nur Zeit für sich. Oder dachte sich überhaupt nichts dabei, es war ja nicht so, dass sie sich alle fünf Minuten Nachrichten schreiben mussten, um sich ihre Verbundenheit zu zeigen. Doch vielleicht hatte er eine andere Frau kennengelernt, die gleich mit ihm zusammenziehen wollte, und war mit ihr durchgebrannt, dachte sie bitter.

»Das ist der Grund, warum dieses ganze Gefühlsgedusel nur hinderlich ist, wenn man konzentriert arbeiten muss«, murmelte sie vor sich hin und kassierte argwöhnische Blicke ihrer Kollegen aus dem Nebenraum, die ihr Selbstgespräch durch die offene Tür mitbekommen hatten. Sie warf ihnen ein gereiztes Lächeln zu und griff nach dem Telefonhörer. Thiel ging nach dem ersten Klingeln ran.

»Sind Sie telepathisch veranlagt, Hart? Komme gerade die Tür rein und wollte Sie sofort anrufen.«

»Wie praktisch, Thiel. Dann schießen Sie mal los.«

Thiel berichtete ihr von den ersten Ergebnissen aus der Untersuchung des Kühlschranks. Zwar mussten die sichergestellten Spuren noch im Labor untersucht werden, aber er ging davon aus, dass es sich um das Blut von Benno Hartmann handelte.

»Aus meiner Sicht kann es nur der Täter sein, der einen blutverschmierten Kühlschrank durch die Gegend schleppt«, konstatierte er trocken.

Veronika lief ein kalter Schauer über den Rücken, als Thiel von den Handabdrücken auf der Innenseite der Kühlschranktür berichtete. Sie schluckte.

»Wie sieht es mit Fingerabdrücken aus, konnten Sie da etwas Brauchbares finden?«

»Auf den ersten Blick nicht. Der Täter scheint gut vorbereitet gewesen zu sein. Wir werden den Kühlschrank aber hier im Labor noch mal komplett, auch von außen, untersuchen, vielleicht findet sich ja irgendwo eine Spur, die der Täter übersehen hat.«

»Okay, danke Ihnen. Und was gibt es Neues von der Autopsie unseres zweiten Opfers?«

»Lassen Sie mal sehen, also die Todesursache ist, wie vermutet, Ersticken. Der Bauschaum wurde in die Speiseröhre gespritzt und hat sich dort ausgedehnt. Luftröhre und Kehlkopf waren komplett zerquetscht, der gesamte vordere Hals war von dem Schaum ausgefüllt. Es muss sehr schmerzhaft gewesen sein, aber ich gehe davon aus, dass es schnell vorbei war. Die Halsschlagader wurde auch abgedrückt, wenn sie Glück hatte, wurde sie zuerst bewusstlos, bevor sie verstarb.«

»Wir haben hier also einen Täter, wenn wir jetzt mal davon ausgehen, dass es nur einer ist, der seine Opfer leiden sehen will, bevor er sie, wie soll man das sagen, ausstellt. Ich habe mir eben die Bilder noch einmal genauer angeschaut. Wie wirkt das auf Sie, Thiel? So auf den ersten Blick.«

»Ich weiß, was Sie meinen. Wir haben da auch schon drüber gesprochen. Es wirkt wie etwas Religiöses, diese betende Pose in der Völklinger Hütte und unser zweites Opfer am Tisch, das den Hals nicht voll bekommt. Wie bei der Völlerei, der Todsünde.«

Nachdenklich legte Veronika auf. Sie lehnte sich zurück, dabei fiel ihr Blick auf das Display ihres Handys, welches gerade aufgeleuchtet hatte. Eine Nachricht von Francesco.

»Ciao amore, wurde spät gestern. Oder besser gesagt früh. Wollte dich nicht wecken, deswegen hab ich in meiner Wohnung gepennt. War super, soll dich von allen grüßen. Magst du heute Abend etwas essen gehen? Freu mich auf dich! Bacione, F.«

Sie wusste nicht, ob sie sich freuen oder sauer sein sollte. Er ignorierte einfach, dass sie sich Sorgen gemacht haben könnte, und fragte noch nicht einmal, wie es ihr ging. Auf der anderen Seite schien er auch nicht sauer zu sein, dass sie ihn gestern versetzt hatte. Und die Idee, heute Abend lecker mit ihm essen zu gehen, würde wahrscheinlich der einzige Lichtblick des Tages werden. Arrghh! Sie war momentan emotional einfach überfordert. Sie würde ihm später antworten, wenn sie sich einigermaßen sortiert hatte. Dann wählte sie Beckers Nummer. Auch Langner und er waren bereits auf dem Rückweg von der Völklinger Hütte. Sie hatten dort noch einige Mitarbeiter befragt.

Im Besprechungsraum saß Weissmann wieder über seinen Laptop gebeugt. Sie hatte ihn damit beauftragt, weitere berufliche und private Berührungspunkte ihrer beiden Opfer zu recherchieren. Beim Ministerium würden sie heute niemanden erreichen, der ihnen dazu fundiert Auskunft geben konnte. Veronika hatte bereits ihren Chef Lothar Klein darauf angesetzt, die oberen Etagen des Ministeriums aus dem Wochenende zu holen, damit sie schneller die Informationen bekamen. Aber das schien wohl etwas schwieriger als gedacht.

»Haben Sie schon etwas gefunden, Weissmann?«

Der junge Kollege schüttelte den Kopf und presste dabei die Lippen aufeinander.

»Nichts mit voller Transparenz. Es gibt hier auf den Webseiten der Bauprojekte zwar Listen mit Beteiligten, aber oft werden nur die Firmen und die Institutionen und Einrichtungen aufgeführt, aber keine Namen. Wir brauchen dringend einen Insider, der da mal Licht ins Dunkel bringt.«

Wie aufs Stichwort klingelte Veronikas Handy. Eine Nummer mit französischer Vorwahl erschien im Display. Erinnerungen an ihren letzten Fall schossen ihr durch den Kopf, als Francesco von der französischen Polizei in letzter Minute gerettet worden war. Doch jetzt wusste sie ja, dass er in Sicherheit war. Oder?

»Veronika Hart«, meldete sie sich mit leicht zitternder Stimme.

Am anderen Ende der Leitung blieb es stumm. »Hallo?«

»Ja, hallo, Entschuldigung. Hier spricht Elena Funk. Bin ich da richtig bei der Polizei, die im Fall von Frau Schwarz ermittelt?«

»Ja, ich bin Hauptkommissarin Hart. Was kann ich für Sie tun?«

»Ich habe eben erfahren, dass Frau Schwarz tot ist. Ich bin, ich meine, ich war ihre Sekretärin. Das ist wirklich schrecklich, sie war ja vorgestern noch im Büro und wollte danach zu einem Termin. Und ich hatte gestern frei.« Ihre Stimme brach ab. Sie schluchzte.

»Es tut mir sehr leid. Ich kann mir vorstellen, dass es Ihnen nahegeht. Wissen Sie denn, mit wem sie sich treffen wollte?«

Am anderen Ende der Leitung zog Frau Funk die Nase hoch. Sie schniefte.

»Nein, sie hat keinen Namen genannt. Es gab öfter Termine, die nicht offiziell waren und die sie nicht in ihrem Kalender notierte. Ich nahm an, dass es wieder so einer war. Aber mir ist vorgestern Abend beim Aufräumen des Büros etwas in die Hände gefallen. Und ich dachte, jetzt, wo sie gefunden wurde, könnte es für Sie relevant sein. Es heißt doch immer, dass man sich melden soll, wenn einem etwas einfällt, und da …«

»Ja, ja. Das stimmt auch. Was haben Sie denn gefunden?« Veronika klang genervter, als sie wollte.

»Im Mülleimer lag ein zusammengeknüllter Zettel. Verstehen Sie mich nicht falsch, ich spioniere Frau Schwarz nicht hinterher, aber man sah die aufgeklebten Buchstaben an einer

Stelle. Das kennt man ja sonst nur aus dem Film. Deswegen habe ich den Brief herausgeholt und auseinandergefaltet. Der war ganz schön zerknickt, wissen Sie …«

»Und was stand da drin, Frau Funk? Bitte kommen Sie zum Punkt.«

»Ich habe ein Handyfoto gemacht. Da stand: ›TICK, TACK, RÜBE AB! DU BIST DIE NÄCHSTE. AUCH DU WIRST BEZAHLEN – DU MISTSTÜCK.‹«

Veronika atmete tief durch. Das war der Beweis, dass sie es hier mit ein und demselben Täter zu tun hatten. Sie bat Frau Funk, ihr das Handyfoto zu schicken. Das Original würden die Kollegen in Frau Schwarz' Büro sicherstellen.

»Meinen Sie, Frau Schwarz würde noch leben, wenn ich mich direkt bei der Polizei gemeldet hätte? Ich mache mir solche Vorwürfe.«

»Das brauchen Sie nicht, Frau Funk. Es ist gut, dass Sie sich jetzt gemeldet haben.«

»Ich kann auch gerne heute noch nach Saarbrücken kommen und Ihnen das Original vorbeibringen, die Kollegen sollen sich einfach auf dem Handy melden«, bot diese an und gab ihre Nummer durch. Veronika dankte ihr.

»Weissmann, neue Spur. Rufen Sie bei den Hartmann-Frauen an, der aktuellen und der Ex, ob es in letzter Zeit irgendwelche verdächtige Post gegeben hat. Drohbriefe, anonyme Anrufe. Ich schicke Ihnen gleich ein Foto, leiten Sie es bitte direkt an die Kollegen weiter.«

Wieder vibrierte Veronikas Handy. Dieses Mal war es eine Nachricht von ihrer besten Freundin Theresa. »Hey Süße, lange nichts mehr voneinander gehört. Geht es dir gut? Ella und ich wollen heute Abend Tapas essen gehen. Hast du Lust?«

Nichts lieber als das, dachte sie. Wie sehr sehnte sie sich

in diesem Moment nach dem sicheren Kokon ihrer Freundschaft, der tiefen Verbundenheit, die zwischen den dreien trotz der kurzen Zeit, die sie sich kannten, bereits entstanden war. Wie ein geschützter Raum, in dem sie so sein konnte, wie sie war, ohne sich zu verstellen. Die beiden waren zu ihren Komplizinnen im Leben geworden und verstanden sie auch ohne große Worte. Aber da war ja auch noch Francesco, der sie heute Abend sehen wollte. Hin- und hergerissen schaute sie auf ihr Handydisplay, auf dem beide Nachrichten übereinander prangten. Ene, mene, miste … Was machte sie hier eigentlich? Hör auf dein Bauchgefühl! Und so tippte sie mit beiden Daumen eine schnelle Antwort: »Super Idee, da bin ich sofort dabei. Freu mich auf euch!«

53.

Wie passend, dass man ihm an diesem Wochenende den Altardienst übertragen hatte. Selten hatte er sich so erfüllt und mit sich im Reinen gefühlt. Seine Mission hatte den gesamten Raum in seinem Leben eingenommen, sein Alltag, sein Beruf und seine Familie waren nur noch Statisten. Er lebte in diesen Tagen im Hier und Jetzt. Er hatte bisher noch nicht eine Sekunde an mögliche Folgen seiner Handlungen gedacht. Dass sie ihn finden und ihn wegen seiner Taten juristisch belangen könnten. Hier auf der Erde gab es kein Gericht für ihn, er hatte in höherem Auftrag und im Sinne des Herrn gehandelt, seines Herrn. Er würde ihm am Ende die Absolution erteilen und ihn ins Paradies lassen, so wie es in den Schriften stand.

Während er in aller Ruhe den Altar für die nächste Lesung vorbereitete, betraten bereits vereinzelt Gemeindemitglieder die »heiligen Hallen«, wie sie die umgebaute und von ihnen geweihte Lagerhalle hier nannten. Einige unterhielten sich leise. Weltliche Themen waren hier nicht erlaubt: Dieser Raum durfte weder durch Worte noch Gedanken rund um das niedere, triebgesteuerte Leben in der Außenwelt verunreinigt werden.

Diese Gemeinschaft hatte ihn aufgefangen, ihr verdankte er alles. Nach dem Unfall seines Vaters war er in ein tiefes Loch gestürzt, hatte Halt gesucht. Er wollte nicht den gleichen Aufzug abwärts nehmen, den sein Vater nach der Insolvenz genommen hatte. Alkohol, Depression, Suizidversuch. Dieser Weg hätte vor ihm liegen können, aber er hatte nach Hilfe gesucht und diese im Internet gefunden. Eine Selbsthilfegruppe bot Unterstützung in schweren Lebenskrisen, egal welchen Ursprungs, an. Er rief eine Mobilnummer an, wurde eingeladen und fand eine neue Familie. Die ihn mit offenen Armen empfing, ihm keine Fragen stellte und ihn nicht bewertete. Auch wenn es kitschig anmutete, die Gemeinschaft gab ihm Liebe und einen Sinn im Leben, den er vorher so schmerzlich vermisst hatte, ohne es zu merken. Er lernte die Schriften kennen, engagierte sich mehr und mehr und heilte damit seine Seele. Vor allem auch, weil er hier endlich Lösungen fand, um den brennenden Hass, der ihn erfüllte, zu bändigen.

Er würde richten, um Gerechtigkeit zu schaffen. Um Exempel zu statuieren und die Täter frühzeitig vor das Gericht ihres Herrn zu stellen. Er würde dann das finale Urteil über sie fällen.

»Bruder, geht es dir gut?«

Jeremias, der Gemeindevorsteher, legte ihm die Hand auf die Schulter und drückte sie leicht.

»Du machst einen gestressten Eindruck. Bist du im Reinen mit dem, was du tust? Willst du reden?«

»Mir ging es noch nie besser, ich danke Ihnen. Ich freue mich sehr auf die Lesung gleich und ich bin sicher, wir werden danach einen fruchtbaren Austausch haben.«

Jeremias lächelte mild und ließ seinen Blick in die Runde schweifen.

»Es ist immer wieder schön zu sehen, wie viele unserer Brüder und Schwestern den Weg zu uns finden. Je mehr wir werden, desto rosiger wird unsere Zukunft im neuen Land. Wenn sich die Menschheit, wie wir sie kennen, heruntergewirtschaftet hat und verkommen in der Jauchegrube der Gesellschaft liegt, dann ist unsere Zeit gekommen. Wir werden aufsteigen und die Macht ergreifen. Wir werden das Gute vom Bösen trennen und das Böse vernichten.«

In ihm breitete sich ein wohliges Gefühl aus, wie immer, wenn Jeremias vertraute Worte mit ihm wechselte und seine Vision mit ihm teilte. Er fühlte sich dann auserwählt, er war etwas Besonderes, mit einer ganz besonderen Aufgabe.

Die Orgel setzte ein und sie begaben sich beide an die für sie vorgesehenen Plätze. Jeremias positionierte sich vorne am Rednerpult und er selbst in der ersten Reihe auf dem ihm zugewiesenen Platz. Die Stimme des Gemeindevorstehers umhüllte ihn wie eine warme Decke, er sog jedes einzelne Wort in sich auf, ließ ihn nicht aus dem Blick. Er liebte diese erhabene Stimmung, die sich bei den Lesungen einstellte. Viele der Gemeindemitglieder weinten jedes Mal, so ergriffen waren sie, doch er begnügte sich meist damit, diese Atmosphäre in sich aufzusaugen, um dann die gesamte Woche davon zehren zu können. Sie alle befanden sich in einem Wartezustand. Sie warteten auf die Erlösung, auf das Ende der Menschheit, wie man sie bisher kannte, und auf einen Neubeginn für ihre Gemeinschaft. Ohne Sünde und Schuld, in perfekter Harmonie.

Für seine Eltern würde es diese Erlösung nicht geben. Sie waren verloren und er harrte nur an ihrer Seite aus, um sie bei diesen letzten Schritten zu begleiten. Sein Vater hatte in alkoholisiertem Zustand Starkstrom durch seinen Körper geleitet, in der Absicht, seinem Leben ein Ende zu bereiten. Seitdem lag er im Wachkoma als sabberndes Fleisch- und Knochenbündel. Nichts an ihm erinnerte an den stattlichen, erfolgreichen Mann, der er gewesen war. Und seine Mutter starb jeden Tag ein bisschen mit. Die beiden hatten ihr Opfer schon gebracht, sie waren am Leben gescheitert. Er würde gestärkt und frei in sein eigenes starten, wenn es so weit war. Bis dahin würde er warten. Beten. Und sich rächen.

54.

Ihm rauchte der Kopf. Seit den frühen Morgenstunden wälzte er Aktenordner und durchforstete juristische Online-Archive, und das, obwohl Sonntag war.

Er hatte Haller nach den 18 Löchern auf dem Golfplatz, die ihm wie eine Ewigkeit erschienen waren, und einem bierseligen Mittagessen dazu bekommen, noch gemeinsam zur Staatsanwaltschaft zu fahren und die betreffenden Unterlagen rauszusuchen. Sein Instinkt sagte ihm, dass der Täter bald wieder zuschlagen würde. Er ging nicht davon aus, dass Hartmann und Schwarz allein ins Visier geraten waren. Wenn die Morde tatsächlich etwas mit möglichen Absprachen und illegalen Machenschaften zu tun hatten, dann waren da sicherlich noch mehr Leute involviert, die jetzt möglicherweise in Gefahr schwebten.

Die Unterlagen reichten bis weit in die 90er-Jahre hinein. Schwarz und Hartmann hatten tatsächlich sehr viele gemeinsame Bauprojekte betreut und Haller hatte während seiner ersten Ermittlungen bereits viele Parallelen aufzeigen können. Vor ihm lag gerade eine Auflistung aller öffentlichen Ausschreibungen zur Wiederbelebung von alten Industriebrachen. Nicht in allen Fällen war Margarete Schwarz als Vergabeverantwortliche in Erscheinung getreten, aber, so schätzte Sebastian Kirschmeier, in knapp 70 Prozent. Und jedes Mal hatte die Firma Hartmann Bau den Zuschlag erhalten. Ob bei der Alten Schmelz in St. Ingbert oder den ersten Erschließungsarbeiten auf den Saarbrücker Saarterrassen. Es hatte Beschwerden von anderen Bietern gegeben und anonyme Hinweise, dass es bei den Ausschreibungsverfahren nicht mit rechten Dingen zugegangen war, aber die Spuren waren ins Leere gelaufen. Die ersten Untersuchungen hatten gezeigt, dass Hartmann Bau tatsächlich die besten Angebote abgegeben hatte, was Preis und Leistung anging. Aber fast immer war es zu Bauverzögerungen aufgrund äußerer Umstände gekommen, die umfangreiche Nachkalkulationen nach sich gezogen hatten. So hatte Hartmann Bau letztendlich bei jedem Projekt weit mehr kassiert, als der höchste Mitbieter verlangt hatte.

Kirschmeier lenkte seine Aufmerksamkeit auf die äußeren Umstände, die jeweils zu den Verzögerungen oder den erheblich gestiegenen Aufwendungen geführt hatten. Einmal waren Fehlberechnungen eines Statikers der Grund gewesen, ein anderes Mal Materialdiebstähle bis hin zum Verschwinden eines Baggers von der Baustelle, die nie aufgeklärt werden konnten. Er notierte sich die Fälle und suchte dann im Archiv nach den Untersuchungen dazu. Immer weiter verästelten sich die Hinweise, tauchte er tiefer ein in ein kleinteiliges Netzwerk aus Klüngelei, undurchsichtigen Partnerschaftsverhältnissen und dubiosen Geschäftspraktiken. So fiel ihm beispielsweise auf, dass der Statiker, der die falschen Berechnungen erstellt hatte, bis kurz vor diesem Vorfall als freier Berater auf der Gehaltsliste von Hartmann Bau gestanden hatte. Aber bewies das, dass Hartmann hinter den Verzögerungen und Preisexplosionen steckte?

Haller hatte damals die Ermittlungen aus Zeit- und Beweismangel einstellen müssen und, so hatte er angedeutet, dem Druck von ganz oben nachgeben müssen. Auch wenn Sebastian parallel in den digitalen Archiven nach weiteren Fällen suchen konnte, merkte er schnell, dass er an seine Grenzen stieß. Er würde sich Unterstützung bei den Kollegen der Kripo anfordern müssen. Doch bis dahin brauchte er zumindest einen groben Überblick.

Sein Kollege hatte eine weitere Akte mit den Anzeigen und Strafverfahren angelegt, die gegen Hartmann gestellt worden waren. Darunter mehrere wegen nicht geleisteter Zahlungen von Großaufträgen an verschiedene Dienstleister, die immer mit der gleichen Begründung abgelehnt worden waren. Unsachgemäße Durchführung und eklatante Baumängel. Belegt wurde dies durch unterschiedliche Gutachten ein und desselben Mannes, dessen Name Kirschmeier stutzen ließ. Dieter Rose. Es war derselbe, der laut der anderen Akte bei dem Großprojekt in Neunkirchen die fehlerhaften Statikberechnungen verschuldet hatte. Sebastian blätterte weiter, der Name tauchte immer wieder auf. Mal als Sachverständiger, mal als Statik- oder als Brandschutzexperte. Dieser Mann schien ein Tausendsassa zu sein.

»Auf jeden Fall ein enger Vertrauter Hartmanns, wie es scheint«, murmelte Kirschmeier vor sich hin. Aber er fand kein Protokoll, keinen Hinweis darauf, dass Rose zu den Vorfällen befragt worden war. War denn dieser Zusammenhang vorher niemandem aufgefallen? Oder war das Zufall? So richtig, musste er zugeben, blickte er immer noch nicht durch. Haller hatte angefangen, alle 70 Bauprojekte von Hartmanns Firma der vergangenen 20 Jahre aufzulisten und Details dazu zu recherchieren. Aber er war nie zu einem Ende gekommen. Wenn er mit seiner Vermutung richtiglag, dass Hartmann einer Racheaktion zum Opfer gefallen war, weil er mit seinen Machenschaften in den vergangenen Jahren eine Grenze überschritten hatte, dann befand sich irgendwo in diesem Papierstapel das Motiv. Und wenn sie das Motiv fanden, dann würden sie auch den Täter identifizieren können. Da war er sich sicher. Sie mussten sich beeilen. Jetzt war Hartmann zwar tot, aber seine Firma existierte noch. Und neben Frau Schwarz tauchte in den Akten noch eine Vielzahl an Namen auf, die, wenn das hier alles stimmte, ebenfalls Schuld auf sich geladen hatten und deshalb in Gefahr waren. Sie sollten sich auf jeden Fall diesen Dieter Rose näher anschauen.

Es war kurz vor 11.00 Uhr, als er nach seinem Handy griff und Veronika Harts Nummer wählte.

»Ich denke, ich habe hier etwas, was Sie sich anschauen sollten.«

55.

Der letzte Gin Tonic war eindeutig schlecht gewesen. Oder einfach zu viel. Sie fühlte sich an diesem Sonntag wie vom Bus überfahren und war mit pochenden Kopfschmerzen und einem üblen Geschmack im Mund in ihren Klamotten auf der Couch aufgewacht. Sie hatte es nach dem Abend mit ihren Freundinnen nicht einmal bis ins Bett geschafft. Eine halb aufgetaute Tiefkühlpizza in ihrem offen stehenden Ofen deutete darauf hin, dass sie zumindest noch versucht hatte, eine verspätete Grundlage für den Alkohol zu schaffen, was aber an ihrer Unfähigkeit, den Ofen anzuschalten, gescheitert war. Die kalte Dusche und das große Glas Orangensaft hatten auch nur wenig Erfolg, sie halbwegs wieder ins

Leben zurückzubringen. Sie hätte alles dafür gegeben, einfach zurück ins Bett fallen und mit heruntergelassenen Rollos den Tag verschlafen zu dürfen.

Aber sie hatten sich für den Vormittag wieder im Präsidium verabredet, um weiter nach den Überschneidungen zwischen den Mordfällen Hartmann und Schwarz zu suchen. Veronika trudelte als eine der Letzten ein, was sonst nicht ihre Art war, doch heute hatte sie noch nicht einmal die Kraft, sich über sich selbst zu ärgern. Auf Beckers fragenden Blick winkte sie nur ab.

»Harte Nacht, was? Kaffee?«

Sie nickte langsam und ließ sich in Zeitlupe auf ihren Bürostuhl sinken. Das Klingeln des Telefons sägte sich schrill in ihr Gehirn. Sie schreckte zusammen.

»Hart?«, murmelte sie mit rauchiger Stimme.

»Ich denke, ich habe hier etwas, was Sie sich anschauen sollten.«

»Wer ist da?«, entfuhr es ihr ruppiger als geplant.

»Oh, Entschuldigung, hier ist Sebastian Kirschmeier. Ich bin froh, dass ich Sie erreiche, Frau Hart. Mit diesem Satz wollte ich schon immer mal ein Gespräch einleiten, das ist wohl dieses Mal gehörig danebengegangen.«

Wie anstrengend konnte jemand bitte sein?

»Herr Kirschmeier, was kann ich für Sie tun?«

Der Staatsanwalt erklärte ihr den Grund seines Anrufs und bat um Unterstützung beim Sichten der Akten. Ein paar der Fakten, die seiner Meinung nach besonders beleuchtet werden sollten, zählte er ihr ebenfalls schon mal auf. Veronika wurde hellhörig. Vielleicht waren diese Akten ja tatsächlich der Schlüssel. Sie hatten bei ihren bisherigen Recherchen keine wirklichen Hinweise auf Auffälligkeiten bei Hartmanns Geschäften finden können. Aber sie war sich sicher, dass jemand wie er sich gut abgesichert hatte und sein Netzwerk ebenfalls lieber unauffällig geblieben war.

»Okay, kommen Sie vorbei.«

Weniger als eine halbe Stunde später taumelte Kirschmeier unter dem Gewicht von zwei vollgepackten blauen IKEA-Taschen durch die Tür des Meetingraums, in dem Veronika ihr Team bereits auf die kommende Aufgabe vorbereitet hatte.

Sylvia Meyer entfuhr bei dem Anblick ein hysterisches Lachen. »Ihr Ernst?«, fragte sie und schaute Veronika halb verwundert, halb panisch an. Diese blickte streng zurück.

»Ja, mein voller Ernst. Es sei denn, Frau Meyer, Sie kennen den Täter bereits, dann können wir ihn auch gleich verhaften. Oder sind es vielleicht mehrere?«

Sylvia Meyer verstummte, die anderen schauten betreten unter den Tisch. Kirschmeier schnaufte, als er die beiden Taschen geräuschvoll auf den Tisch fallen ließ, und wischte sich mit dem Ärmel den Schweiß von der Stirn. Veronika seufzte.

»Gut, dann wollen wir mal. Herr Kirschmeier, möchten Sie uns einen kurzen Überblick geben, was Sie bisher herausgefunden haben? Danach sollten wir eine Übersicht erstellen, wer wann mit wem gebaut hat und wer für welche Entscheidung zuständig war. Wir müssen wissen, ob es ein Muster gab.«

»Gerne, dazu sage ich gleich etwas. Aber vor allem müssen wir die Anzeigen gegen Hartmann dagegenstellen. Die sind allesamt ins Leere gelaufen. Da schlummert aus meiner Sicht auch viel Potenzial für ein Mordmotiv. Und dann sollten wir diesen Experten, Dieter Rose, vorladen. Der scheint bei vielen Projekten das Zünglein an der Waage gewesen zu sein.«

Kirschmeier berichtete kurz, was er beim Überfliegen bereits an Eindrücken gesammelt hatte, und verteilte die

Dokumente stapelweise. Veronika malte auf dem Whiteboard eine Tabelle auf, die sich in den kommenden Stunden nach und nach mit Informationen füllte. Verschiedenfarbige Zettel markierten noch offene Fragen oder kritische Sachverhalte. Becker versuchte immer wieder Gabi Hartmann zu erreichen in der Hoffnung, dass sie die eine oder andere Frage beantworten konnte, doch ohne Erfolg.

»Ach nee, hört mal, worüber ich gestolpert bin«, durchbrach Langner die konzentrierte Stille. »Ich gehe gerade die privaten Bauprojekte von Hartmann Bau durch. Da ist so weit alles unauffällig. Keine Klagen, keine Verzögerungen, keine notwendigen Sondergenehmigungen. Aber der eine Name, der kam mir bekannt vor. Neubauprojekt am Triller, nobelste Adresse. Lief auf den Namen Rainer Cäsar. Sagt euch erst mal nichts, oder? Aber mir. Hab das noch mal gegengecheckt in der Mordakte Schwarz. Die wurde von ihrem Mann als vermisst gemeldet, und der heißt Rainer Cäsar. Ich hatte mich nämlich gewundert, warum die nicht den gleichen Nachnamen haben. Ist doch schon …«

»Okay, das bedeutet also, Hartmann hat auch das Häuschen von Frau Schwarz gebaut«, unterbrach Veronika den Redefluss ihres jungen Kollegen. »Jetzt müssen wir nur noch rausfinden, zu welchem Tarif. Wenn da aus Kulanzgründen eine Null weggefallen ist, wissen wir zumindest, dass da geschäftlich mehr gelaufen ist zwischen denen, als auf dem Papier steht.«

In den späten Abendstunden blickten Becker, Kirschmeier und sie auf eine dicht beschriebene Tafel mit zahlreichen bunten Klebezetteln. Jede Spalte beschrieb ein Bauprojekt, die größten hatten sie auf der Tafel festgehalten, die kleinen auf separaten Flipcharts gesammelt. Alle waren zeitlich sortiert und beinhalteten auch Informationen zu den entscheidenden Akteuren.

Veronika hatte einen Großteil ihres Teams bereits nach Hause geschickt, nachdem keiner mehr wirklich konzentriert bei der Sache gewesen war. Sie selbst war dank mehrerer Liter Cola light und einer großen Pizza Gorgonzola körperlich wieder halbwegs auf der Höhe, während ihr Gehirn auf Hochtouren arbeitete.

»Wie kommt es eigentlich, dass es in einem so kleinen Land so viele Industriebrachen gibt? Ich dachte immer, die gibt es nur im Ruhrpott oder höchstens noch im Osten. Aber hier im Saarland?«

Die Männer blickten sie erstaunt an.

»Ist das dein Ernst? Ich meine, du kennst aber schon die saarländische Geschichte, oder? So ein bisschen wenigstens?«

Veronika blickte Becker betreten an.

»Na ja, so ein bisschen vielleicht. Die Völklinger Hütte war mir zumindest ein Begriff.«

Becker verdrehte die Augen. Dann folgte ein kurzer Vortrag über die Industriegeschichte im Saarland, von der Stahlindustrie und den Kohlegruben, den Unternehmen, die sich in deren Nähe ansiedelten, dem Hin und Her zwischen Deutschland und Frankreich um das Saargebiet bis zum stolzen Hinweis, dass die Völklinger Hütte im Jahr 1994 zum Weltkulturerbe ernannt worden war.

Veronika war baff. So enthusiastisch hatte sie Becker selten über seine Heimat reden hören. Man hatte ihr erzählt, dass Saarländer erst zu wahren Patrioten wurden, sobald sie das Saarland verließen oder andere Saarländer außerhalb des Bundeslandes trafen. Kirschmeier setzte noch einen drauf und erklärte ihr lang und breit, welche Ziele die saarländische Politik mit der Renaturierung und Revitalisierung von Industriebrachen verfolgte und was man damit alles schon erreicht hatte.

Langsam rauschte es in ihren Ohren. Nicht, dass es uninteressant war, doch bei so vielen zusätzlichen Details fiel es ihr schwer, den Blick fürs Wesentliche zu behalten.

Die Liste der Klagen war in der Tat lang. Es würde Wochen dauern, schätzte sie, bis man diese Fälle alle aufgerollt und die Kläger befragt hätte. Interessanter war da die Aufstellung der Schlüsselfiguren in den meisten Bauprojekten. Sie hatten wiederkehrende Namen verschiedenfarbig eingekreist. Ein Dreigestirn bestehend aus Benno Hartmann, Margarete Schwarz und Heiner Siebers, einem hochrangigen Beamten im Bauministerium, schien bei besonders lukrativen Großprojekten gerne zusammenzuarbeiten. Das könnte auch Zufall sein, wären das nicht genau die Fälle, bei denen es Beschwerden und Klagen gehagelt hatte, besonders gegen Hartmann, der am Ende der Kette derjenige war, der die Aufträge ausführte. Schließlich fanden sie auch Siebers Namen auf der Liste der privaten Bauprojekte Hartmanns.

»Es war ein langer Tag, die Herren. Lassen Sie uns morgen früh gleich Heiner Siebers zur Befragung herholen. Vielleicht kann er uns ein bisschen was über die Zusammenarbeit dieses Erfolgstrios erzählen. Und diesen Dieter Rose.«

Auch wenn Veronika nicht unbedingt nach Hause wollte, vor allem nicht, weil sie wusste, dass Francesco dort auf sie wartete, ging heute Abend arbeitstechnisch nichts mehr. Ihr Kopf war leer und voll zugleich.

Obwohl Francesco und sie sich nicht gestritten hatten, wühlten das Emotionschaos der letzten Tage und ihr Grübeln über die ausstehende Entscheidung, was ihre gemeinsame Zukunft anging, wild in ihrem Unterbewusstsein. Sie spürte ein dumpfes Unwohlsein, jedes Mal, wenn sie an ihn dachte. Und ihr graute es vor der peinlichen Stille, die entstehen könnte, weil sie nicht wusste, was sie sagen sollte. Vor den Stichen ins Herz, wenn er sie wieder mit viel Mühe überraschte und sie nicht mal auf die Idee kam, so etwas für ihn zu tun. Hatte sie ihn überhaupt verdient? Das hatte sie sich schon oft gefragt. Dass sie heute Abend die Antwort finden würde, bezweifelte sie.

»Kann ich Sie noch für einen Absacker begeistern, Frau Hart?« Kirschmeier hielt ihr die Tür auf, als sie aus dem Gebäude traten. »Ich habe gehört, wir haben eine gemeinsame Kampagne zu besprechen.« Er schaute sie aufmunternd an. Der Mann war wohl nie müde. Sie kämpfte innerlich mit sich, jegliche Ablenkung erschien ihr gerade sehr willkommen. Aber sie konnte ja nicht für immer weglaufen.

Sie bemühte sich, ihr Gesicht zu einem freundlichen Lächeln zu verziehen, und schüttelte den Kopf. »Das ist eine nette Idee, aber heute nicht. Ich bin wirklich platt, vielleicht ein andermal.«

»Klar, warum nicht. Ich wünsche Ihnen noch einen schönen Abend.«

Sie schaute ihm hinterher, wie er über den Parkplatz zu seinem Auto lief. Verdammt, was war das für ein komisches Gefühl in der Magengegend?

FINALE

56.

Er war Talk of the Town. An diesem nebligen Montagmorgen überschwemmte ihn jedes Mal ein prickelndes Gefühl, wenn er daran dachte. Jeder in seinem Umfeld sprach über das, was er getan hatte. Über sein persönliches Richtfest. Als er sich sein zweites Frühstück in der Kantine geholt hatte, hatte ihn gleich eine Kollegin angesprochen. Ob er schon das von der Schwarz gehört habe. Sie hätte angeblich erst eine Morddrohung erhalten und wäre dann brutal ermordet worden. Mit Bauschaum. Ob er sich so etwas vorstellen könne. Ihr Gesicht wirkte angewidert, doch ihre Augen glänzten vor Sensationsgier.

Er stellte sich vor, wie er ihr die kleinsten Details des Todeskampfes beschreiben könnte, wie sehr die Schlampe sich gewehrt hatte, gewinselt und gewimmert. Grunzend wie ein Schwein hatte sie um ihr verkommenes Leben gefleht. Das würde seiner Kollegin die Gier schon vertreiben, sie würde blass werden und ihn entsetzt anstarren, unsicher, ob er einen geschmacklosen Witz machte oder nicht. Dann würde sie schreiend weglaufen, sich immer wieder panisch umschauend, ob er, das Monster in ihren Augen, ihr folgte. Was das für einen Skandal geben würde. Aber all das konnte er jetzt noch nicht preisgeben. Er würde warten müssen, bis alles erledigt war.

Dennoch würde er umdenken müssen. Wenn sich das mit dem Brief herumgesprochen hatte, würde das nächste Schreiben sicher ernster genommen werden und seine Zielperson wäre nicht so unvorsichtig wie die anderen beiden. Hartmann hatte auch einen Brief erhalten, aber er war sich sicher, dass er ihn in seinem unendlichen Narzissmus gleich zerrissen hatte. In seiner Aktentasche wartete bereits die nächste Ankündigung auf Zustellung. Er würde den Zeitraum zwischen dem Auffinden der Nachricht und ihrer Vollstreckung so kurz wie möglich halten müssen, nicht, dass die Polizei eingeschaltet wurde – was die Sache für ihn unnötig verkomplizieren würde. Nach allem, was in den letzten Tagen passiert war, war die Branche alarmiert.

Er konnte sich nicht mehr allzu viel Zeit lassen.

Er würde heute Nachmittag die Vorbereitungen dafür treffen. Er hatte im Büro angekündigt, dass er heute früher gehen musste. Jemand von der Pflegekasse kam zu ihm nach Hause, um die Pflegestufe seines Vaters zu kontrollieren. Wenn er daran dachte, wurde er wütend. Sein Vater sabberte nur noch vor sich hin. Seit dem Unfall. Dem Unfall, der keiner war. Bei dem er sich absichtlich als menschliche Glühbirne an den Starkstrom angeschlossen hatte. Betrunken zwar, aber mit der vollen Absicht, seinem Leben oder dem Trümmerhaufen, der davon übrig war, ein Ende zu setzen.

Der Mann, der sein Leben lang geschuftet, eine Frau geheiratet, ein Haus errichtet, einen Sohn bekommen und eine erfolgreiche Firma aufgebaut hatte, stand vor dem Nichts. Sein Unternehmen ging pleite, nachdem die Arbeit eines guten Dreivierteljahres auf einer Großbaustelle nicht bezahlt worden war. Ein gefälschtes Gutachten hatte angebliche Mängel bewiesen, die den Auftraggeber, die Hartmann Bau GmbH, von der Zahlung der entstandenen Kosten entband. Sein Vater und seine fünf Mitarbeiter, die hingegen ihre Lohnzahlungen von ihm regelmäßig erhalten hatten, klagten dagegen. Neue Gutachten wurden erstellt, Gerichtstermine vertagt, Aussagen widerrufen. Der Prozess zog sich insgesamt über fünf Jahre. Fünf anstrengende, nervenaufreibende

Jahre. Die Bank pfändete das Haus, sein Vater verlor sich an den Alkohol, und Freunde und Bekannte verloren das Interesse an ihnen und ihrem Schicksal. Sie waren allein, sich selbst überlassen. Das Ermittlungsverfahren wurde eingestellt. Aus Mangel an Beweisen.

Doch er brauchte keine Beweise. Er wusste, was passiert war. Dass jeder Einzelne von ihnen davongekommen war und sich dabei die Taschen vollgemacht hatte. Er hatte die letzten Jahre damit verbracht, akribisch zu rekonstruieren, wer an welchen Stellen involviert war, wer wie profitiert und wer die Fäden hinter den großen Deals gezogen hatte. Er wusste Bescheid. Hatte alles niedergeschrieben. Und sie würden bezahlen. Jeder Einzelne von ihnen.

Die kleinen Fische hatte er mit einem blauen Auge davonkommen lassen. Hier ein demoliertes Auto, dort eine brennende Laube im Schrebergarten. Er hatte auch mal unter falschem Namen Bestellungen aufgegeben oder falsche Social-Media-Profile erstellt und dort Verleumdungen verbreitet. Alles nichts, was großen Schaden anrichtete, aber die Betroffenen schon einige Zeit beschäftigt hatte. Doch jetzt waren die Großen dran. Die, die sich systematisch über jede rechtliche Regelung hinweggesetzt hatten, zu ihrem eigenen Nutzen. Gier. Reichtum. Skrupellos ihre Ziele verfolgten.

Sein Puls galoppierte bei dem Gedanken, bald am Ziel zu sein. Das Wochenende in der Kirche hatte ihm noch einmal Kraft gegeben für den Endspurt. Jetzt standen nur noch vier weitere Personen auf seiner Liste. Er durfte keinen Fehler machen. Er rieb sich langsam die Hände.

Sein Chef würde gleich von einer Besprechung zurückkommen. Es war Zeit, das Teewasser aufzusetzen und ihm eine Tasse vorzubereiten. Das große Finale sollte schließlich nicht mehr lange auf sich warten lassen.

57.

Etwas ließ ihn nicht mehr los. Immer wieder kreisten seine Gedanken um sein Gespräch mit Gabi Hartmann. Darum, was sie gesagt und wie sie sich verhalten hatte. Er konnte sie einfach nicht einordnen. Sie wirkte auf ihn einerseits wie eine knallharte Geschäftsfrau, die sich im Laufe der Jahre durchgeboxt hatte. Die es geschafft hatte, an der Seite ihres untreuen Ex-Mannes ein Bauimperium aufzubauen und zu dirigieren, partnerschaftlich, wie es schien. Mit einem gemeinsamen Ziel vor Augen. Aber er hatte sie auch als Löwenmutter wahrgenommen, als sie über ihre Söhne sprach. Als es um den Konflikt zwischen ihrem Jüngsten und seinem Vater ging, auf Basis eines althergebrachten patriarchalischen Irrglaubens. Becker konnte sich gut vorstellen, wie jemand wie Hartmann auf die Homosexualität seines Sohnes reagiert hatte. Wahrscheinlich hatte er es als Angriff auf seine eigene Männlichkeit betrachtet und als Hohn gegenüber seiner Vaterrolle. Wie er seinen Sohn kruden Spielchen unterworfen hatte, um ihn herauszufordern, ihn vorzuführen, ihn bloßzustellen.

Sven Becker kannte diese sadistischen Methoden nur zu gut, denn er war lange Jahre stiller Beobachter gewesen, wie sein eigener Vater seinen älteren Bruder Georg bis aufs Messer psychisch malträtiert hatte. So lange, bis dieser ausgebrochen war und jeglichen Kontakt abgebrochen hatte. Daran war auch die Ehe von Beckers Eltern gescheitert, allerdings blieb man in dieser Zeit trotz allem weiterhin zusammen – so wie auch die Eiseskälte im Haus blieb. Er selbst war erst sieben Jahre alt gewesen, als Georg mit 17 der Familie den Rücken gekehrt hatte. Aber die Sticheleien, die Schläge wegen jedes kleinsten Vergehens, die aus Georg einen gestandenen Mann machen sollten, bis hin zu der Prostituierten, die sein Vater mit nach Hause gebracht hatte, damit sie seinem Ältesten zeigte, was er wohl noch nicht erkannt hatte. All das hatte sich in Beckers Gedächtnis eingebrannt und ihn nachhaltig geprägt.

Genauso wie die Verbitterung nach seinem Scheitern, die sein Vater bis zu seinem Tod als unüberwindbaren Schutzschild vor sich hertrug. Er, der als Vorarbeiter auf der Grube, als harter Knochen galt. Der nie einem handfesten Streit aus dem Weg gegangen war und sich des Staubs in seiner Lunge gerne mit den Kumpeln und einigen Flaschen Bier entledigte.

Becker selbst hatte Toleranz und Offenheit auch erst lernen müssen. Seine Frau und seine Töchter hatten es ihm beigebracht und letztendlich auch Veronika in den vergangenen Monaten, die ihm mit ihrer Kollegialität und Verletzlichkeit gezeigt hatte, dass es auf die Teamarbeit und das gegenseitige Vertrauen ankam und nicht auf den Dienstgrad – vor allem nicht bei der Polizei, was kein normaler Job, sondern eher Berufung war. Und das hatte auch seine Instinkte gestärkt und den Drang, hinter die Fassaden zu schauen.

Bei Gabi Hartmann meinte er, noch mehr entdeckt zu haben, als sie zeigen wollte. Er war überzeugt, dass sie etwas hinter dieser rauchigen Stimme und dem sonnengebräunten Gesicht versteckte. War es Angst? Entschlossenheit? Wut?

Wenn sich bewahrheiten würde, was sie gestern stundenlang herausgearbeitet hatten, dass ein undurchsichtiges Netz aus Vetternwirtschaft hinter den größten saarländischen Bauprojekten stand, das die Fäden in der Hand hielt und sich auf Kosten anderer bereicherte, dann würde auch sie ins Visier rücken. Als Finanzchefin der Hartmann Bau GmbH war es sehr unwahrscheinlich, dass sie von nichts gewusst hatte.

Aber wie aktiv war sie an solchen Geschäften beteiligt gewesen? War sie nur eine Mitwisserin oder auch Täterin?

In einer Stunde würden Pausini und sein Manager hier auftauchen. Sie hatten die beiden gestern nicht erreicht und auch im Hotel nicht auffinden können. Kurz bevor sie eine Fahndung nach ihnen rausgeben wollten, meldete sich Denkert von seinem Handy und murmelte irgendetwas von kreativer Pause und Abschalten beim Waldbaden im Pfälzer Wald.

Veronika war gestern bei dieser Erklärung fast ausgerastet, hatte die beiden dann aber ziemlich sachlich für neun Uhr zur Befragung aufs Präsidium bestellt. Er konnte sich ihre Laune gut vorstellen und freute sich ein bisschen auf die Show.

Nach und nach trudelten die Kollegen ein. Die Wochenendarbeit steckte allen noch in den Gliedern, das sah er an den müden Gesichtern und der leicht fahrigen Körpersprache. Aber sie wussten, dass der Täter jeden Moment wieder zuschlagen konnte. Vielleicht hatten aber auch nur diese beiden Opfer auf seiner Mordliste gestanden, dennoch brauchten sie dringend einen Anhaltspunkt, um einen Schritt weiterzukommen. Mehrere Optionen zu verfolgen kostete Zeit und Personal, und beides war bei ihnen aktuell Mangelware. Auch wenn Dezernatsleiter Lothar Klein, sein alter Handballkollege, ihm versprochen hatte, Verstärkung fürs Team zu schicken. Trotzdem wurde auch der langsam nervös.

Auf der Suche nach Details, die sie bisher vielleicht übersehen hatten, klickte er sich durch die Webseite von Paulo Pausini. Mit den Skulpturen, die dieser in den vergangenen Jahren erstellt hatte, konnte Becker einfach nichts anfangen. Aber die Bilder, die er gemalt hatte, beeindruckten ihn. Die Farben und Muster hatten etwas Imposantes, Vibrierendes. So etwas hatte er noch nicht so oft gesehen. Als er »Kooperationen« aufrief, streckte Veronika den Kopf durch die Tür.

»In fünf Minuten?«

Er nickte und wandte sich wieder den Fotos zu, die vor ihm auf dem Bildschirm auftauchten und durch die er sich in einer Slideshow durchklicken konnte. Sie zeigten Pausini vor seinen Exponaten, in einer Gruppe von jungen Männern, die sich zuprosteten, alle ein Glas Blubberwasser in der Hand. Pausini im Gespräch mit einem älteren Herrn. Pausini, wie er einen Preis entgegennahm. Pausini vor einer riesigen Skulptur, die mit Fotos beklebt war. Becker stockte. Den Typ, der neben dem Künstler stand und ebenso süffisant in die Kamera grinste, kannte er.

»Ach nee«, entfuhr es ihm. »Die Welt ist doch ein Dorf.«

Es war Jakob Brenner. Der Schwiegersohn in spe von Benno Hartmann.

58.

»Wenn du nicht gleich aufhörst, mit dem Bein zu wippen, flippe ich aus.«

Achim Denkert war außer sich. Noch nie hatte er mit Paulo in diesem Ton gesprochen, aber diese erneute Einladung zum Verhör machte ihn nervös. Er konnte sich beim besten Willen nicht vorstellen, was jetzt schon wieder dahintersteckte. Nachdem Paulo am Wochenende einen depressiven Schub erlitten und er alle Mühe gehabt hatte, ihn bei Laune zu halten, lagen seine Nerven blank.

Paulo starrte abwesend aus dem Autofenster. Wenigstens hatte er mit dem Wippen aufgehört.

»Sag mal, gibt es irgendetwas, was ich wissen muss, bevor wir da reingehen? Du weißt, dass wir für alles eine Lösung finden können, du musst es mir nur sagen.«

Da er keine Antwort bekam, bohrte er nach.

»Vielleicht hätten wir nicht sagen sollen, dass wir diesen Hartmann nicht näher kannten. Ich bin sicher, die Polizisten können eins und eins zusammenzählen und haben nach weiteren Verbindungen gesucht. Ich werde mir dazu etwas einfallen lassen, hörst du? Lass mich mal machen.«

Paulo stieß verächtlich Luft aus der Nase, blieb aber unbeweglich, zumindest soweit Achim Denkert das im Rückspiegel beobachten konnte. Er seufzte, lange würde er diesen Stress nicht mehr aushalten. Sein Körper machte sich schon bemerkbar, sein Blutdruck spielte verrückt und er hatte Hitzewallungen, die mit jeder Frau in der Menopause mithalten konnten. Er betrachtete seine Hände, mit denen er das Lenkrad verkrampft umklammerte. Er hatte sich die Fingernägel bis aufs Nagelbett runtergekaut, an manchen Stellen waren sie von vertrocknetem Blut umrandet. Immer wieder drückte er darauf rum, um den Schmerz zu spüren. Um sich im Schmerz zu spüren. Um zu wissen, dass er noch da war.

Wieder warf er einen Blick in den Rückspiegel. Paulo hatte leicht die Position verändert, blickte aber immer noch unbewegt aus dem Seitenfenster. Sie fuhren mit 130 Stundenkilometern auf der A 620 in Richtung Saarbrücken. Auf der linken Seite tauchte die Silhouette der Völklinger Hütte auf, in der vor wenigen Tagen alles so vielversprechend angefangen hatte. Es hätte der große Durchbruch werden können, das Happening der neuen deutschen Kunstszene. Auch wenn Paulo immer so tat, als ob ihm das nicht wichtig wäre, wusste er, dass er sich diese Chance niemals selbst verbaut hätte. Zu hart hatten sie gemeinsam dafür gekämpft, seinen Namen, seine Reputation aufzubauen.

Als er ansetzte, etwas zu sagen, ließ ihn ein ohrenbetäubendes Geräusch herumfahren. Es ging alles sehr schnell. Er sah nur noch die einen Spalt offene Tür, durch die Paulos Füße verschwanden, bevor sie wieder zuflog.

Er stieg in die Bremsen. Das Auto hinter ihm wich aus, krachte seitlich in die Mittelleitplanke und schlitterte an ihr entlang, bevor es zum Stehen kam. Mit kreischenden Bremsen und panischem Hupen näherten sich andere Fahrzeuge, doch die nahm Denkert nicht mehr wahr. Er krallte sich weiterhin ans Steuer. Sein Blick verlor sich in der Ferne und vor seinem inneren Auge sah er immer wieder diesen Fuß, Paulos Fuß, wie er durch den Türspalt verschwand. Er bekam nicht mit, dass es hinter ihm noch zu mehreren, teils schweren Auffahrunfällen kam, bevor sich eine gespenstische Stille über die Szene legte und sich erst nach und nach die Türen mancher Fahrzeuge öffneten, damit die Insassen sich in Sicherheit bringen oder nach möglichen Verletzten sehen und Erste Hilfe leisten konnten.

Er saß in dem Auto, das diese chaotische Szenerie voller Scherben und Blechteile, umherirrender Menschen und weinender Kinder, die ihre Eltern suchten, anführte. Der Auslöser des Unglücks.

Und irgendwo da, knapp einhundert Meter hinter Achim Denkerts Auto, lag sein Schützling auf dem Seitenstreifen. Die Gliedmaßen unnatürlich verdreht und das Gesicht zu einem endlos stummen Schrei verzerrt.

59.

»Wenn die nicht bald kommen, werde ich echt wütend. Das gibt es doch nicht. Welche Ausrede sie wohl dieses Mal parat haben?«

Veronika lief im Besprechungsraum auf und ab. Becker und sie warteten bereits seit zehn Minuten auf Paulo Pausini und seinen Manager, doch von ihnen fehlte bisher jede Spur.

»Kannst du noch mal auf Denkerts Handy anrufen? Was glauben die denn? Dass wir so eine Befragung zum Spaß ansetzen? Weil wir sonst nichts zu tun haben? Arrrgh, ich flippe aus.«

Becker ging kurz aus dem Raum, um in Ruhe zu telefonieren. Wenn Veronika so unter Strom stand, war sie nur schwer zu ertragen, vor allem, wenn man telefonieren wollte. Dann schien es ihr unmöglich zu sein, sich nicht einzumischen, bis sie am Ende das Telefon, egal von wem, in der Hand hatte. Aber wenn sie heute noch etwas aus den beiden herausbekommen wollten, hielt er es für sinnvoll, erst einmal deeskalierend zu agieren. Die Eskalation würde dann schon Veronika übernehmen.

Sie beobachtete, wie er draußen im Flur mehrfach eine Nummer wählte, sein Telefon skeptisch anschaute und es wieder probierte. Sie wollte schon rausrufen, dass er sich die Mühe sparen konnte, als er endlich mit jemandem sprach.

Seine Körperhaltung veränderte sich, seine Mimik fror ein. Er warf ihr einen Blick zu, der nichts Gutes verhieß. Was zur Hölle war da schon wieder los?

Die Hand mit seinem Telefon hing leblos an seinem Körper herunter, als er wie in Zeitlupe in den Besprechungsraum zurückkehrte. Sein Blick war starr nach vorne gerichtet, als würde sein Gehirn noch Zeit brauchen, um die gehörten Informationen zu verarbeiten.

»Sven, was ist denn los? Was hat Denkert gesagt?« Die Anspannung war Veronikas Stimme deutlich anzumerken.

»Das war nicht Denkert. Da war ein Kollege dran. Es gab einen Unfall auf der A 620. Also besser gesagt mehrere Unfälle. Verursacht durch Pausini, der sich bei voller Fahrt aus dem Auto geworfen hat. Er ist tot. Denkert ist unverletzt, steht aber unter Schock und ist auf dem Weg ins Klinikum.«

Eine beißende Übelkeit kroch langsam in Veronika hoch. Ihre Knie wurden weich und sie ließ sich geräuschvoll auf den nächsten Stuhl fallen.

60.

Sein Herz setzte einen Schlag aus, als er den Namen auf der Internetseite las. Über den Flurfunk hatte er schon gehört, dass es eine Massenkarambolage auf der Autobahn in Höhe Völklingen gegeben hatte. Im Netz überboten sich sensationsgeile Gaffer mit vermeintlichen Details, die sie von Bekannten, Freunden von Bekannten oder dem Neffen der Nichte eines Nachbarn erfahren haben wollten, die selbstverständlich unmittelbar von dem Unfall betroffen waren. Wie er diese Gier verabscheute, diese Unart, sich am Leid anderer aufzugeilen und mit einer vorgespielten Betroffenheit Aufmerksamkeit zu erhaschen. Sein Lieblingssatz war: »Stell dir vor, ich wollte heute eigentlich etwas später zur Arbeit kommen, da wäre ich da voll drin gewesen. Wer weiß, ob ich jetzt noch leben würde. Das war ganz schön knapp. Wie gut, dass meine Kleine heute früher in den Kindergarten wollte. Letztendlich hat sie mir das Leben gerettet.«

Was für eine Scheiße.

Dennoch konnte er es sich nicht verkneifen, auf der Webseite der Bild-Zeitung nachzuschauen, was über den Unfall berichtet wurde. Ein bisschen Voyeurismus hatte er sich aus seinem alten Leben bewahrt, sein verstecktes Laster. Auch wenn das in seiner Kirche niemand gutheißen würde. Noch schlimmer: Wenn Jeremias das wüsste, würde er ihn sicher hart bestrafen. Böse Gedanken waren das Schlimmste, denn sie waren am schwersten zu kontrollieren und damit zu heilen. Doch in dem Fall konnte er nicht anders, er empfand sogar etwas wie Genugtuung, weil er sicher war, dass unter den Opfern auch welche waren, die es verdient hatten.

Beim Überfliegen des Pressetextes blieb er an einem Namen hängen. Er las den Abschnitt erneut, konnte nicht glauben, was da stand. Und wieder, ganz langsam.

»Als Unfallursache, so Augenzeugen, gilt der Suizid eines jungen Mannes, der sich in vollem Tempo aus einem fahrenden Auto geworfen haben soll. Unbestätigten Quellen zufolge soll es sich bei dem Mann um den Künstler Paulo Pausini handeln, bei dessen Vernissage am vergangenen Mittwoch es zu einem mysteriösen Leichenfund kam (wir berichteten). Der Fahrer des Wagens blieb unverletzt und wurde mit einem Schock ins Krankenhaus gebracht. Insgesamt gab es bisherigen Schätzungen zufolge 24 Verletzte, davon neun Schwerverletzte.«

Pausini hatte sich das Leben genommen? Auf eine solch spektakuläre Art und Weise? Wenn die Polizei ihn bereits mit den Morden in Verbindung brachte, so wie er es geplant hatte, dann dürfte es keinen weiteren Toten geben. Aber das bedeutete für ihn, jetzt aufhören zu müssen, um den Verdacht auf Pausini zu lenken. Und das kam nicht infrage. Niemand würde verschont bleiben. Er würde eine andere Spur legen müssen, aber das war jetzt nebensächlich.

Sein Chef rief ihn aus dem Auto aus an, er hatte einen Termin in Mainz gehabt. Er schien gesundheitlich angeschlagen zu sein, klagte über Übelkeit und Kopfschmerzen, an denen er schon das gesamte Wochenende gelitten hatte.

»Sie müssen mir auf jeden Fall noch einmal einen von Ihren Tees machen, das tut mir heute bestimmt gut. Aber dieses Mal nicht so lange ziehen lassen, der letzte hat fast ein wenig zu bitter geschmeckt.«

»Oh, das tut mir leid. Selbstverständlich, da werde ich extra drauf achten.«

Dann brachte er ihn noch bezüglich des Unfalls auf den neuesten Stand, er wusste, dass sein Chef neben dem beruflichen Interesse auch sonst ganz scharf auf solche Meldungen war. Sie gehörten zu seinen Lieblingsthemen, die er gerne besonders dramatisch ausschmückte und im Small Talk mit Kollegen zum Besten gab.

Er schaute auf die Uhr. Nur noch vier Stunden bis zum Feierabend. Sein Plan stand. Er hoffte nur, dass der Pflegedienst den Einstufungstermin nicht künstlich in die Länge ziehen würde. Er musste noch ein bisschen was vorbereiten.

61.

Die Nachricht von Pausinis Selbstmord erreichte Sebastian Kirschmeier in der wöchentlichen Lagebesprechung mit seinen Kollegen. Sie hatten unter anderem über seine Nachforschungen in der Baubranche diskutiert und ihm war nicht entgangen, dass einige bedeutungsschwangere Blicke ausgetauscht wurden. Er hatte den Eindruck, dass ein paar Kollegen versuchten, ihm mit Hinweisen zur Komplexität der Prozesse und seinen fehlenden Branchenkenntnissen den Wind aus den Segeln zu nehmen. Aber er ließ sich nicht abbringen. Kurz nachdem er die Nachricht erhalten hatte, verließ er die Runde und wählte Veronika Harts Handynummer.

Sie verließ gerade das Winterbergklinikum, wo sie gemeinsam mit Langner von einer rigorosen Krankenschwester abgewimmelt worden war. Denkerts Werte waren so schlecht gewesen, dass sie ihn erst einmal mit Beruhigungsmitteln versorgt hatten.

»Können Sie sich das vorstellen?« Veronika schien außer sich zu sein. »Die haben uns erst ewig warten lassen und dann einfach weggeschickt, weil eine Vernehmung aus medizinischen Gründen nicht angebracht sei. Also, wenn zwei brutale Morde nicht ausreichen, um dem guten Mann mal kurz aufs Zahnfleisch zu fühlen, dann weiß ich auch nicht.«

Er schaute auf die Uhr. Es war kurz nach 14.00 Uhr. Er wägte die Optionen ab, viel Auswahl blieb ihm nicht.

»Ich schaue, was ich da oben erreichen kann. Können Sie mir sagen, auf welcher Station er liegt? Vielleicht schaffe ich es, Druck zu machen, damit wir heute auf jeden Fall noch mit ihm sprechen können. Wir müssen wissen, warum Pausini das gemacht hat.«

Veronikas Brummen am anderen Ende der Leitung deutete er mal als ein herzliches Dankeschön für seine Bemühungen.

»Wenn das ein Schuldeingeständnis war, dann erledigen sich die anderen Spuren. Aber irgendwie glaube ich nicht daran, ich weiß nicht, ich hab da so ein Störgefühl. Was meinen Sie?«

»Ich weiß es nicht, Herr Staatsanwalt. Ich weiß überhaupt nicht, was ich denken soll. Pausini hat auf mich keinen kaltblütigen Eindruck gemacht. Außerdem ist er so klein, dass ich mir nicht vorstellen kann, dass er alleine Hartmann so drapieren konnte. Wenn, dann hat ihm jemand geholfen, und das wäre dann Denkert. Oder Hartmanns Sohn oder dessen Lebensgefährte. Becker führt dort gerade eine Befragung durch.«

»Gut, was halten Sie davon, wenn ich ins Präsidium komme und wir die Details durchsprechen? Ich versuche parallel mein Glück am Winterbergklinikum, danach können wir uns gemeinsam einen Überblick verschaffen und die nächsten Schritte festlegen.«

Veronika schien einverstanden zu sein, auch wenn durch das Telefon kein Enthusiasmus sprühte. Wenig später saßen sie alle um den Besprechungstisch herum, jeder eine Tasse graubraunen Gesöffs vor sich, welches sie in der Kantine als Kaffee verkauften, und lauschten Becker, der von seinem Gespräch in Gabi Hartmanns Villa berichtete.

»Wenn Sie mich fragen, dann sind das alles keine kaltblütigen Mörder. Allerdings hat sich dieser Jakob Brenner, also Hartmanns zukünftiger Schwiegersohn sozusagen, schon ganz schön die Infos aus der Nase ziehen lassen. Der hat mich fast zur Weißglut getrieben. Der hing da wie zugekifft und hat nur mit ›kann sein‹ und ›schon möglich‹ geantwortet. Bis ihm Frau Hartmann mal eine Ansage gemacht hat, dann ging es. Ich frag mich, wie er das in seinem Job macht. Er arbeitet ja momentan nicht als Fotograf. Sie hat mir auch später unter vier Augen gesagt, dass er unter der schweren Krankheit seines Vaters sehr leidet und sich deswegen nicht gut im Griff hat.«

»Und, kannte er denn jetzt Pausini? Konntest du sein Alibi überprüfen?«

»Ja, er kannte ihn. Sie haben bei mehreren Projekten zusammengearbeitet und waren auch eine Zeitlang in Berlin in einer Clique unterwegs gewesen. Brenner hat ihn als manisch-depressiv beschrieben, hielt ihn aber für einen genialen Künstler, der sehr sensibel auf seine Umgebung reagierte. Von dem Streit zwischen Pausini und Benno Hartmann wegen des Ateliers will er aber nichts gewusst haben. Das war auch vor dem Beginn seiner Beziehung mit Hartmanns Sohn. Margarete Schwarz kannte er angeblich nicht. Sein Alibi bestätigt nur Hartmanns Sohn, der ihn nach seinem Kinobesuch zu Hause angetroffen haben will.«

»Okay, und was hat Thomas Hartmann dazu gesagt?«

»Der will von dem Konflikt zwischen seinem Vater und Pausini auch nichts mitbekommen haben. Hartmann hatte den Kontakt zu ihm ja weitestgehend abgebrochen, als er gemerkt hat, dass er ihm seine Homosexualität nicht austreiben kann. Von den geschäftlichen Dingen hat er ihn komplett ausgeschlossen. Also, wenn ihr mich fragt, klang das alles plausibel. Wenn Pausini etwas mit den Morden zu tun hatte, dann waren die beiden aus meiner Sicht nicht involviert. Dafür erschienen die mir einfach zu, wie soll ich sagen, zu entspannt. Die hatten zwar ihre Konflikte mit dem Alten, aber nichts, was solch einen Mord rechtfertigen würde. Die wirkten mir dafür auch irgendwie zu bequem.«

Kirschmeier nickte nachdenklich. Es gab da etwas, was ihn nicht mehr losließ. So ein Gedanke, der ihn im Unterbewusstsein pikste, wenn er sich noch einmal die Bilder von den Leichenfundorten vor Augen führte. Wie Ritualmorde mit einer klaren Botschaft. Aber was genau wollte ihnen der Täter sagen? Sie mussten unbedingt mit Siebers und Rose sprechen.

Sein Telefon vibrierte.

»Perfekt. Das Klinikum. Wir können in einer Stunde Achim Denkert besuchen.«

62.

Es war spät geworden, als er aus der Kneipe am Sankt Johanner Markt in die Nacht trat. Er hatte wie jeden Montagabend mit seinen Freunden am Stammtisch Skat gespielt und die neuesten Geschichten ausgetauscht. Nachdem diese gegangen waren, war er noch mit dem Wirt auf ein Absackerbier geblieben und hatte über die beiden Morde diskutiert, die gerade in aller Munde waren. Benno und seine Familie hatte er gut gekannt und auch Margarete Schwarz vor allem beruflich sehr geschätzt. Auf das, was wohl hinter diesen Taten steckte, konnte sich niemand einen Reim machen. Aber es gab viele Gerüchte. Die meisten vermuteten, dass es eine Beziehungstat war, dass jemand dahintersteckte, den die beiden mit einer Affäre hintergangen hatten und der sich nun gerächt hatte. Andere behaupteten, dass der Künstler, auf dessen Ausstellung Benno Hartmann gefunden worden war, in irgendeiner Art und Weise involviert wäre. Er selbst war da skeptisch, er kannte diesen Pausini zwar nicht persönlich, aber er war auch auf dieser Vernissage gewesen und dieser Typ erschien zwar etwas durchgeknallt, aber nicht wie ein kaltblütiger Mörder. Dass er sich heute umgebracht haben sollte, war schon ein ungewöhnlicher Zufall.

Seine Schritte hallten über den leeren Marktplatz, das Herz Saarbrückens. Die Stadt wirkte wie ausgestorben, der ganze Tag war schon grau und trist gewesen und die Temperaturen in den vergangenen Tagen stark gesunken. Niemand hielt sich zu dieser Nachtzeit noch draußen auf. Er freute sich schon auf die Sitzheizung in seinem Auto und später auf sein Bett. Er ließ seinen Blick über den Platz schweifen, der im Sommer mit Tischen und Stühlen aus der umliegenden Gastronomie vollgestellt war. Plötzlich hörte er Schritte hinter sich, er war wohl doch nicht der Einzige hier draußen. Es waren lockere Schritte, die sich seinem Tempo angepasst hatten. Er schaute sich nicht um, aber instinktiv spannte sich sein Körper an und seine Sinne konzentrierten sich auf die Geräusche hinter ihm.

Sein Auto stand an der Schlossmauer, auf der anderen Saarseite. Er würde nur über die Alte Brücke am Theater gehen müssen. Wahrscheinlich war es einer der Junkies oder Dealer, die sich unten auf den Saarwiesen nachts trafen. Er dachte an seine neue Rolex, die schwer an seinem Handgelenk hing. An seine Kreditkarten, die er sofort würde sperren lassen müssen, wenn man sie ihm klaute. Die Autoschlüssel. Alles verkraftbar, aber ärgerlich. Wenn man ihm nur nicht die Hausschlüssel klaute, das war schon immer seine Horrorvorstellung gewesen. Nicht nur, dass jemand in sein Haus einstieg, sondern dass er es vielleicht nicht schaffen könnte, seine Familie zu beschützen.

An einem der letzten Schaufenster, bevor er die Straße überqueren musste, warf er einen Blick auf die Person, die knapp zehn Meter hinter ihm lief. Es war ein Mann mit tief ins Gesicht gezogener Baseballkappe. Sein Puls beschleunigte. Sollte er stehen bleiben und ihn vorbeigehen lassen? Hier zwischen den Häusern würde er schnell Hilfe holen können, sollte dieser es doch auf ihn abgesehen haben. Warum hatte er sein Auto nicht einfach in der Nähe geparkt?

Er drehte sich erneut kurz um. Die Kleidung des Mannes erschien sehr gepflegt, wie ein Junkie sah er zumindest nicht aus. Er könnte auch einen Umweg gehen, am Finanzamt vorbei und über die Wilhelm-Heinrich-Brücke zu seinem Parkplatz laufen. Da fuhren zumindest ein paar Autos vorbei, aber das wären mindestens 20 Minuten mehr Zeit.

»Reiß dich zusammen, Dieter!«, flüsterte er sich zu. Diese Mordsache machte ihn ganz verrückt. Er überquerte die Straße und ließ das Staatstheater links liegen, als er die Fußgängerbrücke betrat. Währenddessen lauschte er angestrengt auf die Schritte hinter ihm, ohne zu verunsichert zu wirken. Doch diese wurden plötzlich leiser, sie folgten ihm nicht mehr. Im Augenwinkel sah er, wie der Mann links an der Brücke entlang in Richtung Saarufer ging.

Er atmete lange aus. Sein Körper entspannte sich, jede einzelne Faser schien bis aufs Äußerste gespannt gewesen zu sein. Vor ihm lag schwarz und sämig die Saar in ihrem Flussbett, auf der anderen Seite war das Saarbrücker Schloss hell angestrahlt, als würde es sich schon auf die Weihnachtszeit freuen, die erst in drei Monaten anstand. Er zog sein Handy aus der Tasche und tippte eine schnelle Nachricht an seine Frau.

»Ist spät geworden, bin aber jetzt auf dem Weg. Beeile mich! Kuss, D.«

Geblendet durch das helle Display sah er die Bewegung im Dunkeln aus dem Augenwinkel zu spät. Ein brennender Schmerz durchfuhr ihn und er sackte in sich zusammen. Sein Körper versagte ihm den Dienst, blieb reglos am Boden liegen, während er versuchte, mit seinem Kopf die Quelle des Angriffs auszumachen. Er lag mitten auf dem Weg, in Höhe der Seitentreppe, die kurz vor dem Abstieg zum Saarufer die Fußgängerbrücke mit dem Theatervorplatz verband. Die hatte er nicht auf dem Schirm gehabt, von dort musste er gekommen sein. Er versuchte zu sprechen, doch er bekam keinen Ton heraus. Elegante Lederschuhe bauten sich in seinem Blickfeld auf. Er konnte den Kopf kaum noch heben, er keuchte, schnappte nach Luft. Der Schmerz ließ seinen Kreislauf kollabieren. Nein, nur nicht ohnmächtig werden, dachte er noch. Dann wurde es schwarz um ihn.

63.

Das Gespräch mit Denkert hatte sie nicht wirklich weitergebracht. Sie verstand jetzt, warum die Pflegekräfte so dagegen gewesen waren. Er war völlig neben der Spur. Er wiederholte pausenlos, dass er noch die Füße gesehen hätte. Die Füße. Immer wieder wiederholte er dieses Wort. Dann brabbelte er unzusammenhängend, dass Paulo sich vorher nicht bewegt und nichts gesagt hätte. Dass er ganz ruhig dagesessen und sich die Landschaft angeschaut hätte. Gedankenverloren. Er habe sich die letzten Tage schon Sorgen gemacht wegen Pausinis depressiven Schubs. Deswegen waren sie nicht erreichbar gewesen. Paulo habe eine Auszeit gebraucht, einen Tapetenwechsel, ohne Handy und Internet. »Nur Natur und frische Luft«, stammelte er. Die geplatzte Vernissage habe ihm wohl nach dem Stress der letzten Wochen den Rest gegeben.

Denkert schwor, für seinen Schützling die Hand ins Feuer zu legen, einen Mord oder gleich zwei Morde würde er ihm nicht zutrauen. Egal, wie sauer er auf die beiden wegen der verlorenen Wettbewerbe gewesen war. Verlieren sei noch nie sein Ding gewesen.

Veronika war verzweifelt. Die Ereignisse hatten sich heute in dramatischer Weise überschlagen und sie waren kaum dazu gekommen, auch ihre anderen Spuren zu verfolgen. War das überhaupt noch relevant? Wie sollten sie Pausinis Suizid deuten? War ihr Fall damit gelöst?

Sie hatte heute eigentlich ihrem Chef Lothar Klein die Details vorstellen und mit ihm ihre nächsten Schritte besprechen wollen. Für ihren Plan, ein paar namhafte Entscheider aus dem Innenministerium und den Baubehörden zur Vernehmung zu laden, brauchte sie auf jeden Fall die Rückendeckung ihres Chefs. Sie hatte sich bei so etwas noch zu Frankfurter Zeiten als junge Kommissarin mal eine blutige Nase geholt, weil sie vermeintlich wichtige Männer aus dem Stadtrat vorgeladen hatte, die sich nachher als Tenniskumpels ihres Dezernatsleiters herausgestellt hatten. Und der war alles andere als begeistert darüber gewesen, als seine Kumpels ihn anriefen und sich über Veronika beschwerten.

»Unterschätze nie die Macht von Männerseilschaften, Liebes«, hatte ihre Oma immer gesagt. Und die musste es wissen, denn als eine der ersten Schornsteinfegerinnen in Deutschland in den Nachkriegsjahren hatte sie Ellenbogen und ein dickes Fell gebraucht, um sich durchzubeißen. Für Veronika war sie eines ihrer wichtigsten Vorbilder gewesen, schon als ganz kleines Mädchen.

Becker, Langner und sie hatten noch lange im Büro gesessen und das Whiteboard angestarrt. Sie hingen fest, waren sich nicht sicher, wie sie das alles einordnen sollten. Sie würden morgen Pausinis Hotelzimmer auf den Kopf stellen und auch seine elektronischen Geräte wie Handy und Laptop nach Hinweisen durchsuchen. Veronika hatte um kurz vor sieben alle nach Hause geschickt, es hatte keinen Zweck gehabt, und auch sie hatte sich aufs Rad geschwungen und war noch ein paar Kilometer an der Saar entlang in die entgegengesetzte Richtung gefahren, bevor sie sich auf den Weg nach Hause gemacht hatte.

Dort wartete Francesco mit frisch gekochter Pasta und seinem herzerwärmenden Labradorblick auf sie, bestens gelaunt legte er die Zeitung weg, in der er gerade gelesen hatte, und nahm sie in den Arm.

»Harter Tag, was?«

»Hmmm, schon.«

»Soll ich dir ein Bad einlassen? Die Pasta kann ich später noch mal aufwärmen, dann schmeckt die Bolognese eh besser. Und du entspannst dich erst einmal.«

Wurde dieser Mann eigentlich nie sauer? Sie hatte ihn Samstagabend versetzt, das ganze Wochenende gearbeitet und sich auch heute überhaupt nicht bei ihm gemeldet, obwohl er über den Tag mehrfach gefragt hatte, wie es ihr ging und was sie machte. Er war wie so ein Glücksbärchi, der in sich selbst ruhte und der einfach nicht böse werden konnte.

Dabei wünschte sie sich manchmal mehr Reibungsfläche zwischen ihnen, dass es auch mal krachte und er ihr die Meinung geigte, wenn sie sich wieder unmöglich verhielt. Wie ein reinigendes Gewitter, das ihr bewusst machte, wie sehr sie ihn eigentlich brauchte und liebte. Wie paradox das war. Vielleicht hatte sie auch einfach nur einen Vollschuss und war nicht fähig, in einer Beziehung zu funktionieren. Aber dieses Aalglatte, die immer gute Laune, das machte sie wahnsinnig. Wenn sie sich verhalten konnte, wie sie wollte, und einfach nichts passierte, dann verlor sie irgendwann den Respekt dem anderen gegenüber, und das war der Anfang vom Ende. Ihre Freundinnen waren beide Francesco-Fans und verstanden nicht, was ihr Problem mit dem Zusammenziehen war, wo sie sich doch schon fast täglich auf der Pelle hockten. Dazu hatten sie ihr am Samstag schon endlose Vorträge gehalten.

Veronika schaute Francesco von der Seite an, wie er mit einem Lächeln auf den Lippen die Nudeln verpackte und ihr ein Glas Wein eingoss. Was für eine Idiotin sie doch war. Andere Frauen würden für solch einen Mann an ihrer Seite wahrscheinlich morden. Und sie kam sich einfach nur undankbar vor. Sie würde mit ihm reden müssen, ihm erklären, was los war.

Prima, das war ja auch ihre große Stärke. Über Gefühle reden und so.

»Das ist lieb von dir, Schatz. Danke. Ich bin wirklich platt, war ein aufregender Tag heute. Badewanne wäre super und dann machen wir uns einen schönen Abend, ja? Die Nudeln riechen wirklich fantastisch.«

Sie würde sich bemühen. Sie musste es tun. Jetzt nicht allein zu sein war Gold wert, deshalb durfte sie das nicht an die Wand fahren.

64.

Er summte eine heitere Melodie, als er seinen Gast in den Innenraum seines Vans bugsiert hatte. Es war alles genauso abgelaufen wie geplant. Überraschungseffekt und Elektroschocker sorgten für einen lautlosen Angriff auf der Fußgängerbrücke und dank der zierlichen Statur seines Gegenübers hatte er ihn ohne Probleme über den Spielplatz direkt an der Saar bis zu seinem Parkplatz am Finanzamt schleifen können. Von Weitem hatten sie wahrscheinlich ausgesehen wie zwei Betrunkene, von denen einer kaum noch laufen konnte. In dieser Gegend, wo sich einer der Drogenumschlagplätze der Stadt befand, war das kein seltenes Bild. Außerdem konnte er sich sicher sein, dass niemand hier auch nur ansatzweise

Interesse hatte, die Polizei zu alarmieren. Genauso hatte er es sich vorgestellt.

Im Auto hatte Dieter Rose dann angefangen zu randalieren, aber da er nur wenige Minuten später auf die Autobahn auffuhr, blieben seine wütenden Hilferufe ungehört.

Im Radio lief »Time to Say Goodbye« von Sarah Brightman und Andrea Bocelli. Ein wohliger Schauer lief ihm über den Rücken und ein erhabenes Gefühl überschwemmte ihn. Darauf war er nicht vorbereitet gewesen. Fast wären ihm die Tränen gekommen, so stolz war er auf sich und darauf, dass seine Mission so reibungslos lief. Bei den anderen beiden hatte er bei der Umsetzung derart unter Stress gestanden, dass er den Moment des Richtens überhaupt nicht hatte genießen können. Er hatte funktioniert. Dieses Mal sollte es anders sein. Dieses Mal würde er jede Minute auskosten und die Momente ganz bewusst wahrnehmen und abspeichern. Damit er sie sich später wieder und wieder in Erinnerung rufen konnte. Vielleicht sollte er eine Kamera aufstellen. Nur zur Sicherheit.

Die Strecke nach St. Ingbert kannte er im Schlaf. Er war sie in den letzten Wochen mehrfach abgefahren, hatte sich Schleichwege gesucht, um im Notfall schnell und unerkannt wegzukommen. Ihm war bewusst, dass die Polizei langsam auf ihn aufmerksam werden konnte. Nicht auf ihn als Person, das hielt er für ausgeschlossen, aber darauf, dass jemand unterwegs war, um dem herrschenden Unrecht der kapitalistisch verseuchten öffentlichen Hand Einhalt zu gebieten und Recht zu schaffen. Und wenn diese Beamten eins und eins zusammenzählten, dann würden sie sicherlich bald auf die Personen kommen, die auch noch auf seiner Liste standen.

»Na, Dieter. Hast du dich jetzt beruhigt?«

Er hörte nichts, doch es war ihm auch egal. Er war sich sicher, dass er die E-Mail nicht mehr gelesen hatte, die er um

Punkt 18.00 Uhr von einer anonymen E-Mail-Adresse über mehrere verschlüsselte Server verschickt hatte. Er hatte Rose über Wochen beobachtet, ihn studiert. Er wusste, wann er zu seinen wöchentlichen Stammtischen ging und wen er dort traf. Er wusste, dass er dort regelmäßig zu tief ins Glas schaute und immer zu den Letzten gehörte, die die Gaststätten rund um den Sankt Johanner Markt verließen. Wahrscheinlich wollte er nicht früher nach Hause gehen. Vielleicht wusste Rose von dem Mann, der seine Frau regelmäßig besuchte, wenn er nicht zu Hause war. Denn auch das hatte er beobachtet, als Dieter Rose vor einigen Wochen samstags zum Golfen aufgebrochen war. Was für eine miese Schlange diese verhärmte alte Frau doch war. Im eigenen Haus. Und kaum fünf Minuten nachdem ihr Mann das Weite gesucht hatte. Er war fassungslos gewesen. Aber irgendwie befriedigte es ihn auch, dass so ein rücksichtsloses Arschloch selbst hintergangen wurde. Sie würde ihm wahrscheinlich nicht allzu viele Tränen nachweinen. Am Ende tat er ihr noch einen Gefallen.

Es war kaum etwas los auf den Straßen. Die rot leuchtende digitale Anzeige in seinem Auto zeigte 23.13 Uhr. Er lag fast eine halbe Stunde hinter seinem Zeitplan, was an Roses großem Alkoholkonsum lag. Er fragte sich, ob ein alkoholisierter Mensch schneller brannte. Darüber hatte er vorher nicht nachgedacht.

Er schmunzelte. Vielleicht kann ich meine Beobachtung als wissenschaftliche Erkenntnis irgendwo einreichen?

»Wer bist du, Arschloch? Was willst du von mir?«

Oha, sein Gast wurde doch langsam gesprächig.

»Ich bitte Sie, Herr Rose. Wir wollen doch höflich und sachlich bleiben«, säuselte er zurück. Zu schade, dass er sein Gesicht nicht sehen konnte.

»Lass mich hier raus! Ich habe nichts getan!«

Seine Stimme klang wütend, aber langsam schwang auch Verzweiflung mit.

»Nur die Ruhe, wir sind gleich da. Und dann werde ich Ihnen alles erklären, versprochen.«

»Du Irrer, halt sofort an!«

Jetzt? Wo alles so gut lief? Es waren doch nur noch ein paar Minuten. Zielsicher bog er auf ein Baustellengelände ein. Er hatte die hintere Einfahrt gewählt, die nicht mit einem Tor gesichert war, und es holperte ein wenig, als er über den unebenen Untergrund fuhr. Er lenkte den Wagen an dem drohend in den Himmel ragenden Rohbau entlang, der wie ein Gerippe über das Gelände wachte, und parkte dahinter neben einer Reihe von Baucontainern. Kaum war der Motor verstummt, witterte sein Gast auf der Ladefläche seine Chance und begann wieder zu randalieren. Er wusste nicht, dass ihn hier niemand hören würde. »Hör zu, Rose! Oder soll ich dich Dieter nennen? Wenn du dich ganz ruhig verhältst, erzähle ich dir, warum du hier bist.«

Es wurde still im Wagen.

»So ist es brav. Wir wollen doch auf den letzten Metern nicht die Nerven verlieren, nicht wahr? Jetzt, da du vor den Richter treten wirst, Dieter. Du wirst deine Sünden zugeben und du wirst dafür büßen müssen.«

»Okay, wir haben genug gelacht. Jetzt lass mich hier raus, du armer Irrer. Wer hat dir denn ins Gehirn geschissen?«

Roses Tonfall war rau und eisig. Verstand er den Ernst der Lage nicht? Oder nahm er ihn etwa nicht für voll? Die Kälte in der Stimme hatte ihn kurz zusammenzucken lassen, zu viele Erinnerungen wurden durch den Klang der Worte hochgespült. Aber er fing sich schnell wieder.

»Na, dann wollen wir mal sehen, wessen Gehirn morgen früh noch intakt ist.«

Er öffnete die Heckklappe. Rose, der an Händen und Füßen mit Kabelbindern gefesselt war, lag auf dem Gesicht. Er hatte die Fahrt wohl nicht so gut überstanden. Er half ihm, sich wieder aufzusetzen, und widerstand dem Impuls, ihm den hasserfüllten Blick aus dem Gesicht zu prügeln.

Die Klageschrift, die er vorbereitet hatte, zog er zusammengerollt aus seiner Jackentasche und begann, die einzelnen Punkte vorzulesen. So wie er es bei den anderen auch gemacht hatte. Bevor er das Urteil verlas. Das irdische wohlgemerkt, denn das göttliche stand ja noch aus. Er würde nur den Weg dahin ebnen.

Rose begann zu kichern, lachte dann immer lauter. Er hörte sie sich noch nicht einmal bis zum Schluss an. Eine Lachsalve jagte die nächste, Tränen rannen ihm aus den Augen. Wollte er ihn provozieren?

»Was stimmt nicht mit dir?«, presste er angestrengt heraus, bevor er wieder losprustete.

Er war sprachlos. Darauf war er nicht vorbereitet gewesen, in ihm rumorte es. Sein Adrenalinpegel stieg sprunghaft an. Jetzt Ruhe bewahren, sagte er sich. Befolge den Plan. Er atmete tief durch.

»Benno Hartmann und Margarete Schwarz fanden mich nicht so lustig. Vielleicht hast du doch einfach zu viel gesoffen, Rose. Ich schwöre dir, das Lachen wird dir noch vergehen.«

Und so war es. Als Dieter Rose die beiden Namen seiner ehemaligen Weggefährten hörte, verstarb sein Lachen sofort. Er starrte ihn an, ungläubig und verdutzt, während sein Gehirn alkoholgelähmt versuchte, die Erkenntnis zu verarbeiten, dass er diesen Abend, ähnlich wie die beiden anderen, nicht überleben würde.

»Ich nehme an, du hast zu den Vorwürfen nichts mehr zu sagen? Dann würde ich zur Urteilsverkündung übergehen.

Bevor ich dir den Weg zum höchsten Gericht eröffne, ergeht gegen dich, Dieter Rose, folgendes Urteil: Aus Habgier, Geltungssucht und Allmachtsfantasien hast du Unrecht getan. Dafür erwartet dich der Tod.«

65.

Veronika ließ sich in das warme Wasser ihrer Badewanne gleiten. Augenblicklich entspannten sich ihre Muskeln und eine angenehme Müdigkeit breitete sich in ihr aus. Wann hatte sie eigentlich das letzte Mal richtig durchgeschlafen? Sie seufzte.

Francesco hatte ihr ein Glas von ihrem Lieblingsrotwein, einem Primitivo, auf den Wannenrand gestellt und ein paar Kerzen angezündet. Als er ihr einen Kuss auf die Stirn drückte und sich aus dem Badezimmer verzog, um sie in Ruhe zu lassen, meldete sich ihr schlechtes Gewissen nagend zurück. Wie konnte sie ihn nur so mies behandeln?

Sie schüttelte den Kopf, um die Gedanken zu vertreiben, aber es gelang ihr nicht. Sie wanderten weiter zu ihrem Fall und zu dem Damoklesschwert, welches da über ihnen hing. Würde der Täter erneut zuschlagen? Standen noch weitere Namen auf seiner Liste?

Wo sollten sie ansetzen? Alle Personen, die noch irgendwie mit den bisherigen Opfern in Verbindung gestanden hatten, unter Polizeischutz stellen? Das wäre unmöglich. Aber zumindest könnten Sie eine Warnung hinsichtlich der Drohbriefe rausgeben, bisher hatte der Täter sich ja vorab gemeldet. Sie würde das gleich morgen früh anleiern.

Aber jetzt musste sie sich entspannen. Kraft tanken. Ob ihr Körper wollte oder nicht.

66.

Die Kälte ließ ihn aufwachen. Es war stockdunkel. Er musste wieder ohnmächtig geworden sein. Nun lag er auf dem Rücken und fror erbärmlich, zitterte am ganzen Leib. Aber er konnte sich nicht bewegen, irgendetwas hielt seine Arme und Beine in dieser gespreizten Stellung fest. Es dauerte mehrere Sekunden, bis er realisierte, in welcher Situation er sich befand. Man hatte ihn festgebunden, er lag draußen, unter freiem Himmel, auf einem harten Untergrund. Seine Hände spürten Metall. Er war angezogen, doch seine Füße waren nackt. Sie schmerzten vor Kälte.

»Was zur …?«, murmelte er gebrochen. Sein Mund fühlte sich staubig und trocken an. Warum lag er hier? Wo war er? Wer hatte ihn hierhergebracht?

Er sah und hörte niemanden, wenn er den Kopf drehte. Sein Gehirn pochte, er erinnerte sich an den stechenden Schmerz. Die Funken vor den Augen. Ein Taser. Er versuchte, in sich hineinzufühlen, den Schmerz zu lokalisieren, um herauszufinden, was mit ihm passiert war. Doch er fand nichts. Ihm war schummerig, doch die Kälte ließ ihn schnell hellwach werden. Konzentrier dich! Langsam gewöhnten sich seine Augen an die Dunkelheit, er konnte einen Baukran ausmachen und die Konturen eines Baggers. Etwas weiter weg konnte er Baumkronen erkennen, die sich sanft im Wind bewegten. Er schien höher zu liegen, auf einem Dach. Seine Fesseln schnitten tief ins Fleisch, als er versuchte, daran zu zerren.

Da hörte er ein Poltern. Direkt unter sich. Es wurde Metall auf Metall geschoben, dann wieder mehrere laute Schläge. Da räumte jemand etwas hin und her. Er lag auf einem Baucontainer.

»Hallo?«, krächzte er angestrengt. Dann noch einmal etwas lauter. Das Poltern unter ihm verstummte. Er lauschte angespannt. Als Nächstes hörte er Schritte, ein Klicken, eine Tür wurde zugeworfen. Eine Leiter wurde gegen den Container auf der Höhe seines Kopfes angestellt. Endlich, dachte er.

Ein Gesicht schob sich in sein Blickfeld. Es war der Irre von eben.

»Du wirst in der Hölle schmoren!«

Das war's. Mehr sagte diese Person nicht, bevor sie wieder verschwand. Die Leiter wurde entfernt. Dieter Rose verstand nicht, was passierte. Er merkte nur, dass er nicht mehr fror. Dass es wärmer wurde. Das Metall, auf dem er lag, wurde warm. Wurde heiß. Unerträglich heiß. Dann sah er den Rauch, der um ihn herum aufstieg. Der Container brannte.

Und er würde mit ihm brennen.

67.

Veronika stürmte ins Büro.

»Scheiße, Scheiße. Verfickte Scheiße!«

Langner und Meyer schauten verdutzt auf. Ihre Chefin, die sich eigentlich nur einen Kaffee holen gehen wollte, war schwer atmend vor dem Whiteboard stehen geblieben und ließ ihren kleinen Finger über die Namen gleiten, die sie in der Tabelle aufgelistet hatten.

»Scheiße …«, sagte sie, dieses Mal leise, als ihr Finger an einer Stelle verweilte. Langner trat neben sie.

»Was ist los?«

»Dieter Rose. Hier. Selbstständiger Gutachter für Statik und Bauschäden. Unser drittes Opfer. Die Kollegen aus St. Ingbert haben mich gerade angerufen.«

»Oh Gott. Nein. Was ist passiert?«

»Müssen wir uns anschauen. Sie wurden wegen eines Feuers gerufen, auf einer Baustelle. Ehemaliges Industriegelände, dort sollen Einfamilienhäuser entstehen. Hab nicht alles verstanden. Auf jeden Fall hat die Feuerwehr beim Löschen des brennenden Baucontainers eine Leiche gefunden.«

»Aha, und das war Dieter Rose? Wie kam der denn in den Container?«

»Nein, Max. Nicht in den Container. Auf den Container. Laut der Kollegen war er dort mit Metalldrähten festgebunden. Lasst uns losfahren. Verdammte Scheiße, und ich hatte noch nicht einmal einen ordentlichen Kaffee.«

Veronikas Laune war auf dem Tiefpunkt. Der dritte Tote bewies, dass da draußen ein Täter herumlief, der sich nicht davor scheute, weiter zu morden. Jedenfalls schied der tote Pausini jetzt aus. Sie würden aber prüfen müssen, was Jakob Brenner heute Nacht gemacht hatte.

Auf dem Flur kam ihnen Becker entgegen, den sie auf dem Weg zum Auto auf den neuesten Stand brachte.

»Habt ihr euch mal Gedanken zu den Fundorten der Leichen gemacht?« Max Langner lehnte sich zwischen dem Fahrer- und dem Beifahrersitz hindurch, auf denen Veronika und Becker saßen.

»Ich meine, da muss man ja erst einmal draufkommen. Die Ausstellung in der Völklinger Hütte, die alte Fabrik in Bexbach und jetzt diese Baustelle in der hintersten Ecke von St. Ingbert. Das sind doch keine zufällig gewählten Orte, oder? Wie hängt das zusammen?«

Veronika überlegte. Max hatte recht. Dieser letzte Fundort machte ein Muster sichtbar.

»Das ist ein guter Punkt, Max. Die Opfer sind alle auf ehemaligen Industriebrachen abgelegt worden. Das ist kein Zufall. Das war doch genau auch der Bereich, mit dem sich die Geschädigten beruflich beschäftigt haben, oder? Es gehört zur Botschaft, die uns der oder die Täter hinterlassen wollen. Zum Motiv.«

Becker nickte nachdenklich. Würde sie die Erkenntnis jetzt weiterbringen?

Sie parkte ihr Auto vor der Absperrung, als ihr Blick auf das Banner fiel, welches am Bauzaun neben dem Eingang platziert war. Sie räusperte sich, dann lenkte sie die Blicke der anderen dorthin.

»Ich denke, die Recherche können wir uns fast sparen. Lasst uns wetten.«

»Hier baut für Sie – die HARTMANN BAU GmbH«, stand dort in schwarzen und roten Buchstaben auf dem Stoff.

Sie erreichten die Kollegen, die den Fundort schon fachmännisch abgeriegelt hatten. Veronika unterdrückte den Impuls, über den Geruch, der in der Luft lag, genauer nachzudenken. Verbranntes Plastik, nasses Holz und beißender Rauch hatten ihre Duftnote über die Szenerie gelegt. Dass da auch ein menschlicher Körper gebrannt hatte, blendete sie einfach aus. Sie kannte sich und ihren Magen.

Angestrengt versuchte sie, sich abzulenken. Sie schaute zu Langner, der den Ablenkungstrick wohl noch nicht kannte und ganz blass und grün um die Nase wurde. Veronika fing seinen verzweifelten Blick auf und schickte ihn mit einer kurzen Kopfbewegung außer Reichweite. Wenn sie jetzt Thiels Revier verschmutzten, würde dieser ausflippen.

Wie aufs Stichwort tauchte der mit seinem Team in diesem Moment auf der Baustelle auf. Ein erster Blick genügte ihm, um die Aufgaben zu verteilen, dann wandte er sich, wie jedes Mal, an die bereits Anwesenden.

»Meine Herrschaften, das hier ist ein Leichenfundort, keine Raststätte. Wenn Sie also aufhören würden, Spuren zu verwischen und Chaos zu verbreiten, wäre ich Ihnen sehr dankbar.«

Dann trat er zu Veronika.

»Wen haben wir hier?«

»Dieter Rose, wieder ein Opfer aus dem Dunstkreis der Baulöwen. Da räumt jemand in der Branche auf, und zwar mit Pauken und Trompeten. Welches Bild fällt Ihnen hier ein, Thiel?«

Er runzelte die Stirn, überlegte.

»Höllenfeuer. In der Hölle schmoren. Reinigende Flammen. Gegrillt werden.«

»Ja, daran hab ich auch gedacht. Schon wieder eine fast biblische Inszenierung seiner Opfer. Wie auf diesen alten Gemälden aus dem – ach was weiß ich wievielten Jahrhundert. Sie wissen schon, diese großen Schinken.«

»Haben Sie schon eine Idee, warum hier jemand so wütet?«

Veronika schüttelte langsam den Kopf.

»Leider nicht konkret, aber ich fürchte, wir werden jetzt mal einige hohe Herrschaften einladen, die uns ein paar Fragen beantworten müssen. Schließlich waren die drei nicht die Einzigen, die Bauprojekte auf die Beine gestellt haben. Irgendjemand muss doch wissen, wie die vorgegangen sind und was jemanden so verärgert haben könnte, dass sie derart zur Zielscheibe werden. Und wenn ich den Staatssekretär persönlich herbitten muss.«

Thiel horchte auf.

»Seien Sie vorsichtig, Hart. Auf diesen Ebenen werden die Damen und Herren nicht gerne von der Polizei befragt. Hab ich mir sagen lassen. Vergessen Sie nicht, sich immer doppelt und dreifach abzusichern, sonst sind Sie schneller wieder in Hessen, als Sie schauen können.«

»Danke, mache ich.«

68.

Sebastian Kirschmeier erfuhr, dass es wieder einen Toten aus der saarländischen Baubranche gegeben hatte, als er gerade auf dem Weg zum Oberlandesgericht war. Haller hatte ihm den Tipp gegeben, dass es hier eine Anhörung zu einem der größten Bauskandale der letzten Jahre in der Region geben würde, die ihm einen guten Überblick über das Who's Who in der Branche versprach. Mittelpunkt der Anhörung war der Umbau des ehemaligen Gesundheitsamtes für die Hochschule für Technik und Wirtschaft. Und Haller hatte recht. Das Ganze offenbarte ihm einige Schwachstellen und offene Flanken, die sich in der Zusammenarbeit zwischen Firmen und der Öffentlichen Hand ergeben konnten. Es wurden Namen von Entscheidern genannt und Prozesse beschrieben, wie Ausschreibungsverfahren und nachträgliche Verhandlungen abliefen. Der Fall war spektakulärer, als er gedacht hatte. Offensichtlich hatte man es anfangs beim Umbau des alten Gesundheitsamtes mit dem Brandschutz nicht so eng gesehen und erst nachträglich gemerkt, dass ein Lehrbetrieb mit 1.000 Studierenden anders zu behandeln war als ein normaler Bürobetrieb – und so musste man für die erweiterten Brandschutzmaßnahmen noch einmal neun Millionen Euro auf die bisher veranschlagten 15 Millionen Sanierungskosten draufschlagen. Beispielsweise waren zwei neue Treppenhäuser nötig, um den Auflagen gerecht zu werden. Die Firmen, die das über das Modell Öffentlich-Private-Partnerschaft abgewickelt hatten, wollten die Zusatzinvestitionen vom Land zurück und machten das an geänderten Anforderungen nach der Ausschreibung fest.

Das Land, vertreten durch das Innenministerium, weigerte sich allerdings, diese Kosten zu bezahlen. Das lag nicht nur daran, dass in den saarländischen Kassen sowieso Ebbe herrschte. Den Firmen wurde Fehlkalkulation vorgeworfen, allerdings konnte man später weder in den Ausschreibungs- noch in den Vertragsunterlagen irgendeine festgelegte Größe für die spätere Nutzung des Gebäudes finden. Nun stand eine Zivilklage der Bauunternehmen gegen das Ministerium vor dem Landgericht an.

Sebastian wunderte sich über so viel Nachlässigkeit. Als er einen neuen Bürostuhl bestellen wollte, hatte ihn die Beschaffungsabteilung genötigt, seinen Wunschstuhl bis ins kleinste Detail zu beschreiben. Stoffbezug, Rollengröße, Verstellmöglichkeiten und Untergrund, auf dem der Ferrari unter den Bürostühlen demnächst rollen würde. Es war fast absurd gewesen und hatte ihn den letzten Nerv gekostet, aber dass man bei einem Millionen-Projekt nicht sorgsamer bei der Bedarfsbeschreibung war, machte ihn sprachlos. Nach zwei Stunden war die Anhörung vorbei, ergebnislos. Aber er hatte mehr als genug Informationen mitgenommen. Er schickte Veronika eine Sprachnachricht und bat sie, sich zu melden, sobald sie wieder im Präsidium waren. So lange würde er dem Kollegen Haller einen kurzen Besuch abstatten und ihn zu Dieter Rose befragen, ihrem dritten Opfer.

Haller stand mit gekrümmtem Rücken zu Tür, als er eintrat. Langsam schwang er den Oberkörper nach rechts und ließ den Golfschläger in seiner Hand gegen den Ball auf dem Boden tippen. Dieser lief in einer ruhigen Bahn in Richtung eines Kreises, der einige Meter entfernt lag.

»Na, haben Sie Stress, Herr Kollege?« Sebastian konnte sich den Spruch nicht verkneifen.

»Sie werden lachen, aber tatsächlich bin ich etwas gestresst. Ich stehe vor einer kniffligen Formulierung und kam nicht weiter, das Putten hilft mir, zu entspannen und die Gedanken neu zu sortieren. Sollten Sie auch mal probieren. Wie war die Anhörung?«

»Spannend, danke noch mal für den Tipp. Echt unglaublich, wie lax die Ausschreibungsvorgaben dort gehandhabt wurden. Ich bin ja gespannt, wie weit die Unternehmen mit ihrer Klage kommen. Sehr transparent scheint es auf keiner der Seiten gewesen zu sein. Aber neun Millionen mit Mieten wieder reinzubekommen, ist auch fast utopisch. Mal sehen.«

»Stimmt, da haben die sich mal wieder selbst übertroffen. Ich kann Ihnen noch nicht einmal sagen, wo der Fehler liegt, aber das System ist krank und sollte mal gründlich auf den Prüfstand gestellt werden. Wie sagt man so schön, der Fisch stinkt meistens vom Kopf her.«

»Herr Haller, ich bin noch wegen einer anderen Sache hier. Sagt Ihnen der Name Dieter Rose etwas?«

69.

Veronika und Becker waren zum Präsidium zurückgefahren, weil sie vor Ort nichts mehr ausrichten konnten. Max und Sylvia würden mit Unterstützung von den Kollegen von der Streife ein paar Anwohner befragen, ob sie etwas Ungewöhnliches gesehen hatten.

»So eine Scheiße. Wenn das mit Pausini gestern nicht gewesen wäre, dann hätten wir diesen Dieter Rose noch ins Präsidium einbestellt. Der stand ganz oben auf der Liste. Wir müssen dringend jeden Einzelnen informieren und vorladen. Irgendjemand muss doch wissen, wessen Hass die auf sich gezogen haben.« Veronika krallte sich wütend am Lenkrad fest.

Becker beschlich ein nervöses Kribbeln. Dieses Gefühl kannte er gar nicht von sich, er war eher ein Kopfmensch, der versuchte, mit analytischem Denken und Distanz an die Probleme heranzugehen. Aber dieses Mal war es anders. Seit er beim letzten großen Fall in einen Hinterhalt geraten war und fast das gesamte Team mit reingezogen hatte, war er emotionaler bei der Sache. Sie waren alle letztendlich glimpflich davongekommen, aber die Ängste, die er da ausgestanden hatte, und das schlechte Gewissen im Anschluss hatten ihm gezeigt, wie eng sie doch als Einheit zusammengeschweißt und aufeinander angewiesen waren. Jeder verließ sich auf den anderen, sonst würde ihre Arbeit gar nicht funktionieren.

Ihm war, als hätte diese neue Emotionalität auch versteckte Sinne bei ihm freigeschaltet. Seine Frau würde es das Bauchgefühl nennen, welches er bei anderen immer verpönt hatte, während für ihn nur Fakten zählten. Jetzt deutete er dieses Kribbeln als Vorahnung, dass sie kurz davor waren, den Schlüssel zu diesem so undurchsichtigen Fall zu finden.

Was hatten sie bisher?

Drei Tote. Der erste Bauunternehmer, die zweite leitende Beamtin bei der Landesbauagentur, der dritte Bauexperte, der an jedem ihrer Projekte beteiligt gewesen war. Auf ihrer Liste standen noch weitere Namen. Darunter hochrangige Beamte, beispielsweise Entscheider bei Förder- und Finanzierungsfragen von öffentlichen Bauprojekten im Innenministerium bis hin zum Staatssekretär. Waren die alle in Gefahr?

Je mehr Personen starben, desto deutlicher wurden die Verbindungen zwischen den Opfern. Aber so konnte es ja nicht weitergehen. Sie mussten versuchen, den Täter zu finden und zu stoppen, bevor weitere übers Messer sprangen. Er war sich sicher, dass hier jemand noch lange nicht fertig war. Die Symbolik der Taten sprach für einen Auftrag. Einen Rachefeldzug gegen … ja, gegen wen genau?

Das galt es jetzt herauszufinden.

Veronika kam von ihrem Telefonat zurück und berichtete von Kirschmeiers Einschätzungen zu den denkwürdigen Prozessen in öffentlichen Bauprojekten und zu den undurchsichtigen Entscheidungsstrukturen. Becker hatte von dem Bauskandal beim Umbau des ehemaligen Gesundheitsamtes auch immer wieder in den Medien gehört, aber sich nie wirklich dafür interessiert, warum was wie gelaufen war. Aus seiner Sicht war das alles immer ein Klüngel gewesen, jede Hand hatte die andere gewaschen, man kannte jemanden, der jemanden kennt. Ob es um einen neuen Pavillon für die Moderne Galerie ging oder um Straßenbauarbeiten, die sich über Jahre zogen und wo man nie einen einzigen Arbeiter auf den Baustellen sah – er kannte es gar nicht anders, als dass man gegen solche Projekte Misstrauen hegte. Aber er hatte den Fehler immer bei den Firmen gesehen, die nicht sauber kalkulierten, um mit Dumpingpreisen die Aufträge zu bekommen, und dann am Bau pfuschten.

Aber dass sich die Öffentliche Hand selbst Fehler erlaubte, so weit hatte er als Beamter nie gedacht. Jetzt war der Staatsanwalt, der laut Veronika auf 180 war, auf dem Weg zu ihnen, um die weiteren Schritte zu besprechen.

»Sagt der doch zu mir: ›Lassen Sie uns die Schweine aufspießen, Frau Hart.‹ Kannst du dir das vorstellen? Da hat sich Goldlöckchen ganz schön im Ton vergriffen«, amüsierte sich Veronika und wurde gleich wieder ernst, als ihr Handy klingelte. »Max, was gibt's?«

Langner und Meyer waren nicht wirklich weitergekommen mit ihren Befragungen vor Ort. Das Dorf hatte zur vermuteten Tatzeit im Tiefschlaf gelegen, niemand wollte etwas gesehen oder gehört haben. Auch die Überwachungskameras auf der Baustelle erwiesen sich als Attrappen.

»Die beiden nehmen sich jetzt noch die letzten drei Straßen vor und kommen dann zurück«, berichtete Veronika, nachdem sie aufgelegt hatte. »Hast du was Neues zu den Schnittstellen zwischen den Opfern?«

Becker zeigte auf die Projekte, die er markiert hatte.

»Wenn wir von einer vollständigen Dokumentation ausgehen, dann haben unsere drei Opfer bei genau drei Großprojekten zusammengearbeitet. Hier, siehst du? Neunkirchen, Landsweiler-Reden und Altenkessel. Außerdem habe ich mir noch mal die privaten Bauprojekte der Hartmann Bau angeschaut. Und jetzt rate mal, wer sich ein schmuckes Ferienhäuschen an den Bostalsee hat bauen lassen?«

Veronika zuckte erst mit den Achseln, dann machte sie große Augen.

»Dieter Rose?«

»Genau, unser Herr Rose hat sich doch tatsächlich ein komplettes 145-Quadratmeter-Haus im mediterranen Stil in die Nähe des Sees bauen lassen. Und hat dafür nur 35.000 Euro bezahlt. Da muss ich Gabi Hartmann mal fragen, mit welchen Materialien man so günstig bauen kann.«

»Okay, das stinkt zum Himmel. Lade die Hartmann vor, die soll uns das erklären. Wo ist Weissmann? Der soll sich die private Liste noch einmal vornehmen und mit den entscheidenden Positionen von der anderen vergleichen. Ich bin sicher, da findet sich noch der eine oder andere, der sich gegen ein paar Gefälligkeiten für die Hartmann Bau GmbH entschieden hat.«

Veronika war in Fahrt. Auf den Füßen wippend stand sie vor dem Whiteboard und fuhr immer wieder mit den Fingern über die Namen, die sie dort aufgelistet hatten.

»Wem seid ihr so auf die Füße getreten?«, murmelte sie.

70.

Er hatte lange heiß geduscht, nachdem er nach Hause gekommen war. Der Geruch nach Verbranntem hatte sich fest auf seine Haut und seine Haare gelegt, er bekam ihn einfach nicht mehr aus der Nase. Er hatte nicht direkt wegfahren wollen, um sicherzugehen, dass nicht doch jemand von den Flammen und dem Lärm angezogen wurde. Doch seine Sorgen waren unbegründet geblieben. Auf und um die Baustelle herum hatte sich nichts bewegt. Dabei waren die Schreie so markerschütternd gewesen, dass sie ihn in den Schlaf verfolgt hatten. Damit hatte er nicht gerechnet, vor allem nicht damit, dass Rose noch so lange bei Bewusstsein bleiben würde.

Es schüttelte ihn bei der Erinnerung an den Todeskampf, der selbst für ihn schwer zu ertragen gewesen war.

Er blickte auf seine Hände. Selbst jetzt, wo er am Schreibtisch saß und die handgeschriebenen Notizen seines Chefs abtippte, zitterten sie leicht. Hatte er sich selbst überschätzt? War er über seine Grenzen hinausgegangen?

Er zuckte leicht zusammen, als sein Handy auf dem Schreibtisch vibrierte. Seine Mutter. Wie oft hatte er ihr gesagt, sie solle ihn nicht während der Arbeitszeit anrufen. Wahrscheinlich war ihr nur wieder irgendetwas eingefallen, was sie unbedingt loswerden wollte. Genervt hob er ab.

»Ich hab dir doch schon hundertmal gesagt, dass du mich nicht …«

»Papa ist tot!«

Sein Herz setzte einige Schläge aus. Eine bleierne Kälte breitete sich in ihm aus, sein Gehirn schaltete auf Notbetrieb. Er hatte gewusst, dass es irgendwann passieren würde, aber doch gehofft, dass ihnen trotz der widrigen Umstände noch Zeit blieb. Dass vielleicht doch noch ein Wunder geschehen und sein Vater wieder auf die Beine kommen würde.

»Ich komme«, flüsterte er mit rauer Stimme in den Hörer und legte auf.

Sein Chef betrat gerade sein Büro und blieb mit hochgezogenen Augenbrauen stehen, als er sein Gesicht sah.

»Geht es Ihnen nicht gut? Sie sehen so blass aus. Vielleicht haben Sie sich etwas eingefangen, mir ist heute auch wieder ganz schummerig und übel.«

»Mein Vater ist gestorben, ich habe es gerade erfahren.« Er fühlte sich wie ein Roboter, der nur noch funktionierte, während er versuchte, das Gesagte für sich zu verarbeiten.

»Oh, das tut mir sehr leid. War er denn krank? Sie können selbstverständlich sofort nach Hause gehen, ich denke, Sie haben jetzt eh keinen Kopf mehr für die Arbeit.«

»Das ist nett, Herr Gruber. Ich danke Ihnen.«

Sein Chef wandte sich zum Gehen, hielt aber kurz inne.

»Herr Albers, eine Bitte noch. Könnten Sie mir noch einmal so einen Tee machen, bevor Sie verschwinden? Mir ist wirklich gar nicht gut heute.«

Er nickte, während er mechanisch aufstand und den Tee vorbereitete. Natürlich werde ich dir deinen Tee machen, du Arschloch, dachte er. Du glaubst doch nicht, dass ich dich davonkommen lasse.

71.

»Sven? Meinst du, die Mafia könnte vielleicht hinter alldem stecken? Wenn ich mir den Wettbewerb anschaue, also die Baufirmen, die nicht zum Zug kamen, wenn Hartmann die Ausschreibungen gewonnen hat, dann tauchen da mehrere italienische Namen auf. Hier, Manolo Bau zum Beispiel. Könnte doch ein Motiv sein. Die Mafia arbeitet auch gerne mit Symbolen bei ihren Morden, zur Abschreckung. Oder ist das romantischer Hollywood-Quatsch?«

»Na ja, wenn wir das nächste Opfer mit einem Zementblock am Fuß aus der Saar ziehen, könntest du recht haben. Aber Spaß beiseite, möglich wäre es. Ich fürchte, wir haben eine ganze Latte an Befragungen vor uns, wenn wir verhindern wollen, die nächste Leiche zu finden.«

Veronikas Blick fiel wieder auf die Liste der Namen, Entscheider von öffentlichen Institutionen und Ministerien. Wenn sie die alle vorladen mussten, na dann gute Nacht.

»Vielleicht sollte ich langsam mal den Chef informieren, dass wir bald ziemlich viel Staub bei den hohen Herren aufwirbeln werden.«

Becker schaute sie skeptisch an.

»Das wird ihm nicht gefallen, fürchte ich.«

Langner, Meyer und Kirschmeier trudelten kurz nacheinander im Präsidium ein. Der Staatsanwalt hatte drei volle Tüten mit chinesischem Essen dabei und Veronika merkte bei dem Duft nach warmem Reis und glutamatlastigen Soßen, dass ihr Magen ihr bereits bis in die Kniekehlen hing. Hatte sie heute Morgen eigentlich gefrühstückt?

»Ich habe gedacht, Sie könnten etwas zu essen vertragen. Ich hab mal eine bunte Mischung mitgebracht, ich hoffe, es ist für jeden etwas dabei.« Er wirkte irgendwie aufgekratzt.

Aber sein Angebot traf ins Schwarze. Die Kollegen, die seit den frühen Morgenstunden auf den Beinen waren, warfen sich wie ausgehungert auf das warme Essen und lächelten Kirschmeier kauend an. Für einen kurzen Moment herrschte zufriedenes Schweigen.

»Hier stinkt es ja wie beim Papp-Chinesen. Sven, reiß mal das Fenster auf. Das hält ja kein Mensch aus«, polterte Lothar Klein herein. »Oh, Herr Staatsanwalt. Freut mich, Sie hier zu sehen. Ich entschuldige mich für meine ungehobelte Mannschaft. Sie hier in so einem Gestank sitzen zu lassen und Ihnen auch noch etwas vorzuessen, also wirklich.« Sein Blick zersägte die Runde.

»Herr Klein. Ich fürchte, das ist alles meine Schuld. Ihre Mitarbeiter hier arbeiten so hart an unserem aktuellen Fall, dass ich ihnen mit dem Essen eine Freude machen wollte. Der Geruch stört mich wirklich nicht, ich habe eben selbst eine Portion Ente süß-sauer verputzt.« Sebastian lachte dem Dezernatsleiter verschmitzt ins Gesicht. »Ich bin sicher, für Sie ist auch noch etwas übrig. Oder, Jungs? Und Frau Hart. Äh, und natürlich Frau Meyer.«

Jeder Einzelne im Team grinste in sich hinein und nickte dabei zustimmend in die Richtung ihres Chefs. Der war im Zugzwang, da alle Augen auf ihn gerichtet waren, und so nahm er schließlich das Angebot an, schnappte sich eine Frühlingsrolle, die er umständlich in eine Papierserviette wickelte, bevor er sich setzte. Während er genüsslich kaute, berichtete Veronika ihm von ihren neuesten Erkenntnissen.

»Ach, bevor ich es vergesse, Veronika«, schob Langner kauend ein. »Wir konnten auch unter den Anwohnern keinen mehr ausfindig machen, der etwas Auffälliges bemerkt hat. Nur einer, der sich gerade einen Welpen zugelegt hat und der deshalb mitten in der Nacht zweimal rausmusste, hat von einem weißen Transporter berichtet, der in Richtung Baustelle unterwegs war. Er hat sich noch gewundert, weil das Fahrzeug von einer Elektro-Firma war und er sich gefragt hat, was die wohl zu so später Stunde noch zu tun hatten. Den Namen der Firma hat er sich aber nicht gemerkt.«

Veronika überlegte. Weißer Van? Da klingelte etwas bei ihr, aber sie konnte es gerade nicht greifen.

»Weißes Auto? Hatten wir nicht auch eins an der Völklinger Hütte, das wir auf keiner der anderen Überwachungskameras mehr entdecken konnten?«, schaltete sich Weissmann ein.

»Stimmt, das war's. Weissmann, checken Sie, welcher Elektriker in St. Ingbert auf der Baustelle arbeitet und ob die da heute Nacht irgendeinen Einsatz hatten. Hatten wir nicht nach dem Völklinger Fund eine Recherche nach entsprechenden Firmen angestoßen? Was ist daraus geworden?«

Betretenes Schweigen machte sich breit.

»Veronika, dazu sind wir einfach nicht mehr gekommen. Wir sind zu wenige und die Verstärkung fängt ja erst morgen an. Wir hatten eine erste Recherche gefahren und sind dann auf knapp 80 Firmen alleine im Saarland gekommen. Wenn du dann noch Rheinland-Pfalz dazunimmst, wirst du nicht mehr fertig. Das sind zu viele. Wir hatten das aber noch auf dem Schirm«, rechtfertigte sich Langner mürrisch.

Veronika war froh, dass Klein mit im Raum saß und nun mal aus erster Hand hörte, dass man nicht alles in kürzester Zeit mit einer kleinen Mannschaft und Minimalausstattung schaffen konnte. Und sie war froh, dass Kirschmeier auch dort saß, denn ihr Chef schaute geschäftig zwischen ihnen hin und her. Jetzt würde er reagieren müssen, das wusste sie. Da ging ein Ruck durch seinen Körper, er warf einen Blick auf die Uhr und stand auf.

»Hart, sagen Sie mir, was Sie genau brauchen. Ich besorge Ihnen so schnell wie möglich die notwendige Unterstützung.« Dann verließ er die Runde eilig, nicht ohne sich noch mit einem dankenden Kopfnicken einen der Glückskekse zu greifen, die verstreut auf dem Tisch lagen.

Veronika seufzte. Es galt jetzt, Nägel mit Köpfen zu machen. Da draußen fuhr ein weißer Elektriker-Van herum, der identifiziert werden musste. Sie sollten sich die drei Großprojekte anschauen, an denen ihre Opfer maßgeblich beteiligt waren. Schlummerte da irgendwo der versteckte Hinweis auf das Motiv? Auf den Täter? Auf weitere mögliche Opfer?

72.

Sebastian beobachtete Veronika, wie sie gedankenverloren auf ihrer Unterlippe kaute. Sie war überhaupt nicht sein Typ Frau. Zumindest hatte er das bisher gedacht. Mit den kurzen dunkelblonden Haaren, dem burschikosen Auftreten und dem lässigen Kleidungsstil ähnelte sie kaum den Frauen, die er sonst so privat traf. Seine Schwester zog ihn immer damit auf, dass er ja nur auf oberflächliche Perlenpaulas stehe, also perfekt frisierte, Perlenohrringe tragende Frauen, die nie ohne Make-up das Haus verließen. Veronika war alles andere als eine Perlenpaula.

Aber wenn er sie jetzt beobachtete, dann fühlte er sich zu ihr hingezogen. Er wollte sie kennenlernen, alles über sie wissen. Er verspürte das Bedürfnis, ihr sein Leben zu erzählen, sie seiner Familie vorzustellen. Er schüttelte sich unmerklich. Wo kamen nur diese Gedanken her?

Konzentrier dich, Sebastian. Du bist hier, um mit den Kollegen einen Fall zu lösen. Und nicht, um dein Leben in eine kitschige Vorabendserie zu verwandeln. Der Staatsanwalt und die Kommissarin.

»Herr Kirschmeier, was meinen Sie?«

Er zuckte zusammen, als er merkte, dass er im Zentrum der Aufmerksamkeit stand und überhaupt nicht wusste, worum es ging.

»Hmm, tut mir leid. Ich war in Gedanken«, erklärte er mit verkniffener Miene.

»Wir versuchen gerade, die nächsten Schritte zu priorisieren. Die Großprojekte müssen genauer unter die Lupe genommen werden. Uns fehlt die entscheidende Idee, wie wir es am effizientesten angehen. Ich will keine weitere Zeit mehr verlieren. Dieser Irre mordet hier schon seit knapp einer Woche und wir stehen vor einem Trümmerhaufen an Hinweisen, aber nichts zündet wirklich.«

Sie schaute ihn auffordernd an. Er wühlte in seinen Gedanken, versuchte, sie zu sortieren. Jetzt bloß nicht versagen.

»Was halten Sie davon, wenn wir die drei Großprojekte in Phasen aufteilen und diese jeweils in Kleingruppen vergleichen? Sie und Langner schauen sich beispielsweise die

Ausschreibungsphasen an, mit besonderem Augenmerk auf Wettbewerb, Fristen, Angebotshöhen, eventuell bestehende Klagen. Frau Meyer und ich betrachten die Umsetzungsphasen, also wie lange haben sie gebraucht, welche Firmen und Subunternehmer wurden engagiert und gab es irgendwo Probleme. Und Herr Becker und Herr Weissmann vergleichen die Übergaben und Inbetriebnahmen der Projekte. Vielleicht gab es dort auch Unregelmäßigkeiten, Pfusch oder sonstiges, was irgendjemanden verärgert haben könnte. Sollte das nichts bringen, können wir immer noch die hohen Herren einladen. Aber ohne etwas Konkretes in der Hand zu haben, würde ich das nicht empfehlen. Die zerreißen uns in der Luft.«

Die Umstehenden nickten zustimmend.

»Das klingt nach einem wirklich guten Ansatz, danke Ihnen. Ich hatte wohl echt einen Knoten im Hirn. Wenn wir Glück haben, bleiben uns am Ende drei bis vier Auffälligkeiten, denen wir dann im Detail nachgehen können. Vielleicht schwirrt ja auch irgendwo eine Elektrikerfirma mit weißem Van vorbei.«

Die Hoffnung stirbt zuletzt, dachte Sebastian und holte aus dem Rollkoffer, den er mitgebracht hatte, einen riesigen Stapel Akten heraus mit anhängigen oder abgelehnten Verfahren im Zusammenhang mit öffentlichen Bauprojekten.

Es gab einiges zu tun.

73.

Er bewegte sich wie in Trance, als er die Nachricht in ihrer unumstößlichen Finalität realisiert hatte. Ihm schien es, als habe nichts mehr eine Bedeutung. Er nicht. Sein Leben nicht. Und sein Projekt schon gar nicht. Er steuerte sein Auto, ohne dass er etwas von seiner Umgebung wahrnahm. Doch er fuhr nicht zu seiner Mutter nach Hause, sondern zu seiner Kirche. Sein Unterbewusstsein verlangte nach Halt, nach Erklärung, nach tröstenden Worten, die ihm außerhalb der Gemeinschaft niemand würde geben können. Er hoffte, dass Jeremias da sein würde, um ihn aus seinem emotionalen Vakuum zu befreien.

Und er hatte Glück. Jeremias erkannte sofort, dass etwas mit ihm nicht stimmte, als er die Halle betrat. Er erhob sich von seinem Laptop, an dem er gerade gearbeitet hatte, und nahm ihn wortlos in den Arm. Wie eine warme Welle schwappte diese Berührung durch seinen Körper. Seine Muskeln entspannten sich. Er fühlte sich wie ein kleines Kind, welches nach langer Suche im Dunkeln endlich zu Hause angekommen war. Tränen liefen ihm die Wangen herunter.

»Was ist passiert, Christian?«

»Er ist tot. Mein Vater ist tot. Sie haben ihn umgebracht.«

»Wer hat ihn umgebracht?« Jeremias schob ihn ein wenig von sich weg und schaute ihm in die Augen. Er schniefte.

»Na die.«

»Wer ist die? Du musst zur Polizei gehen, hörst du?«

»Ich meine die, die seine Firma ruiniert haben. Ohne sie wäre er noch am Leben. Ohne sie hätte er den Unfall nicht gehabt, der keiner war. Ohne sie wären wir noch eine glückliche Familie.«

Jeremias drückte ihn wieder an sich.

»Ich verstehe, mein Bruder. Das Leben bietet uns diese unmenschlichen Hürden, mit denen wir lernen müssen umzugehen. Du wirst sehen, dass diese Menschen vor dem obersten Gericht ihre gerechte Strafe bekommen werden.«

»Das haben sie schon«, murmelte er. »Dafür habe ich gesorgt.«

Mit einer Mischung aus Überraschung und Ungläubigkeit in seinen Augen stieß Jeremias ihn von sich weg.

»Wie meinst du das, Christian? Was hast du getan?«

In seinem Gesicht konnte man beobachten, wie die Erkenntnis langsam durchsickerte. Er kannte die Schlagzeilen der letzten Tage, zählte eins und eins zusammen. Seine Züge entglitten ihm, sein Mund stand offen und sein Blick wurde dunkel.

»Was hast du gemacht?«, wiederholte er mit brüchiger Stimme.

Christians Körper versteifte sich. Er wischte sich Tränen und Rotz aus dem Gesicht und schaute Jeremias direkt in die Augen.

»Ich habe getan, was ich tun musste. Und was das Buch uns lehrt. Ich habe sie bestraft. Für ihre Sünden, ihre Habgier, ihre Rücksichtslosigkeit. Ich habe sie vorzeitig auf den Weg zum obersten Gericht geschickt, wo sie ihre finale Strafe erhalten werden. Aber vorher mussten sie hier auf Erden bezahlen.«

Jeremias hatte den Atem angehalten. Seine Augen wussten nicht, wo sie hinblicken sollten. In ihm schien seine Überzeugung gegen seine Vernunft zu kämpfen. Wortlos rang er um Fassung.

Wie sehr hätte er sich gewünscht, dass Jeremias ihm seine Absolution erteilen würde. Dass er ihm sagen würde, dass er richtig gehandelt hatte. Dass es sein gutes Recht war, sich zu rächen und diese Schweine dafür bezahlen zu lassen, was sie ihm angetan hatten. Das war es doch schließlich, was er sie lehrte. Dass es um Gerechtigkeit ging, um Fairness und um leben und leben lassen. Und wer dagegen verstieß, hatte seinen Anspruch auf Leben vertan.

War das nur leeres Gerede gewesen? Ein Köder, um genügend Schäfchen und ihre Mitgliedsbeiträge und Spenden zu sammeln? Worthülsen statt Taten?

Sein Glaube, der ihn seit Jahren aufrecht gehalten und die Situation hatte ertragen lassen, bröckelte langsam in sich zusammen. Alles enttäuschte ihn – Jeremias, die Belanglosigkeit dieser Gemeinschaft und seine eigene Naivität. Diese Offenbarung schlug wie eine Abrissbirne ein und riss das marode Gebäude seines Selbst mit sich. Er hatte nichts mehr zu verlieren.

Er ließ den immer noch sprachlosen Jeremias stehen und wandte sich ab. Seine Mutter brauchte ihn jetzt, gemeinsam würden sie das durchstehen und auch sein letztes Projekt war vollbracht. Alles andere war jetzt nicht mehr wichtig. Während er zu seinem Auto ging, entfaltete sich im Büro die tödliche Dosis Strychnin, die er seinem Chef eben noch in den Tee gerührt hatte.

74.

»Leute, wie sieht es aus?«

»Ich glaube, wir haben hier etwas, Veronika«, meldete sich Becker zu Wort. »Großprojekt in Neunkirchen, ging um die Erschließung einer Industriebrache zu einem Mischgebiet, also Wohnen und Arbeiten inklusive eines Supermarktes. Die Übergabe der fertigen Bauten lief reibungslos, allerdings hagelte es danach Klagen der Subunternehmer gegen Hartmann, die er alle gar nicht oder nur teilweise für ihre Dienstleistungen bezahlt hatte.«

»Was? Und mit welcher Begründung?«

»Das ist es ja. Eine richtige Begründung gab es nicht, aber ein Gutachten. Und ratet, von wem?«

»Dieter Rose?«

»Genau. Es sei zu zeitlichen Verzögerungen und unvollständig ausgeführten Arbeiten gekommen, aber das passt ja nicht mit der fehlerfreien Übergabe zusammen. Das schien Hartmann wenig zu jucken. Er hat es auf die Klagen ankommen lassen.«

»Und wie ging das aus?«, fragte Kirschmeier, obwohl er die Antwort schon ahnte.

Becker seufzte.

»Die Verfahren zogen sich in die Länge, einige mehrere Jahre. Hartmann ist mehrere Male nicht zu den Anhörungen aufgetaucht, jedes Mal aus gesundheitlichen Gründen entschuldigt. Von wegen. Manche Unternehmen haben es überstanden, andere sind darüber insolvent gegangen.«

»Das habe ich auch schon mal im privaten Umfeld mitbekommen. Wenn kleine Firmen nur auf Großprojekte setzen, dann ist das riskanter als mehrere kleinere Projekte. Wenn dort mal eine Zahlung aussteht, wird es aufgefangen. Bei einem großen Projekt bricht es dir das Genick«, ergänzte Weissmann.

»Wir haben uns die Insolvenzen im Detail angeschaut. Bei einer war es besonders dramatisch, dazu hat Philipp einen Artikel im Pressearchiv gefunden.«

Weissmann berichtete, dass einer der Kläger nach der Insolvenz einen schrecklichen Unfall erlitten hatte und ins Wachkoma gefallen war. In dem Artikel war davon die Rede gewesen, dass ein Selbstmordversuch nicht ausgeschlossen werden konnte. Das anhängige Verfahren war kurz danach eingestellt worden.

»Aber jetzt kommt das Interessante. Bei dem Unternehmen handelt es sich um einen Elektriker, B.A. Elektro GmbH. Bernd Albers aus Klarenthal. Ich hab das geprüft, auf die Firma ist noch ein weißer Lieferwagen zugelassen, auch wenn die offiziell nicht mehr aktiv sind.«

Veronika stockte der Atem. Konnte das wirklich die Lösung sein?

»Meyer, überprüfen Sie bitte, wer noch alles zu der Familie Albers gehört. Der Senior kann ja aus dem Wachkoma keine Morde begangen haben. Aber für mich klingt das nach einem plausiblen Motiv. Beeilen Sie sich, ich würde sagen, wir statten der Familie mal einen Besuch ab.«

75.

Sein Adrenalinpegel stieg, als sie die Autobahnausfahrt in Richtung Klarenthal nahmen. Er spürte einfach, dass das die richtige Spur war. Sylvia Meyer hatte in kürzester Zeit herausgefunden, dass es einen Sohn in der Familie Albers gab. Christian Albers. 34 Jahre alt, im Wirtschaftsministerium tätig als Referent im Stab des Staatssekretärs. Der Job hatte Kirschmeier stutzig gemacht, aber auch alarmiert.

Jemand, der dort arbeitete, hatte sicher Einblick in die Hintergründe der Prozesse, kannte die Akteure und wusste sehr genau, wer für was verantwortlich war.

Sie hatten keine Zeit mehr, sich den Lebenslauf der Zielperson genauer anzuschauen, sie würden dies in der Befragung herausfinden. Mit zwei Fahrzeugen hielten sie vor dem Haus der Familie, welches hell erleuchtet in der Abenddämmerung fast einladend wirkte. Nur der Leichenwagen vor der Tür störte das Bild.

Veronika und er schauten sich an. Kamen sie zu spät?

Ein junger Mann, dessen Foto sie ausgedruckt in den Händen hielten, trat aus der Haustür und kam ihnen entgegen. Sebastian beobachtete, wie Becker und Veronika instinktiv nach ihren Waffen griffen. Doch der Verdächtige hob beruhigend die Hände.

»Ich nehme an, Sie wollen zu mir. Ich habe mich schon gefragt, wann Sie hier vorbeikommen. Mein Name ist Christian Albers.«

Er schien die irritierten Blicke der Beamten zu deuten, die zwischen ihm und dem Leichenwagen hin und her gingen.

»Sie kommen etwas ungelegen, aber das konnten Sie ja nicht wissen. Mein Vater ist heute Mittag leider verstorben. Er war sehr krank, trotzdem hat es uns doch unerwartet getroffen. Sie verstehen sicher, dass ich meiner Mutter gerne weitere Aufregung ersparen möchte.«

Wie konnte jemand nur so unaufgeregt und aufgeräumt auftreten. Seine dunklen Augen wirkten fast sanftmütig, er war ein unauffällig und gepflegt gekleideter Mann mit V-Kragen-Pullover über dem Poloshirt und einer beigen Chinohose. Sebastian schossen die Bilder der Opfer durch den Kopf, wie gnadenlos und brutal sie ermordet worden waren. Das passte nicht zu dem Mann, der gerade vor ihnen stand.

»Herr Albers, wir möchten Sie bitten mitzukommen. Wir hätten da ein paar Fragen an Sie«, hörte er Veronika sagen. »Hätten Sie etwas dagegen, wenn sich die Kollegen hier noch ein wenig umschauen? Wir werden uns selbstverständlich bemühen, Ihre Mutter dabei nicht allzu sehr zu behelligen.«

»Aber sicher. Am besten gehen Sie gleich in die Werkstatt, die ist hier im Seitengebäude. Die Tür ist nicht verschlossen. Dort werden Sie finden, was Sie suchen.«

Wieder wechselten die Beamten argwöhnische Blicke. Was spielte Albers für ein Spiel? Was hatte das alles zu bedeuten?

»Ich würde mich nur schnell von meiner Mutter verabschieden, die Formalitäten sind bereits erledigt. Sie wird mich hier also erst einmal nicht mehr brauchen.«

Becker begleitete Albers bis zur Tür, sie hörten, wie er mit seiner Mutter sprach und ihr erklärte, dass er noch einmal wegmüsse und sich die Beamten hier ein wenig umschauen würden. Sie solle sich keine Sorgen machen. Als er ihr sagte, dass er sie liebte, zog es Kirschmeier die Eingeweide zusammen.

Er hatte sich den Täter hinter dieser Mordserie ganz anders vorgestellt. Wie einen blutrünstigen Schlächter, düster, breit und muskulös, mit rasierter Glatze und volltätowiertem Körper. Wie im Film. Nicht so einen schmächtigen Jüngling mit Seitenscheitel.

Albers fuhr mit ihm, Becker und Veronika zurück ins Präsidium. Noch auf der Fahrt zeigte Veronika ihm ein Foto auf ihrem Handy, welches Langner ihr gerade geschickt hatte. Es zeigte einen Haufen blutverschmierter Tücher auf einer Werkbank und daneben ein paar leere Tuben Bauschaum. Die Spurensicherung war bereits auf dem Weg. Sie würden als Nächstes die Mutter befragen müssen. Dieser unscheinbare Typ, der neben Veronika auf der Rückbank saß und aus dem Fenster starrte, war ihr Mann.

Sie hatten ihn.

76.

Warum hätte er sich wehren sollen? Oder abhauen? Er war sich sicher gewesen, dass sie irgendwann auf seine Spur kommen würden. Spätestens nach der Obduktion seines Chefs, wenn es denn eine geben würde, wäre er in den Fokus gerutscht und sie hätten eins und eins zusammengezählt. Das konnte er seiner Mutter nicht antun, die er nie zum Weggehen hätte bewegen können.

Der Tod seines Vaters hatte alles verändert, seine Pläne beendet, aber das war auch gut so. Jetzt hatte er nichts mehr zu verlieren und seinen Stolz, die Taten vollbracht zu haben, konnte ihm keiner nehmen.

Kein weinerlicher Jeremias mit seinen leeren Worten, keine entsetzte Öffentlichkeit, kein strenges Urteil vor Gericht. Er hatte getan, was er tun musste, er hatte das Unrecht aufgedeckt und hoffte, dass seine Taten nachhaltig zu einem Umdenken führen würden. Er hoffte, dass das Leiden und der Tod seines Vaters nicht umsonst gewesen waren.

Während der Befragung im Präsidium amüsierte er sich innerlich über die Fassungslosigkeit und das Erstaunen seiner Gegenüber, als er ihnen detailreich von jeder einzelnen Tat und ihren Hintergründen erzählte. Bis in die späten Abendstunden berichtete er von seinen zielgerichteten Vorbereitungen, die sich über Jahre gezogen hatten. Wie er sich mit seinem Studium der Verwaltungswissenschaften darauf vorbereitet hatte, möglichst nah an die politischen Entscheider zu kommen. Wie er auf die Chance gewartet hatte, im richtigen Ministerium Fuß fassen zu können, und sich dann auf verschiedene Positionen beworben hatte, bis er dort angekommen war, wo er heute arbeitete.

»Sie können sich das nicht vorstellen. Ich fühlte mich so hilflos, als mein Vater wie ein Löwe für sein Recht kämpfte. Er hatte wie immer hochwertigste Arbeit geleistet, doch dieser Hartmann wollte ihn einfach nicht bezahlen. Das war lächerlich. Erst hatte er ihn bei Abschlagszahlungen immer wieder vertröstet und dann, als es am Ende um 270.000 Euro ging, ließ er ihn einfach hängen. Zu schlechte

Arbeit. Dass ich nicht lache. In der Zeit waren die gesamten Rücklagen der Firma draufgegangen, die Mitarbeiter mussten ja bezahlt werden. Mein Vater, der stolzeste und ehrlichste Mann, den ich kenne, hat die Welt nicht mehr verstanden. Der Zivilprozess zog sich in die Länge, es wurden gefälschte Gutachten vorgelegt, am Schluss stand Aussage gegen Aussage. Er ist daran zerbrochen. Wir alle sind daran zerbrochen. Nur Hartmann, der ist weiter wie ein aufgeplusterter Gockel durch die Stadt gerannt und hat auf dicken Zampano gemacht. Damals hab ich mir vorgenommen, das alles ans Licht zu bringen.«

Die Kommissarin wirkte betroffen, als sie seine Geschichte hörte. Nicht, dass ihn das interessieren würde. Betroffenheit und Mitleid konnte er nicht gebrauchen. Er wollte, dass man seinen Hass verstand, seine Wut auf alle, die dieses korrupte System mittrugen.

»Je näher ich den Entscheidungsträgern kam, desto klarer sah ich, wie die Prozesse manipuliert werden konnten und wie weit das Netzwerk an Nutznießern und Gönnern reichte. Manche drückten einfach nur zwei Augen zu, andere ließen sich für Gefälligkeiten fürstlich entlohnen. Eine Hand wusch die andere, wie man so schön sagt. Mir wurde schlecht, als ich das Ausmaß erkannte, das können Sie mir glauben.«

»Herr Albers, ich weiß es wirklich zu schätzen, dass Sie hier so offen mit uns sprechen. Aber wollen Sie sich nicht lieber einen Anwalt nehmen? Wenn Sie sich keinen leisten können, stellen wir Ihnen gerne einen Pflichtverteidiger an die Seite.«

»Keine Sorge, das ist nicht nötig. Ich kenne meine Rechte und ich weiß, was ich tue. Danke.«

»Hartmann, Schwarz und Rose, waren das Ihre einzigen Opfer?«

»Nein, nicht ganz. Einige der kleinen Fische im System haben schon vor Monaten ihr Fett weggekriegt. Eher eine Art Denkzettel, weil sie sich wie alle anderen auch über jegliches Recht erhaben fühlten und nahmen, was sie kriegen konnten. Ein brennendes Gartenhäuschen hier, ein zerkratztes Auto da. Nichts, was bei Ihnen in der Abteilung landen würde.«

Die Kommissarin schien sichtlich erleichtert. Wahrscheinlich hatte sie vermutet, dass er noch mehr Leichen im Keller versteckt hielt. Die Anspannung verließ ihren Körper, sie lehnte sich in ihrem Sessel zurück und schaute ihn ruhig an. Ob sie ihn verstand? Oder gar Sympathien für ihn hegte? Die würde er jetzt gleich zerstören müssen. Er schaute auf die Uhr.

»Allerdings gibt es da etwas, was Sie wissen sollten. Wahrscheinlich wurde er noch nicht gefunden, sonst hätten Sie sicher schon die Information, oder sie trudelt jeden Moment ein. Während wir hier sitzen, hat eine der verbleibenden Personen auf meiner Liste seine letzten Atemzüge getan. Seit Wochen beobachte ich schon, wie es ihm immer schlechter geht. Wie seine Haare weniger werden, seine Haut fahl und er über Übelkeit und Müdigkeit klagt. Seit Wochen bekommt er von mir jeden Tag eine steigende Dosis Strychnin in seinen Tee, den er artig vor meinen Augen trinkt.«

»Oh Gott, Gruber. Staatssekretär Roland Gruber. Ihr Chef«, entfuhr es dem Staatsanwalt, der sich während der Befragung hinter den beiden Polizisten gehalten hatte. Die Kommissarin wechselte einen Blick mit ihrem Kollegen, der aufsprang und den Raum verließ. Wahrscheinlich würden sie jetzt versuchen, Gruber zu erreichen. Ob er noch im Büro zusammengebrochen war? Oder auf dem Heimweg?

»Stimmt das, Herr Albers? Warum gerade Ihr Chef?«

»Weil der das größte Arschloch von allen ist. Das war mir erst nicht bewusst. Als ich angefangen habe, für ihn zu arbeiten, dachte ich, ich könnte ihn vielleicht sogar ins Vertrauen ziehen und die Dinge anders ans Licht bringen. Er scheint so korrekt und loyal auf den ersten Blick. So ein richtiger Korinthenkacker. Aber dann habe ich mitbekommen, wo er überall seine Finger drin hat und vor allem wofür er seine Hand aufhält. Und das noch nicht einmal im versteckten Kämmerlein, sondern schamlos offen. Die haben sich sogar EU- und EFRE-Gelder erschwindelt für Projekte, die es nie gegeben hat. ›Wissen Sie, Albers‹, hat er immer gesagt. ›Alles hat seinen Preis. Und wenn Sie Ihren Preis kennen, dann werden Sie alle Ziele erreichen, die Sie sich setzen.‹ Stellen Sie sich vor, noch nicht einmal sein Doktortitel war echt. Mir kam das Kotzen. Es widersprach allem, was mein Vater mir an Werten beigebracht hatte.«

Er schüttelte langsam den Kopf, um diese Erinnerung zu vertreiben und die Tränen zu bekämpfen, die sich in seinen Augenwinkeln sammelten.

Der Kommissar, der sich als Becker vorgestellt hatte, betrat wieder den Vernehmungsraum. Er zeigte seiner Kollegin einen Daumen hoch, was sollte das bedeuten? Becker fing seinen fragenden Blick auf und grinste.

»Tut mir leid, Albers. Aber es sieht so aus, als wäre die Tee-Party misslungen. Ich habe gerade mit Ihrem Chef gesprochen, er ist aus allen Wolken gefallen, hat aber die von Ihnen eben beschriebenen Symptome bestätigt. Er ist auf dem Weg ins Krankenhaus. Und der Tee, den Sie ihm heute gebracht haben, den hat er aus Versehen über seine Laptop-Tastatur geschüttet. Das nennt man wohl Glück im Unglück.«

Sein Herz setzte für ein paar Sekunden aus. Er hatte nicht damit gerechnet, dass noch etwas schiefgehen konnte. Eine bleierne Müdigkeit legte sich um ihn wie ein Mantel. Nein, es war nicht alles umsonst gewesen. Es hatte sich gelohnt, seinen

Vater zu rächen und diese kapitalistischen Monster unschädlich zu machen. Auch wenn er nicht alle erwischt hatte.

Dennoch hatte er an einem Tag alles verloren. Seinen Vater, seinen Glauben und seine Mission, die ihn am Leben hielt. Was blieb ihm jetzt noch?

Aufgeben.

EPILOG

Wechsel an der Spitze des Wirtschaftsministeriums

Staatssekretär Roland Gruber legt sein Amt aus gesundheitlichen Gründen nieder.

Saarbrücken – Dr. Roland Gruber, seit 2014 Staatssekretär am saarländischen Wirtschaftsministerium, muss sein Amt mit sofortiger Wirkung aus gesundheitlichen Gründen niederlegen. Dies bestätigte die Pressestelle des Wirtschaftsministeriums im Namen des Staatsministers. Der 62-Jährige, der die vergangenen 24 Jahre für das Wirtschaftsministerium tätig war, blickt auf viele namhafte Projekte unter seiner Führung zurück. Ob und wie Gruber in die Politik zurückkehren wird, bleibt offen. Er selbst wollte der Redaktion gegenüber kein Statement dazu abgeben. Ob seine gesundheitlichen Probleme mit den drei Morden zusammenhängen, die in seinem direkten beruflichen Umfeld verübt wurden, ist nicht bekannt. Als geständiger Täter präsentierte die Kriminalpolizei vergangene Woche den 34-jährigen Christian A. (wir berichteten), der nach Recherchen der Redaktion ein enger Mitarbeiter von Gruber war. Sein Verteidiger plädiert auf Unzurechnungsfähigkeit. Der Prozess wird noch im Laufe dieses Jahres erwartet.

Veronika legte die Zeitung aus der Hand, als ihr Chef das Büro betrat.

»Da haben Sie eine ganz schöne Welle losgetreten. Ich bin gespannt, wo diese noch endet, Frau Hart. Die Liste der Beschwerden, die gegen Sie und Herrn Kirschmeier vorliegen, ist in jedem Fall lang. Ich weiß nicht, wie lange ich meine schützende Hand über Sie halten kann.«

Sie schluckte trotzig. Nachdem sie Albers letzte Woche verhaftet und ins Gefängnis überführt hatten, hatten Kirschmeier, Becker und sie noch die gesamte Nacht zusammengesessen und nach Albers Schilderungen das mutmaßliche Netzwerk, bestehend aus verschiedenen Ministerien, Behörden, Sachverständigen und Unternehmen, skizziert. In Veronika hatte sich alles gewehrt, diese Wahrheit zu akzeptieren.

Sie war selbst Landesbeamtin und hatte einen Eid geschworen. Nie würde es ihr in den Sinn kommen, sich auf Kosten ihres Dienstherrn oder der Allgemeinheit zu bereichern oder ihrer Arbeit nicht mehr ordnungsgemäß nachzugehen, nur weil jemand anderes sie dafür bezahlte.

Natürlich war sie nicht naiv, sie wusste, dass es das an allen Ecken gab. Im Sommer hatte sie selbst in den eigenen Reihen die Erfahrung gemacht. Aber die Tragweite dieses Skandals so schwarz auf weiß zu sehen, schockierte sie nachhaltig. Sie fragte sich, ob es irgendjemanden gab, der nicht in irgendeiner Form involviert war. Ihr Vertrauen in die Politik hatte mit dieser Erkenntnis in jedem Fall einen ordentlichen Dämpfer bekommen.

»Auf jeden Fall soll ich Sie informieren, dass das Innenministerium erst einmal von der Kampagne mit Ihnen und dem Staatsanwalt als Titelmotiv Abstand nehmen will. Sie wollen warten, bis sich die Wogen geglättet haben. Ich nehme an, das ist Ihnen nicht unrecht. Ich denke, Sie sollten sich für heute freinehmen. Schalten Sie Ihr Telefon aus und wünschen Sie uns Glück.«

Was sollte sie dazu sagen? Hinter ihr lag eine intensive und aufreibende Woche. Kirschmeier und sie hatten am nächsten Tag alle Hebel in Bewegung gesetzt und Vorladungen ausgesprochen. Klein war davon nicht begeistert gewesen, er hatte sogar versucht, es ihr auszureden. Sie solle doch die großen Fische erst einmal außen vor lassen, bis sie genügend Indizien hätte. Doch der Staatsanwalt und sie hatten alles auf eine Karte gesetzt. Sie liefen Gefahr, dass Beweise vernichtet wurden, wenn sie sich zu viel Zeit ließen. Und so hagelte es Beschwerden, es wurden Ausreden gefunden, nicht zu Befragungen erscheinen zu müssen, oder kleine Mitarbeiter als Kanonenfutter vorgeschickt. Mitarbeiter, die aussahen, als würden sie ohne die Erlaubnis ihres Chefs noch nicht einmal auf die Toilette gehen, sollten millionenschwere Deals mit Dienstleistern ausgehandelt haben. Für wie blöd hielten sie die Ermittler eigentlich.

Der Druck auf sie beide war jeden Tag gewachsen, es gab sogar Stimmen, die ihre Suspendierung forderten. Glücklicherweise hatte Kirschmeier einen guten Kontakt bei der Saarbrücker Zeitung, die das Thema dankbar aufnahm und ihre Ermittlungen öffentlichkeitswirksam flankierte.

Sie hatten es geschafft, ein undurchsichtiges Netzwerk aus illegalen Absprachen, Korruption und Vetternwirtschaft auszuheben, das sich bis in die obersten Ebenen der saarländischen Landespolitik erstreckte.

Die Krähen waren alarmiert und – wie sagte man so schön – die eine würde der anderen kein Auge ausstechen.

Jetzt würde man nur herausfinden müssen, wer den längeren Atem hatte.

Und eins war klar.

Sie hatte trainiert und war bereit.

Sollten sie kommen und kämpfen.

DANKSAGUNG

Nun den dritten Band der Veronika-Hart-Reihe vor sich zu haben, macht mich wirklich sehr stolz und glücklich. Und in diesem Buch stecken nicht nur unzählige Stunden Recherche, Schreiben, Lesen und Korrekturen-Einpflegen, sondern auch ein wahnsinniger Support im Hintergrund, der es mir erst ermöglicht, meinem Traum ein Stückchen näher zu kommen und einfach zu schreiben.

Und diesen Menschen gilt mein größter Dank, allen voran Stefan und Theresa, ihr macht mich komplett. Meiner Mutter danke ich für ihre Unterstützung in allen Lebenslagen und meinem Vater, dass er weiter gegen das Vergessen kämpft. Christel und Reiner, danke, dass ihr unsere Familie erweitert und immer ein offenes Ohr und einen sicheren Hafen bietet.

Allen Leser*innen, die trotz oder wegen der Coronapandemie fleißig Bücher gekauft und den lokalen Buchhandel unterstützt haben und die mir mit ihren Rezensionen weiterhin Wind in die Segel pusten.

Danke auch an den Gmeiner-Verlag und insbesondere an meine Lektorin Teresa Storkenmaier für die erneut gute Zusammenarbeit.

Und last, but not least meinen Freund*innen und Unterstützer*innen auf Facebook und Instagram (@writtenbygreta) für die warmen Worte, die Likes und Herzchen.

Danke, dass ihr mich ein Stück auf diesem wunderbaren Weg begleitet.

Alles Liebe
Eure Greta R. Kuhn

Alle Bücher von Greta R. Kuhn:

1. Fall: Saarperlen
ISBN 978-3-8392-2500-4

2. Fall: Goldene Bremm
ISBN 978-3-8392-2715-2

3. Fall: Saarland-Connection
ISBN 978-3-8392-0072-8